LOCUS

LOCUS

LOCUS

LOCUS

to

fiction

to 23

我曾侍候過英國國王

Obsluhoval jsem anglického krále

作者：赫拉巴爾（Bohumil Hrabal）

譯者：劉星燦、勞白

責任編輯：林毓瑜

美術編輯：謝富智

法律顧問：董安丹律師、顧慕堯律師

出版者：大塊文化出版股份有限公司

臺北市105022南京東路四段25號11樓

www.locuspublishing.com

讀者服務專線：0800-006689

TEL：(02)87123898 FAX：(02)87123897

郵撥帳號：18955675 戶名：大塊文化出版股份有限公司

總經銷：大和書報圖書股份有限公司

地址：新北市新莊區五工五路2號

TEL：(02) 89902588 FAX：(02) 22901658

初版一刷：2003年11月

初版10刷：2020年8月

定價：新台幣250元

ISBN：986-7600-18-5

Printed in Taiwan

Obsluhoval jsem anglického krále

我曾侍候過英國國王

Bohumil Hrabal 著
劉星燦 勞白 譯

譯序
一個平靜而又撼人的故事

一九六八年八月某一天深夜，大群外國飛機、坦克和全副武裝的士兵，突然佔領了捷克斯洛伐克。事成之後，凡對如此非法佔領，不肯公開表態支持擁護的作家，均遭受到新上臺的權力當局制裁，本書作者，捷克當代文學巨匠赫拉巴爾也未能免此厄運。當時他有兩部新作已由出版社印好裝訂成冊，正準備發行，卻被送進了廢紙回收站銷毀；不僅新書被禁，當成廢紙，連他業已出版的著作也從各個圖書館和書店的書架上被撤了下來，根據他另外兩部小說拍攝的電影也被禁映；這位深受讀者愛戴、曾多次在國內外獲獎的職業作家，甚至被開除出捷克斯洛伐克作家協會。頓時，赫拉巴爾感到自己成了個無所事事、境況莫測的人，也曾萌念輕生。虧得他妻子在布拉格遠郊一處林中空地買到一所簡陋的小木屋，把他移居安頓在這幾乎與世隔絕的林間小屋。他的生活似乎平靜了些，但他內心卻無法安寧，一種迫切創作的欲望像病魔般地折磨他，並使他堅持活了下來。終於，這裏迷人的大自然，無人打擾的幽境，附近親切如家的小酒店，熱情質樸的顧客鄉親們，以及他們滔滔不絕敍述出來的大實話、小故事，使他的思緒復甦，心情逐漸好轉，特別是薩特斯卡小鎭藍星酒店那位老總管、小個子老闆講述自己從前在飯店當學徒以來的故事，與他醞釀構思的創作不謀而合，眞個是「衆裏尋他千百度，驀然回首，那人卻在燈火闌珊處」。小個子老闆便成了他小說中理想的主人公原型。他隨即坐到林間小屋的打字機前開始創作。他一連打出的十張書稿，引得他腦海裏儲存已久的大飯店、小酒家無數個小故事像洪水決堤般地傾瀉出來，簡直讓他應接不暇。他說當時「彷彿有人在我體內口授，而我的作用只是聽寫而已。我是處於一種輕盈的無意識狀態中，打了一張又一張的紙」。他緊張忙碌了十八天，一氣呵成了這部包括五個互有關聯的篇章、十三萬餘字的《我曾侍候過英國國王》。

手稿完成後，正如他在「作者說明」中所說的那樣：將它撂在一邊，沒有檢查過一遍或做任何加工修改。當時他沒有想過，也沒有可能拿去出版，只有一種一吐爲快的感覺。但手稿一經傳閱，便引起了前所未有的強烈反應。讀者自行組織傳抄，五人分工，兩個星期便抄寫出十冊，再過兩星期，十冊便又分散抄成了一百冊……另外還有幾家自行刊發出版的複印本及九號鉛字本。就這樣，這部小說在民間廣泛傳抄、傳閱，直到將近二十年之後的一九八九年下半年，才由捷克斯洛伐克作家出版社作爲《三部中篇小說》中的一部，正式公開出版。在這個一千幾百萬人口的國家，印數竟高達十九萬冊，且不到一星期便全部售完。接著，該出版社於次年（一九九〇年）又追加出版了這部小說的單行本十四萬冊。到我們翻譯的這個版本，已是捷文第六版了。需要說明的是，手稿付梓正式出版前，作者對當年在特殊條件下緊迫完稿的這部作品，仍未做任何修改、潤飾，保留手稿的原貌，原汁原味奉獻到今天的讀者面前。

在《我曾侍候過英國國王》這部回憶錄式的傳記體小說中，作者一反以往常用的滔滔不絕的奇談、對話、蒙太奇式的剪接等手法，改用說書的形式，在一兩句固定的開場白之後，脈絡清晰地娓娓道出情節連貫、由一個個故事串成的整篇小說。

小說中的主人公，這個涉世甚淺的小個子餐廳服務員在變幻莫測的大千世界裏，儘管竭力拼鬥、跋涉、攀登，以求熬到「侍候過英國國王」的那一類精明能幹的餐廳服務員領班，並進而當個大飯店老闆、躋身于百萬富翁行列之中，但人生旅途維艱，他的每一步幾乎都沒有逃脫小說作者所推崇的老子《道德經》❶中禍福相倚伏等人生哲理的辯證規則。即使他死乞白賴地進了百萬富翁拘留營，其他百萬富翁也不將他視爲他們中的一員，最後落得個「回歸大自然」，與貓狗羊駒爲伴，修一條象徵他一生的永遠修不好的路。

❶老子是赫拉巴爾最敬仰的哲學家之一。其《道德經》中諸如：禍兮福所倚、福兮禍所伏；夫物芸芸，各複歸其根；人法地、地法天、天法道、道法自然；有無、得失、難易等一切事物都是相對立而存在的等哲理很受他賞識。

小說以小個子餐廳服務員在各類差距殊異的旅館、飯店、食堂、酒家和餐廳的活動、經歷，及其所見所聞，展示了捷克斯洛伐克自第二次世界大戰之前一個時期、慕尼黑會議後，到淪爲納粹德國佔領下的「保護國」時期，以及二次大戰結束後實行國有化初期，這長達約半個世紀的社會生活畫面。

小說的主人公侍候過形形色色的資本家、地方官、豔樓小姐、法國女郎、密探、將軍、風流總統，乃至外國皇帝……耳聞目睹了富商們千奇百怪的賺錢招數：拿百元紙幣鋪地炫耀財富的怪癖嗜好，拿赤裸的風塵女子來「會診」的淫穢行爲；更驚恐地身歷其境見識了鮮爲人知的納粹「新超人新人類」的人種培育中心；親眼看到了黨衛軍人與妻子、情人生離死別的悲淒情景，還有礬水湖裏德軍傷兵的殘肢斷體、納粹軍官不相信會跟俄國人打仗的軍心、他本人的妻子沒有了腦袋的殘屍、利吉采大慘案的元兇、蓋世太保高級軍官的落網，以及百萬富翁們在拘留營裏的一齣齣鬧劇……

作品中，這一幅幅畫面之鮮明強烈，讓你驚歎，有的甚至讓你毛骨悚然。你會覺察到，作者在許多地方採用了美術造型的技巧，來刻畫小說中的人物和環境，有時像個功力超群的速寫畫家，寥寥幾筆便準確、內行、生動地勾畫出描繪對象的特徵。作者從青年時代起就酷愛美術，常從許多他崇尚的世界名家名畫中獲得創作靈感。如果說這部小說似一幅充滿黑色幽默、色調偏暗的點彩派繪畫長卷，那麼，作者反覆提到的「外婆的磨坊小屋」畫面，便該是其中幾處不可或缺的銀色亮點。對主人公在天堂黯樓別出心裁地擺花瓣圖案的描繪，則與法國印象派畫家馬奈的名畫《奧林比亞》異曲同工，或者是作者對該畫上躺臥著的裸女面前那一大捧鮮花的演繹，兩者均為苦澀美的象徵。作者還傳神地描繪了孤獨的修路老人與貓狗羊駒之間相依為命，形影相隨的深厚感情，並用深沉凝重的筆觸描述了他與山鄉村民的討論和表達了人生的最終歸宿。聖誕節風雪夜，村民們對他的造訪，簡直是一幅感人至深的風俗畫。

「寓峻於謔」也是作者常用的手法。對於某些無奈、尷尬、難以言狀的局面，作者往往用布拉格好兵帥克式的幽默、揶揄調侃來處理。那些令人拍案叫絕、掩卷長思、歎為觀止的故事情節，讓你忍不住想去反覆再讀，細細品味，使你久難忘懷。

關於《我曾侍候過英國國王》以及稍後的《過於喧囂的孤獨》，作者有段意味深長的話：「不管是《國王》還是《孤獨》，都好比一輛客車在白天漸漸開進一條極其漫長的隧道，開進一個漆黑的夜幕中。」「無論是《國王》還是《孤獨》，我都害怕去讀，甚至連一行字也不敢看一眼。」從中不難看出作者創作這兩部作品時的心情、處境，以及它們在他心中的分量。

《我曾侍候過英國國王》在國外已被譯成二十種文字出版。本書已被拍成電影，公開放映並獲共和國國家獎。一九九〇年赫拉巴爾榮膺捷克和斯洛伐克國家功勳藝術家稱號。

劉星燦　二〇〇〇年春

作者說明

本書的手稿是在劇烈的夏日陽光下打字出來的。烈日曬得打字機曾屢屢一分鐘內就卡殼一次。我沒法直視強光照射下那頁耀眼的白紙，也沒能將打出來的稿子檢查一遍，只是在強光麻木下機械地打著字。陽光使我眼花繚亂得只能看見閃亮的打字機輪廓。洋鐵片的屋頂經幾個小時的照射，熱得使已經打上字的紙張捲成了筒狀。由於最近一年來發生的事件，使我無暇註銷亡母的戶口，這些事件逼得我將打出來的稿子按原樣擱在那裏未加改動。我希望有一天我會有時間和勇氣細琢細磨地把這部稿子改得完美一些；或者，在我可以抹去這些畫面那粗糙而自然的面目的前提下，只拿起一把剪刀來處理這份稿子，把其中那些隨著時間的推移仍然保持清新的畫面剪下來。倘若我已不在人世，就請我的哪位朋友來完成，將這些剪下來的畫面拼成一部小小的中篇或較長的短篇小說吧！就這樣。

又及：在我寫作這部稿子的這個夏季月份裏，我正生活在為達里的「虛構的回憶」以及佛洛伊德的「在暢所欲言中發現被壓抑的衝動」而激動的情緒之中。

赫拉巴爾

一．擦拭玻璃杯

請注意，我現在要跟你們講些什麼。

我一來到金色布拉格旅館，我們老闆便揪著我的左耳朵說：「你是當學徒的，記住！你什麼也沒看見，什麼也沒聽見！重複一遍！」於是我說，在這裏我什麼也沒看見，什麼也沒聽見。老闆又揪著我的右耳朵說：「可是你還要記住，你必須看見一切，必須聽見一切，重複一遍！」於是我驚訝地重複了一遍，我將看見一切，聽見一切。就這樣，我開始了我的工作。每天早上六點鐘我們便來到大堂，接受一次小小的檢閱。旅館經理駕到。地毯的一邊站著餐廳領班和所有服務員，最後一個是我——一個乾巴巴的小個子學徒，另一邊站著廚師、客房服務員、廚房助理、勤雜工和洗碗工。我們的老闆，經理先生打我們身旁走過，檢查我們的襯衫和禮服，看我們的領子是否乾淨，燕尾服上有沒有油污，扣子是否完好無缺，皮鞋亮不亮，他還彎下身來聞一聞，檢查我們是不是洗了腳，然後說：「你們好，先生們！你們好，女士們！」於是我們便不能再跟任何人閒扯了。餐廳服務員們教我怎樣將刀叉包在餐巾裏。由我打掃菸灰缸，每天我還得清洗裝熱香腸的洋鐵皮盒子，因爲是由我到火車站去叫賣熱香腸的。全套活計都是由那個那時已經不再當學徒、成了正式工的人教給我的。哎呀呀，他爲了能到火車站去叫賣香腸，可眞沒少求人家。最初，我對這一點感到有些不解，到後來我就明白了。我最愛幹的就是到火車站去向車上的乘客賣香腸這檔子差事了。有好幾次，我的香腸以一對一克朗八十哈萊士❶賣給人家，可乘客們只有一張二十克朗的鈔票，有時甚至是五十克朗的鈔票，而我又沒有那麼多零錢找給他；即使有，我也只顧著先繼續往下賣，直到乘客們紛紛上車，從窗口探出頭，伸出手來等我找錢。我先把熱香腸放好，然後在衣兜裏翻找零錢。乘客們大聲嚷嚷，說銅板兒不用找了，把紙幣找給他們就行。我卻磨磨蹭蹭地在衣兜裏找紙幣。哨聲響了，我才慢慢掏出該找給乘客的紙幣。可是火車已經徐徐開動，我追在火車後面跑，高舉著錢，眼看著他的手指就要觸著紙幣了。有一個人探出一大截身子，以至於不得不讓人拽住他的腿。還有一個人，他探在窗外的腦袋眼看要碰著站臺上的柱子，可是後來他伸出來的手指很快離我遠去。我氣喘吁吁地站在那裏，手裏捏著紙幣。這可就是我的了！很少有旅客回來索取過這些錢。於是我便開始

❶捷克硬幣，一百哈萊士爲一克朗。

有了自己的積蓄。一個月下來便是好幾百，到後來我甚至有了上千元克朗。可是從早上六點到晚上睡覺之前，我的上司都要來檢查一番，看我是不是洗了腳。晚上十二點前我必須上床。於是我就這樣開始了什麼也沒聽見卻又什麼都聽見了，什麼也沒看見卻又看見了我周圍一切的生活。我看見了這規矩、這制度，看見了當我們彼此之間表面上顯得不和時，我們老闆的那種高興勁兒。哪能讓女帳房晚上跟一個男服務員去看電影呢！第二天早上就得把他們辭掉。我還認識了餐廳的特別客人，那張包了出去的餐桌，每天都由我來擦拭包餐桌上的玻璃杯，杯子上有每個客人各自的號碼、各自的標記。有上面畫著鹿的杯子，有畫著紫羅蘭的杯子，有畫著小鎮的杯子，有稜角的杯子，還有慕尼黑產的帶有HB字母的大肚子石罐。每天晚上我都看見這幫固定的上流人士：公證人先生、火車站站長、法院院長、獸醫、音樂學校校長、工廠主伊納，我替所有這些常客穿脫過外套，我給他們端啤酒，還得把各人固定使用的杯子送到他們各人的手裏。我眞奇怪這些富人怎麼能整整一個晚上來來回回地討論這些個問題，說城外有一座小橋，三十年前小橋旁邊有棵白楊樹。於是爭論便開始了，這個說那裏沒有小橋，只有那棵白楊樹；另一個說那裏沒有白楊樹，只有一塊幾乎不能算作小橋的帶柵欄的木板……他們就這樣一直邊喝啤酒、邊爲這個沒有意思的問題大喊大叫，爭論不休；不過也只是表面上熱鬧熱鬧而已，因爲他們儘管大聲吵嚷著說，那裏有座小橋而沒有白楊樹，或者說那裏有棵白楊樹而沒有小橋，可是到後來又總是坐下來，一切恢復正常。他們的爭吵彷彿只是爲了讓啤酒更加可口。有時候他們又爭論這樣一個問題：捷克哪種牌子啤酒最好。這個說普羅吉維的最好，那個說沃德尼昂的最好，第三個說皮爾森的最好，第四個說寧布爾克的最好，或者說克魯肖維釆的最好，於是又扯著嗓門爭個不休。大家都很高興，大聲吵嚷只是爲了有點兒事做，輕鬆地把這個晚上打發掉。後來，在我給他們端啤酒去的時候，站長先生便側著身子對我耳語說：有人看見獸醫先生到天堂豔樓去找小姐了，還說他去的是雅露什卡小姐的房間。而那位校長又對我耳語說：獸醫雖然去過，但不是在禮拜四，而是禮拜三就去了，而且那位獸醫找的是弗拉絲達小姐。於是他們一整個晚上便談論天堂豔樓的小姐們，還有誰去了誰沒去等等。當我一聽到天堂豔樓這個話題，對他們曾經爭論過的城外有座小橋還是有棵白楊樹，啤酒是布拉尼克牌子的好還是普羅吉維的好之類的話題便壓根兒不再想聽見，一心只琢磨著這天堂豔樓大概是個什麼樣子。我數了一下自己的錢。我賣熱香腸攢下來的外快，足夠我去逛一趟天堂豔樓的了。我甚至還會在火車站上裝哭，扮小可憐，讓人們同情我這個小學徒。他們在車上向我招手，施捨錢給我，因爲他們以爲我是孤兒。我打定了主意，總有一天晚上十一點鐘以後，等我洗了腳，便要從窗子裏爬出去，看看那天堂豔樓究竟是個什麼樣子。這一天終於來到了，就在金色布拉格旅館出了大事的那一天。那天上午進來一幫茨岡人，一個個穿得漂漂亮亮。說他們是鍋爐廠的，有的是錢。於是他們坐了下來，要了最好的菜，而且在每次加點另一道菜時，總要把錢亮出來給你看一下。音樂學校校長坐在窗子旁，見茨岡人太吵，便換到餐廳中間桌子那兒去坐，還繼續看他的書。

我想那肯定是一本非常有趣的書，因爲在他站起來換到一個離原座三張桌子遠的地方去坐的時候，眼睛還一直看著他那本書。連往下坐的那一會兒也還在看他那本書。他的手摸索著找椅子，眼睛還是沒離開書。我在爲包餐桌擦拭玻璃杯。那時正值上午，我對著亮光只看見少數幾位客人要了份湯和燜牛肉。我們這裏的規矩是，即使沒事做，所有服務員也要找事做。比方我吧，就得仔仔細細將那玻璃杯擦了再擦。領班也挺直身子站在那裏整理刀叉，服務員重新整理餐巾什麼的……突然，我透過金色布拉格旅館的玻璃杯看到窗口下跑來一群激怒的茨岡人。他們跑進了我們的金色布拉格，大概在過道上就已經拔出了刀子。可怕的事情發生了：他們跑到那些從鍋爐廠來的茨岡人跟前。而那些鍋爐廠工人似乎早就在等著這些人。他們一躍而起，將身後的桌子一張張拽到身前擋著，以免那些帶刀子的茨岡人撲過來。可還是有兩個人倒在地上，他們的後背挨了刀子。那些帶刀子的茨岡人朝鍋爐廠工人的手上砍，連桌子上都沾滿了血，可是校長先生還在繼續看他的書，而且還面帶微笑。那茨崗風暴不只發生在校長先生的附近而已，而是越過他的頭頂。鮮血濺到了他的頭上、他的書本上。刀子兩次扎著了他那張桌子，可是校長先生仍舊繼續讀著他那本書。我自己卻鑽到桌子底下，用四肢爬進廚房。茨岡人尖聲叫嚷，刀子閃閃發亮，彷彿在金色布拉格飯店裏飛竄的金蒼蠅。這些茨岡人不付錢便匆忙走出旅館，所有的餐桌上都是血。有兩個人躺在地上，有張桌子上擺著兩個砍下的指頭和一隻削下的耳朵，還有一小塊肉。後來請來一位大夫檢驗了這些割下的碎肉，發現這是從肩膀以下的胳膊上割下來的。唯獨那位校長先生仍舊用手撐著腦袋，胳膊肘撐著桌子，繼續在看他的那本書。其他桌子都已翻倒在門口，這些桌子堆成了一個防禦工事，掩護著鍋爐廠工人們逃出了飯店。經理先生只好站在飯店門前，舉起雙手對前來用餐的顧客說：「抱歉抱歉，今天我們這兒出了點兒事，明天再開門。」我的任務是洗乾淨那些血跡斑斑的桌布。那上面有多少手掌印、指頭印啊！我得把它們都搬到院子裏去，在洗衣房燒上一大鍋水。勤雜工們也都來幫著洗，然後煮，我負責晾曬。可是我個子小，搆不著晾曬繩，後來只得由廚娘們來做，我將擰乾的桌布遞給她們。我的個兒剛好搆到那廚娘的胸脯那兒，她一個勁兒地笑，還借機戲弄我，將她的乳房壓在我的臉上，卻裝作不是故意的。一個乳房挨著另一個乳房地壓在我的眼睛上，擋得我什麼也看不見，不過倒是挺香的。等她一彎腰去取筐裏的濕桌布時，我又從下面看到她的兩個乳房在搖晃；等她一站起身晾桌布，那些下垂的乳房又高高聳起。所有勤雜工和這些娘兒們都哈哈大笑，還對我說：「小傢伙，你幾歲啦？你已經滿了十四啦？什麼時候？」到了傍晚，微風吹拂，桌布全乾了，滿院飄揚著乾淨而漂亮的一塊塊白布，活像我們只有在舉辦婚宴慶典時才用的餐巾。好啦，我的任務全完成了！到處又重新乾乾淨淨，到處都擺放著石竹花。花店總是根據不同的季節送來滿滿一筐各式鮮花。我上床睡去。可到了夜深人靜時，院子裏晾著的桌布彷彿在喃喃細語，彼此交談。我打開窗戶，溜出房間，從桌布中間穿梭著由窗口到了大門那兒。我躥了出去，走進小巷，從一盞路燈躥到另一盞路燈底下。倘若有人走過，我便站在暗處等著他過去，直到遠遠地看到了「天堂豔樓」那塊綠色招牌，我才稍微站定了一會兒，等了一等。樓房裏面傳出自動風琴的演奏聲。我鼓足了勇氣走進屋裏，只見走廊上有個小窗口。我站在那兒，窗戶高得讓我不得不踮起腳尖。我看見裏面坐著天堂老闆娘，她問我：「您有什麼事，小夥子？」我說我是來找樂子的。她開了門。我走進去之後，看見那裏坐著一位黑髮女郎，頭髮梳得光溜溜的在那裏抽煙。她問我要什麼服務。我說我要吃宵夜。她便說：「給您把飯端到這裏來吃，還是到宵夜部那裏去吃？」我臉一紅，說：「不，我想要一個包廂。」她瞅了我一眼，吹了一聲長口哨。該問的她都問了我，也得到了答覆，於是她又問：「想跟誰？」我指了一下她說：「跟您。」她無可奈何地搖了搖頭，將手伸給了我，手拉手地領著我走過一條暗紅燈光的暗黑走廊。她打開房門，裏面擺著一個長沙發、一張桌子、兩把絲絨布面椅子。燈光是從荷葉邊窗簾下面哪個地方照出來的。從天花板上往下垂著一些柳條枝之類的東西。我坐了下來，摸了一下錢包，心裏感到很踏實。我說：「您跟我一塊兒吃飯嗎？您想喝點兒什麼？」她說喝香檳酒。我點了點頭，她一拍手，服務員便來到跟前，送來一瓶酒，當面將瓶蓋打開，然後又從旁邊的小貯藏室裏拿來兩個玻璃杯，倒上酒。我喝香檳時，酒裏的泡沫都鑽進了我的鼻孔裏，我不禁打了一個噴嚏。那位小姐一杯接一杯地喝著，在她向我作了自我介紹之後，便聲稱肚子餓了。我說：「好吧！上最好的菜！」她說她喜歡吃牡蠣，說這裏的牡蠣很新鮮。於是我們吃著牡蠣，喝著新開的一瓶香檳酒。然後她便開始撫摸我的頭髮，問我哪兒人，我說我來自一座小小的村莊，連煤我都還是去年才第一次看見。她覺得好可笑，然後說讓我放鬆一點兒。我覺得很熱，便脫下了上衣。她說她也熱，問我可不可以幫她寬衣。我幫她脫下，將她的衣服平整地放在椅子上。隨後她幫我解開了褲子的前開口。如今我才知道，天堂豔樓不光是美妙、迷人，簡直就像在天堂。她將我的頭放在她的兩個乳房之間，那香味，那細嫩的皮膚……我閉上了眼睛，徹底地醉了，癱軟了，隨她擺佈。我什麼都不想要，就想要這個了。爲了這，即使把我一個禮拜賣熱香腸攢下的八百克朗全都花掉我也樂意。我似醉似夢地和她緊貼在一起，直到筋疲力盡、心滿意足。後來，很快就到了該穿衣服，不得不和小姐告別、付錢的時候了。賬房算了又算，給了我一張七百二十克朗的賬單。我又單獨給了雅露什卡小姐兩百克朗。我走出天堂豔樓之後，靠在第一道牆上，在黑夜中站了一會兒，回味著這一切。我終於弄明白，在這些住著漂亮小姐的漂亮房子裏是怎麼回事兒。我暗自說：「如今你已不再是生手了，明天再來吧！你又將成爲老爺。」我讓她們大吃了一驚，來的時候我只是一個在火車站叫賣熱香腸的小服務員，走的時候卻比金色布拉格飯店那些包餐桌上的任何一位老爺都要神氣得多。

第二天，我對世界的看法立即變了樣。這些錢不僅爲我打開了通向天堂豔樓的大門，而且使我有了尊嚴。我後來還回想起一個情景：天堂老闆娘見我白給了兩百克朗時，立即抓起我的手就要吻。我還以爲她想知道我的錶幾點鐘了呢。其實我根本就沒有錶。不過她要吻的也不是我這個在金色布拉格飯店當學徒的人的手，而是那二百克朗，總之，是我擁有的這些錢。我還有一千克朗藏在床上，這錢我也不是想要就有的，而是要靠我每天到火車站去賣熱香腸才能掙到。第二天上午我被派去取裝花的籃子。在回來的路上，我看見一個退休老人四肢趴在地上找他那個不知滾到哪裡去了的硬幣。我立即聯想到，像包餐席上的客人一樣，常常光顧我們旅館的也有花匠、熟肉師傅、屠夫與牛奶廠廠長。實際上，這些光顧我們這裏的人是給我們供應麵包和肉類的客人，而我們的領班一看冰箱，便吩咐說：「快到屠夫那裏去，讓他立即把那瘦得不得了的小牛肉拿走，現在就拿走！」小牛肉果然在傍晚之前便拿走了。那屠夫坐在那兒，彷佛什麼事兒也沒發生過。可是那個退休老人大概是眼睛不好，手掌在塵土裏摸來摸去。我說：「您在找什麼，老大爺？」「找什麼？」他說他丟了二十個哈萊士。我等著人們走過這附近時，便從衣兜裏掏出一把硬幣拋到空中，然後立即抓起籃子提手，買我的石竹花去了。我一直朝前走著，拐彎之前我回頭看了一眼，只見地上還趴著好幾個行人，每個人都覺得這些硬幣是爲他而掉下來的。他們互相爭吵著，逼著對方把錢還給自己。他們就這樣跪在那裏大吵大嚷，唾沫四濺，甚至像發怒的貓狗彼此又搔又抓，我不禁忍不住笑。我馬上明白了：人們感興趣的是什麼，相信的是什麼，爲了幾個硬幣能幹出什麼來。我提著花回到飯店，看到門口有那麼多人，便匆匆跑進一間客房，掏出滿滿一把硬幣，故意拋到離人群有幾米遠的地方，便又立即跑下來修剪石竹花，我總是將兩枝文竹配上兩支石竹花插在一個小花瓶裏。我一邊插花、一邊透過窗子看見人們怎樣四肢趴在地上撿錢，撿我拋下的銅板兒，還互相爭吵：爲什麼我先看到的銅板被你搶到手。在這個晚上，在以後的許多晚上，在那些我們沒事也要裝著有事忙的日子裏，在我擦拭玻璃杯，或對著光線細細檢查它的清潔度，並透過它看到寬闊的廣場、避瘟柱和天空烏雲的時候，甚至在白天，我都在夢想自己飛翔在大城小鎮和鄉村的上空，帶著一個大口袋，口袋裏滿裝著硬幣，我將它們一把又一把地撒在身後的地面上。我像播種一樣地拋撒著硬幣，隨即追上來一群人，我還沒發現有一個人不去撿這錢的，看到的淨是你奪我搶。可我已經繼續往前飛行，感覺非常愜意，即使在夢中我也會得意洋洋地咽著口水。我甚至夢想自己帶著裝滿硬幣的口袋，將它們繼續一把一把地撒向我身後的人群。硬幣叮噹地響著，滾得到處都是。我甚至想像著我有本事像蜜蜂一樣飛進車廂，飛進火車電車，叮噹一聲無緣無故地將一把鎳幣拋到地上，讓大家彎下身來，爲了搶個小錢去互相爭鬥，因爲每個人都認爲這錢是只爲他而從天空掉下來的，根本沒有別人的份兒。這夢想使我受到鼓舞。我個子小，因此我得戴上漿得很硬的高領子，而我的脖子又小又短，那領子不僅勒得我脖子疼，而且直頂著我的下巴。爲了不至於太疼，我必須總昂著頭，我也學會了仰著頭看人，因爲我沒法低頭，一低就疼，所以我鞠躬時必須彎下整個上身，可是頭還仰著。我微微闔上眼皮，我看世人的那副樣子，像是在蔑視他們，嘲笑他們，看不起他們。因此客人也以爲我是一個很自負的人，同時我也學會了站和走。我們馬不停蹄地走著，我的腳板像燒燙的熨斗。我奇怪自己怎麼沒著火，鞋子怎麼沒燒壞。我的腳板燙得我有時實在沒有辦法，便往鞋裏倒冰涼的蘇打水，特別是在火車站上，可這也只能稍微舒服一點兒。我眞恨不能立即把鞋脫掉，穿著燕尾服直接跑到溪邊將我的雙腳泡在水裏。於是我繼續往裏面倒冰鎭蘇打水，有時還放進一小塊冰淇淋。現在我才明白，爲什麼領班和服務員們總是穿那些像是從垃圾堆撿來的最舊最破的鞋。只有穿上這種鞋走路，才能撐上一整天。就連客房服務員和賬房，所有人最累的也是那雙腳。每當我晚上脫去鞋子，發現腳上的塵土齊到膝蓋，彷彿我整天不是走在木板地上和地毯上，而是走在煤堆上。這就是我的燕尾服的另一面，是全世界所有大飯店的服務員、學徒以及領班們的背面。一面是雪白的、漿得筆挺的襯衫和漿得發硬的白領子，另一面是漸漸發紅的雙腳，就像那種得了脈管炎，從雙腳的變色開始漸漸死去的人那樣……可是，我每週都能攢下一筆錢去找一位新的小姐。我的這第二位小姐卻是一位金髮女郎。我一進到天堂豔樓裏面，便有人問我需要什麼。我說想吃宵夜，而且馬上添上一句「在包廂裏」。當他們問我找哪一位小姐時，我便指了一下那位金髮女郎。我又愛上了這位淺黃頭髮的姑娘。儘管那第一次是難以忘懷的，但我覺得這次比第一次更加美妙。我就這樣一直檢驗著金錢的力量。我要了香檳酒，可我事先嘗了嘗，那位小姐必須跟我喝一樣的酒。我不能容忍只給我倒酒而給她倒汽水。當我裸身躺下，兩眼望著天花板，那位金髮女郎也躺在我身旁，也兩眼望著天花板時，我突然起來，從花瓶裏抽出幾支牡丹，扯下花瓣，並將它們一片片地在小姐的肚皮上擺成一圈，眞是美得讓我吃驚。小姐坐起來，看著自己的肚皮，不過牡丹花瓣掉了下去。我輕輕地將她重新按倒在床上，讓她好好躺著，並從牆上將鏡子轉個角度，讓她自己能看到她那擺著牡丹花瓣圈兒的肚子有多美。我說：「太棒了，以後我每次來都給你帶來一束時令鮮花，在你肚皮上擺成花瓣圈兒。」她說，她從來沒有碰到過有人對她的美表示如此般的敬意，她說她因為這些花而愛上了我。我說：「等到過聖誕節時，我去折些雲杉枝來給你在肚皮上擺成一個圈，那該會有多麼美啊！」她說要是擺上槲寄生將會更美，但應該在長沙發上方的天花板上掛塊鏡子，讓她能看到按季節、月份擺在肚皮上的不同的花瓣圈兒有多美，說等到我給她擺上菊花、石竹花、小野菊、彩色觀賞葉……那一定會很好看……我起了床，我們又戀戀不捨地互相擁抱。臨走時，我單獨給她二百克朗，可她將錢還給了我。我將錢放在桌上就走了。我覺得自己彷彿有一米八那麼高。連「天堂」老闆娘，我也給她放了一百克朗在窗臺上。她彎下身來，透過眼鏡瞅了我好一陣子。我出來時已是深夜。夜空的滿天星斗照著暗黑的小巷，可我滿腦子都是金髮女郎肚皮上的獐耳細辛、雪片蓮、雪花蓮、報春花，除此之外什麼也看不見。我越往前走，就越發奇怪我怎麼會冒出這麼個念頭來，像擺涼菜冷盤一樣，在一個女人的肚皮上擺起花瓣圈兒來。我想像著，一年下來能擺這麼多品種的花瓣圈兒，眞是其樂無窮。原來金錢不僅能買到漂亮姑娘，還能買到詩。第二天早上，我們照例兩排站在地毯上，老闆在我們面前來回踱步，檢查我們的襯衫是否乾淨，扣子是否齊全，說了聲「你們好，女士們！先生們！」的時候，我卻死盯著廚娘們和客房女服務員看，直到她們其中的一個揪了一下我的耳朵。我發現我連一個也沒看上，我也絕對不會往她們肚皮上擺花瓣圈兒。既不會擺菊花花瓣兒，也不會擺牡丹花瓣兒，更甭說雲杉枝或者槲寄生了……我就這樣魂不守舍地擦著玻璃杯，對著大窗戶的光看著窗外的半截行人，心裏在想著夏天裏開的什麼花，怎樣擺放到天堂黯樓那位金髮女郎的肚子上去。我非常仔細地擦著玻璃杯，這是誰也做不到的。我先在水裏把杯子洗乾淨，然後再擦，最後舉起來對著光照，看是否已經乾淨。可是透過玻璃杯，我心裏琢磨的全是我將要在天堂黯樓幹些什麼。我把花園裏、草原上乃至森林中的花全想到了，不禁又有了新的惆悵，到了冬天怎麼辦？後來我又露出了幸福的笑容，因爲冬天的花兒更加美麗，我可以去買仙客來和玉蘭花，或者到布拉格去買蘭花，我乾脆搬到布拉格去住。在那裏的大飯店裏也可以找到工作，那裏的整個冬天都有花……想著想著一眨眼快到中午了。我開始分送碟子和餐巾、啤酒和紅色的檸檬石榴汁。中午一到，人們便大忙起來。門一打開，那最先進來然後轉過身去關好門的，便是天堂黯樓的那位金髮女郎。她坐下來，打開手提包，從裏面掏出一個信封，她四下張望著。我連忙蹲下繫鞋帶，我的心都快跳出嗓子眼了。領班朝我走來對我說：「快去接待顧客！」可我只是點了點頭，我的膝蓋直哆嗦。後來我鼓起勇氣，盡最大可能地昂著頭，遞給她一塊餐巾，問她需要點兒什麼，她說：「我就是想見見你，要杯覆盆子汁。」我注意到她穿的是那件夏季連衣裙，上面滿是牡丹花圖案，她整身圍著一圈牡丹花圃。我難爲情得臉都紅了。我眞沒想到會冒出來這麼一檔子事。這些牡丹就是我花出去的錢啊，這是我的好幾千塊錢啊！如今我所看到的還只是白白地送她的。我轉身去爲她端覆盆子汁。等我端來時，只見她擱在餐巾上的那個信封裏隨隨便便露出了一點兒我送給她的兩百克朗。她盯得我不禁打起顫來，石榴汁兒灑在了她的膝蓋上。領班匆匆跑來，連老闆也來了。他直向她賠不是，還揪著我的耳朵，惡狠狠地擰了一下。他不該這樣做的，氣得那金髮女郎對著整個飯店大喊了一聲：「你這是幹什麼？」老闆說：「他把果汁灑在您身上，弄髒了您的衣裳，我會賠償的。」她卻說：「這跟您有什麼相干？我什麼也不想問您要，您怎麼這樣侮辱他？」老闆和藹地說：「他弄髒了您的衣服……」大家都停止了用餐，而她說：「跟您無關，不用您管！您瞧著！」她說著拿起一杯飲料，從上往自己的頭髮上倒，然後又拿起一杯，倒得全身都是覆盆子汁和汽水泡沫，等她倒完最後一杯覆盆子汁之後，說了聲：「結賬！」她付了錢便走了，身後留下一陣覆盆子香味。她出去的時候仍穿著那件滿是牡丹花的絲衣裙，如今有一大群蜜蜂圍著她飛。老闆拿起桌上那裝著二百克朗的信封說：「你快去追她，她把這個忘在這兒了。」我跑了出去，她正站在廣場上，像市集上的土耳其蜂蜜小鋪一樣招來了一大群蜜蜂。她也不去管牠們，任牠們採集這甜果汁。淋在她身上的果汁厚得彷彿她多了一層皮，又彷彿傢具上擦了一層清漆或類似的東西。我看著她那身衣服，交給她那二百克朗，她把錢還給了我說，是我昨天忘在她那裏的。她還補充了一句說，請讓我晚上再上天堂豔樓去，說她買了漂亮的野罌粟花。在陽光下，我看到她的頭髮被覆盆子汁粘成一縷一縷的，被太陽曬乾了，變硬了，跟那油漆刷子似的。她的衣裙被甜果汁粘得緊緊地貼在身上，要像從牆上揭下舊廣告和壁紙那樣才能脫得下來，可這一切都還是小事，尤其使我震驚的是，她竟然對我說：她一點兒也不害怕我，說她比大飯店裏的人都更加瞭解我，也比我自己更瞭解我。當天晚上我老闆對我說，需要我將在一樓的房間騰出來，好存放床上用品，我必須把東西收拾好搬到二樓去住。我說：「是不是明天再搬？」可老闆看我的那種眼神使我明白現在就得搬。他還再次叮囑我說，晚上十一點必須上床睡覺，說他既要對我父母又要對這企業負責。要想讓這樣一個小學徒能夠工作一整天，晚上就得睡好覺。

我最喜歡的顧客是那些出門做生意的，但也不是所有的商人。我特別喜歡其中的一個。這個代理商是個特大號大胖子。他第一次到我們飯店來時，我連忙跑去找我的老闆。我當時那副慌張的樣子，使我的老闆嚇了一跳：「出了什麼事？」我說：「老闆，這兒來了個嚇人的大胖子！」於是他跑去看了一下。果然，這麼胖的人我們還從來沒有見過。老闆表揚我及時反映了情況。於是專門給他挑了個房間。這胖子睡的是一張特別的床，床底下還加了四根柱子，外加兩塊厚木板撐著。那人在我們這兒過得可舒坦哪！他還帶了個腳伕，這名腳伕背上總背著件什麼重東西，就像火車站上的搬運工，扛著一件用行李帶捆著的重型打字機之類的玩意兒。晚上，那代理商總要在餐廳吃晚飯。他的吃法可不尋常：先拿菜單來看一眼，彷彿什麼也挑不出來，然後說：「除了這些酸味肺以外，其他的都給我上一份來。一道一道地上，等我吃完第一道菜，你就上第二道，直到我說夠了為止。」他總要吃上十來道。等他吃飽了，沉思了一會兒說，他還想要吃點兒東西磨磨牙。於是，他先要了一百克匈牙利香腸。接著就像生了氣似的，抓起一大把零錢往大街上一扔，然後，又氣鼓鼓地坐下來。餐廳裏的包席常客彼此看了一眼，又瞅了一眼我們經理。經理只得站起來，鞠個躬對那胖子說：「先生，您幹嗎要扔掉那些零錢啊，它又不礙什麼事？」那位代理商說：「既然你們作爲這個大旅館的老闆，每天差不多都扔掉十克朗，憑什麼我就不能扔掉那些零錢呢？」經理回到那些常客們的桌旁，將那代理商的話轉告了他們。這些人聽了更覺得不可思議。於是，經理又決定回到胖子那裏去問個明白，說：「您扔自己的零錢，那不礙事，您愛怎麼扔就怎麼扔好了，可是您怎麼說我們旅館每天都要扔掉十個克朗呢？」那胖商人站起來說：「如果您允許的話，我可以向您解釋清楚。我能到您廚房裏去一下嗎？」經理點了一下頭，用手指著廚房的方向。等胖商人進到廚房裏，我聽見他自我介紹說：「我是馮伯克爾公司的代理。請給我切一百克匈牙利香腸好嗎？」經理便給他切了，秤了，放到一個碟子裏。我們大家都嚇壞了：他這不是在檢查我們的分量夠不夠數嗎？可是那胖商人卻拍了一下手，他從屋子角落裏將他那個腳伕叫出來，拿出那件用小檯布蓋著的東西。這玩意兒如今看去像輛小紡車，但又不是。他的腳伕走進廚房，把他那架玩意兒擺到桌子上。那代理商將蓋在上面的布一扯，亮出一架漂亮的紅色器具，一個圓而扁平的亮閃閃的鋸子，鋸子繞著軸呈旋轉型。軸的尾端有一個曲柄和小把，還有一個旋轉扣。那胖商得意地看著他這部小機器，說：「聽我說，世界上最大的公司是天主教教會，它所買賣的東西，誰也沒見過，誰也沒有摸著過，到底價值多少誰也搞不清，那就是上帝。世界上第二大公司便是所謂的國際公司，這個你們也有了。而這，是一部在全世界使用的小機器，這是一個記款器，如果您整天都能正確地按動這旋鈕，到晚上它就能幫您把一天的收支算出來，這就是我所代理的世界上第三大公司。

「馮伯克爾公司生產的秤，行銷於全世界、在赤道上或在北極。我們還生產各式切肉切香腸的機器，這種機器的奧妙在於……」他先要了根匈牙利香腸，把香腸皮撕下來擱在秤上，一隻手搖動著曲柄，另一隻手按住切香腸的轉刀，裝肉片的盤子裏便開始堆起一片片切好的香腸，腸片堆得很快，彷彿已經切掉整根香腸，其實那根香腸並沒有切掉多少。代理商停止了搖柄，他問我們，估計大概切了多少克。經理說：「一百五十克。」領班說：「一百一十克。」「你認爲呢，小毛頭？」他問我。我說：「八十克。」經理立即揪我的耳朵，並對這代理商一個勁兒地賠不是說：「這孩子小時候在他媽媽餵他奶時，曾經掉到地上摔傷過腦袋。」可是那位代理商卻摸摸我，對我溫柔地一笑說：「這孩子猜得差不多。」於是他將切好的香腸往秤上一扔，秤上指示爲七十克。大家彼此交換了個眼色，紛紛靠前圍到那神奇的小機器旁邊。誰都明白，這架小機器能帶來利潤。等我們讓出一條路來時，那胖代理商抓了滿滿一把硬幣扔到煤堆上的木箱裏。他一拍手，他那個腳伕又提來一個包裹，用個罩子蓋著，像我奶奶的聖母瑪利亞神盒。等他把罩子一揭開，裏面放著一架秤，就像藥鋪裏用的那種最多能秤稱一公斤的秀氣的小秤。那胖代理說：「瞧見了嗎？諸位，這秤準極了。我對它呵一口氣，它就能指示出我這口氣有多重。」他吐了一口氣，果然，那秤的指示針便動了一下。他將切好的香腸片往上一放，秤上指示爲六十七點五克。很明顯，前面那架秤稱出來的腸片分量多出二點五克。代理商在桌子上算了一下，然後又把那數字塗掉說：「您一個禮拜如果賣十公斤匈牙利香腸出去，這桿秤就能給您省出一百個二點五克香腸來，這也就幾乎是半根匈牙利大香腸。」他說著，手握拳頭撐在桌面上，腳尖著地，腳跟兒微微抬起，得意地笑著。經理忙說：「大家都走開，我們這裏要談生意哩！您把放在這裏的東西都給我留下，我都要買下來。」「這是我的樣品。」代理商說。他指了一下他的助手，接著說：「我們帶著這些東西，在克爾科諾謝山脈一帶的各個小旅舍轉了一個星期。我們幾乎在每一個像樣的旅舍裏都賣掉了一架切香腸的小機器，一桿秤。我把這兩件東西當作稅款儲蓄器，就是這麼回事兒。」那位代理商大概比較喜歡我，我使他回憶起他年輕的時候。他每次撫摸我的時候，總是笑得那麼親切，有時甚至還掉眼淚。他時不時讓我給他往房間裏送礦泉水。我每次去他房間，他總是穿著套睡衣躺在地毯上，他的大肚子像一隻大桶攤在他的身旁。我挺喜歡他這個樣子，他也根本不爲有這麼個大肚子而感到不好意思。恰恰相反，他有時把肚子挪在前面，像掛著一塊面對全世界的廣告牌。他常對我說：「坐下，孩子！」又對我微微一笑，溫柔得不像我爸而倒像我媽。「你知道，我也跟你一樣，這麼一點兒大就開始闖世界了。在科列夫服飾公司。啊！我的孩子啊！直到今天，我還在想念我當時那位經理哩！他總是對我說：『一個正經商人總有那三件寶：不動產，店鋪和儲存物資。要是儲存物資沒了，那你還有店鋪；要是儲存物資和店鋪沒有了，你至少還有一份不動產。這個誰也無法從你這兒拿走。』可是有一次我被派去取梳子，很漂亮的骨頭梳子，總共值八百克朗。我把這些梳子馱在自行車上的兩個大提兜裏。你拿糖吃吧！拿吧，拿吧！櫻桃巧克力的。我正推著這輛馱著兩口袋梳子的自行車上山坡，這時有個鄉下娘兒們也騎著自行車趕到我前面去了。她到了小山坡上的林子裏便停下來。等我推著車到了那裏，她瞅了我一眼，目光那麼咄咄逼人，弄得我都不好意思地垂下了眼皮。她撫摸了我一下說：『咱們一塊兒去摘覆盆子吧！』我於是放下自行車，她那輛女用自行車壓在我的車上。她拉著我的手剛進到第一堆灌木叢裏，還沒等我明白過來，她便壓在我身上，我算是被她弄到了手。我想起了我的車，我的梳子，我立即跑去拿我的車。那時，女用自行車的後車輪旁都有個網子，有顏色的，就像通常罩在馬頭和馬脖子上的那玩意兒。我一摸那梳子，還好，全在。我總算鬆了一口氣。可是，那娘兒們又走了過來，見我沒法將我的車子從她的車子底下取出來，便對我說：『這就說明，我們還不該分手。』我眞是怕了她。吃那糖！這叫牛軋糖。我們又一塊兒來到一片小森林，這回她將車子放在地上，我的車子壓在她的車子上，我也翻身壓住她，佔了她的便宜。記住，孩子！只要你有辦法，有本事，生活就能改樣。唉！不過你該去睡覺了，明天早上你還得早起，知道嗎，孩子？」他舉起瓶子，咕嘟咕嘟一飲而盡，我還聽見了礦泉水在他肚子裏咕嘟的聲音，彷彿屋簷上排水管裏的雨水正滴到貯水池裏。當他一轉身，側著身子躺著，肚子裏的水也滾到了側身的這一邊，構成新的水平面。我可不喜歡那些自己帶食物、人造黃油的廚房用品商。他們隨身帶著食品，在房間裏吃飯。有的甚至還隨身帶著酒精爐，在房間裏煮馬鈴薯湯，把馬鈴薯皮扔在床底下，還要我們免費給他們擦皮鞋。他們離開飯店的時候，只給我一個廣告紀念章當小費。我還得幫他們把裝酵母的盒子搬到汽車上。這是他們從所代理的批發商店拿的，順便拿出來賣賣。有的商人隨身帶的箱子多極了，彷彿把他們打算在一個星期內要賣掉的商品都帶上了；可是有些人壓根兒什麼也不帶。對這種人我很感興趣。他們來的時候沒帶箱子，我想他們拿什麼做買賣呢？他們帶的東西往往使我大吃一驚。例如有一個是辦理包裝紙和紙口袋的訂貨單的，他的樣品只需塞在一個上衣口袋裏。還有的隨身帶個公文包，裏面裝著像扯鈴之類的小玩具和訂貨單。他們走遍全城，邊走邊玩著，進了商店也接著玩他的玩具。這時，玩具與服飾小品店的老闆便顧不得跟別的小商品代理商和顧客打招呼，卻像夢遊似地直奔扯鈴那兒，問銷售人可以供多少貨。那代理商答應他能供十二打，兩人一商談又添了幾打。在別的季節裏，代理商或者帶上一隻皮球，不管在火車上、街上或者進到哪家商店，他們又是踢又是拋的，走到哪兒便玩球玩到哪兒。店老闆便像吃了迷魂藥似地直朝這球走去，目光追著這拋上拋下的球看個沒夠，然後便問能供幾打貨。這種季節的代理商我不喜歡，領班也不喜歡他們。他們都是些急性子，一些所謂火燒屁股的人。他們一進旅館，恨不得馬上吃飽，不付錢便從窗口溜出去，有幾次還眞是這樣……可是有一位在我們旅館裏睡過一覺的橡皮王卻非常可愛。他是銷售各式橡品做的商品的，是普里麥羅斯公司的代理商。他每次來都有點兒什麼新聞，包餐桌上的常客總愛把他請到他們桌上去講點什麼，因爲他總有一些這個聽了不高興、那個聽了心歡喜的事兒。這個代理商向大家散發各種顏色和型號的避孕套，對我這個小學徒也不例外。我也挺討厭那些包席常客。他們在街上裝成一副高貴相，可一坐到飯桌旁，便像小貓，甚至猴子一樣地撒歡，十分淫穢和可笑。那個橡皮王一來，便將那普里麥羅斯公司的產品偷偷塞到人家的饅頭片下面。等客人一翻饅頭片，不禁笑得死去活來，因爲不出一個月別人也會遇上同樣的情況。大家都樂意這樣惡作劇鬧著玩。有一位名叫希夫諾斯特克的先生，他有一個生產假牙的公司。他說不定什麼時候就會把幾顆假牙或者一整板牙齒扔進人家的啤酒裏。可是反過來他卻在自己的杯子裏喝到了他銷售的假牙，這是他曾經扔到人家的咖啡杯裏的，是他的鄰座把他們的咖啡杯調了包。有一回，獸醫往希夫諾斯特克先生背上猛擊了一拳，打得他的假牙掉到了桌子底下。希夫諾斯特克先生還以爲這是哪個廠裏拿出來賣的牙，便往假牙上踩了一腳，後來才知道這是按照他的牙床專門做的牙齒。這一下可把修牙技師史羅塞樂壞了。他擅長快修，幹這一行掙得也最多。所以每當人們開始獵野兎野雞，他的賺錢季節便到了，因爲打完獵之後，獵手們便要開懷痛飲一番，好多獵手醉得連假牙都吐了出來，或者弄斷了，於是史羅塞先生便不分白天黑夜地給他們修牙，好讓他們的老婆不至於發現，或者讓他們在家人面前瞞上三五天。可是那橡皮王帶的完全是另外一類商品。有一次他帶的是所謂「寡婦樂」。我一直沒弄明白這是個什麼玩意兒。因爲它被放在一個像裝黑管一樣的樂器盒子裏。只要把盒子一打開，那寡婦樂便會圍著桌子轉，大家興奮得狂呼亂叫一氣。然後又立即將它關進盒子裏遞給下一個人。我雖然一直在給他們送啤酒，可一點兒也看不出來它怎麼能逗樂我們的寡婦們。有一次，橡皮王帶來一個橡皮女郎。正值冬天，大家都坐在廚房裏，夏天通常坐在保齡球館或者在用門簾隔著的窗子旁。一聽橡皮王關於那橡皮女郎的一番介紹，大家不禁哈哈大笑，可是我根本不覺得好笑。每個坐在桌旁的人都能拿到這橡皮女郎，可是只要一到某個人手裏，那人便馬上變得嚴肅，不好意思得紅起臉來，並立即把它交給坐在他旁邊的那個人。而橡皮王卻像在學校講課一樣地大肆宣講著：「這是最新產品，床上的性用品，一個名叫多情佳人的橡皮木偶。跟這多情佳人在一起，你可以隨心所欲。她幾乎像個活人，也跟一個成熟的女孩差不多一樣大小。她有激情，能跟您親熱，全身暖呼呼的，又美又性感。成百萬男人都在等待著這位橡皮做的多情佳人，一位用他自己的嘴吹起來的多情佳人。這位男人的氣吹成的女人反過來又能使男人們陰莖勃起，給他們以自信、力量和難得的滿足。這位多情佳人，諸位，是用特別的橡皮製成的。兩腿之間各個部位都是照著女人的所有來設計的。用電池發電可以讓她做出各種溫柔與刺激人的動作，能使男人的快感達到高潮。」在座的客人一個接一個地傳遞著這橡皮女郎，每次都由各人自己將她吹起。在將它遞給下一位之前，橡皮王便把橡皮女郎體內的氣放掉，讓接手的人親自將它再次吹起。別的人便鼓掌、大笑，簡直等不及輪到自己來吹它。廚房裏一片歡騰，女賬房直搖頭，坐立不安，彷彿每次被人吹氣的是她。他們就這樣狂呼亂叫直到半夜。當然，在這些旅客中也還有一個做其他生意的人，但是這個人做的生意更實際，是巴杜比采一家製衣公司的代理商。我們那位一天忙到晚的領班先生是通過軍隊認識他的，是領班曾經接待過的一位中校介紹他認識這個人的。這位代理商每年來我們這兒住兩次。我見過他，但記不清。他先量了我們領班的褲子，然後讓他只穿一件襯衫和小馬甲，用一條仿羊皮紙尺來量他的前胸、後背、腰圍和脖子，然後在紙帶上標明尺寸，比對著領班的身體裁剪，彷彿就是用這些紙條來給他縫燕尾服似的。他身邊沒帶布料，只是將這些紙帶編上號，仔仔細細擱到一個紙口袋裏，封上，在上面寫上我們領班的出生日期，當然還有他的名字和姓。他收了領班的訂金後，對領班說，他什麼心也不用操了，只等著燕尾服寄到時付款便是。領班也用不著去試衣服，因為他只在這個公司縫燕尾服，而且他確實沒時間。我後來聽到一些情況，那是我特別想問而又不敢問的，亦即這事兒後來是怎麼安排的。那代理商自己說了。他把訂金放進胸前小兜裏，輕聲地講述著：「你們知道嗎？這是我們老闆想出來的一項改革。全共和國乃至於全歐洲全世界性的一項改革：即軍官們，演員們，所有像您、像領班先生一樣時間很少的人，對這些人，我可以到他們這裏來量好尺寸並把它寄到工廠部門。那裏的人便拿著這些紙條圍在一個人體模型上，這模型裏面是個橡皮口袋，它可以慢慢地漲大，大到正好合乎這些紙條的尺寸。這些紙條因為抹了快乾膠，很快就能變硬。等到把這些紙條取下來，您的充了氣的身體模型便會飄到房間的天花板那兒。這人體模型上面拴了一根小繩兒，就像婦產醫院的每個嬰兒一樣，免得弄錯了；或者像布拉格醫院太平間裏的屍體那樣也拴個紙條兒，免得火化時弄錯。時候一到，便把相關的那個人體模型放下來試衣服，試制服。定做的衣服要根據訂單來反覆修改與試穿。一般要試三次，拆了線再縫，可連一次也不用眞人來試穿，而是靠這個充氣的橡皮假人來代表。一直到完全合體，可以放心將燕尾服寄給訂貨者本人，找他付款爲止。這些服裝通常都很合身，除非這顧客後來發胖了或變瘦了。遇到這種情況，公司的代理商又可來爲你重新量身體，看看胖了或瘦了多少，一切都可利用那充氣模型變大縮小來加以修改，或者另縫一件新的燕尾服或者軍外套。在顧客去世之前，這公司裏總有他的充氣軀體飄在天花板那兒，總共有好幾百種顏色不同的充氣軀體。一進公司的門，就可按照職位高低來找到各自的軀體模型。都一級一級分類放著哩！分將軍部、中校部、上校部、隊長部、大尉部、領班部，還有其他穿燕尾服的人。只要一來人，拽一下繩子，你的那個充氣軀體便會像小孩們玩的氣球一樣被拽下來。假如有人剛不久來縫製或修改過外套或大衣，你就能準確地知道這人的身材是個什麼樣兒。這使我感到很不自在，因爲等到我要參加服務員轉正考試時，也要到這個公司來縫一套新燕尾服，我的充氣軀體也將掛在公司的天花板上，這在世界上恐怕也是獨一無二的。後來我還常做夢，夢見飄在巴杜比采製衣公司天花板上的，不是我的那充氣的軀體模型，而是我自己。有時候我又覺得，我正飄在我們金色布拉格旅館的天花板上。有一天半夜，我給馮伯格爾公司的代理商，就是那個賣給我們小藥秤、香腸切片機的人送礦泉水到他房間裏去，我連門也沒敲便進去了。只見這位代理商正坐在地毯上，跟他平常一樣，他一吃飽便進房間，換上睡衣，盤坐在地上。原來我還以爲他在玩撲克或者給自己算命哩！可是他卻在滿心歡喜地微笑著，像個孩子那樣地興致勃勃，在地上一百克朗挨著一百克朗地擺他的鈔票。他已經擺滿了半張地毯，可還遠遠不夠，於是他又從皮包裏掏出一包鈔票來接著往下擺。彷彿地毯上畫了條線讓他照著擺似地擺得那麼直。擺完一行之後，他便心花怒放地欣賞著這些一百克朗一張的鈔票，甚至高興得拍一下他的胖手掌，然後又像一個天眞的孩子用兩隻手摸著自己的臉，乾脆捧著自己的臉，欣賞這些鈔票。隨後他又接著往下擺。要是有哪張鈔票擺反了或者沒擺平、翹起來，他便把它翻過去，讓所有的票面一個樣兒。我站在那兒，嚇得不敢咳嗽也不敢離開。這些錢就是他整個的財產啊！這一塊塊完全相同的「鋪地小瓷磚」，尤其是這巨大的熱情，這藏在心中的歡樂也爲我美好的前程敞開了大門。因爲我也跟他一樣喜歡這些錢，可是我就沒有想到這一招。在我眼前立即顯現出這樣一幅畫面：我要將我掙來的所有的錢，雖然眼下還不是一百克朗而只是十克朗，也像他一樣一張挨著一張鋪在地上，那該多來勁啊！我看著這個穿著條紋睡衣的，孩子氣十足的胖子，便明白了、也看到了我未來的任務。總有一天，我也要這樣關起門來，或者忘記關門，坐在地板上擺上這顯示我的權力和力量的圖畫，一幅的的確確使我快樂的圖畫。有一次我還眞的這麼做了，詩人東達．約德看了大爲驚訝。這位東達．約德先生在我們旅館住過，他除了寫詩還會畫畫，所以經理跟他結賬時還要了他一張畫。他在我們小鎮上出了一本詩集，名叫《耶穌基督的一生》，雖然是自費出版的，可他將全部印出來的書都搬到了他的房間裏，一本挨一本地擺在地板上。他一會兒脫下大衣，一會兒穿上大衣，被這耶穌基督弄得有些神經質。整個房間都攤滿了他這些白淨的書。等到擺不下了，便往房門外擴張，一直擺到了走廊那兒。他重又脫下大衣，過一會兒又將它穿上，一切視他出汗的情況而定。有時他只把衣服披在肩膀上，覺得冷了，又穿上袖子，過一會兒又立即將大衣脫掉。有兩小團棉花還老從他的耳朵裏掉出來。他也是一會兒將它塞進去，一會兒將它掏出來，根據他是否想聽見周圍世界而定。這位詩人老是宣稱要回到鄉村小木舍去。他除了克爾科諾謝山區的小木舍，別的什麼也不畫。他開口便談，作爲藝術家詩人的任務是尋找新人。住在我們這裏的客人們都不喜歡他，或者說雖然還喜歡他，但總愛逗他，拿他來尋開心。這位詩人在旅館裏不僅愛一會兒脫衣一會兒穿衣，而且還愛一會兒脫鞋一會兒穿鞋，一切根據他的情緒而定。爲了尋找他所謂的新人，也五分鐘變換一次情緒，隨即脫掉或穿上他的膠皮套鞋。飯店裏的客人們見他脫下了套鞋，便往套鞋裏倒點兒啤酒或咖啡。客人們都邊吃東西邊注意地瞟著他。等詩人一穿他那套鞋，啤酒或咖啡便從他鞋子裏流了出來。他氣得衝著整個飯店大聲吼道：「你們這些該死的、可惡的無賴！該遭報應啊！」接著還眼淚汪汪的，不是因爲生氣，而是幸福得流淚了。因爲他把人們往他的膠皮套鞋裏倒啤酒看做是一種對他的關注，他覺得這座城市還算把他放在心上。雖然沒有對他表示敬意，但還是把他當作一個年輕人來平等相待的。最糟糕的是，當詩人把腳伸進套鞋時，套鞋被釘子釘住了。他想再回到餐桌上來都不能，差點兒沒摔倒，好幾次要摔都幸好用手撐住。那套鞋被牢牢地釘在地板上，他又罵了一頓：「你們這些該死的、可惡的無賴！」可很快又原諒了他們，向他們推銷一幅小畫或者一本詩集。他爲了糊口，很快就把它推銷掉了。他這個人實際上並不壞，恰恰相反，我常常覺得，他像「白天使」雜貨店門上方的天使雕塑一樣，懸掛在整個城市的上空。這詩人似乎懸在小鎮的上空，翩翩拍著翅膀。他眞的有這翅膀，我甚至看見了，只是害怕去問教長。當詩人一忽兒脫下一忽兒穿上他的上衣，他漂亮的臉俯向著那一小塊紙片，趴在我們的桌子上寫詩時，我看到了他那天使般可愛的側面。他一轉身，頭上便升起一圈光輪，一個相當普通的光圈。那腦袋周圍有一圈紫色火苗，彷彿普里莫斯牌爐子上的火焰，彷彿他腦袋裏盛著煤油，而腦袋上滋滋響著的光圈在閃閃發亮。他漫步走過廣場時，沒有一個人能像我們這位客人這樣優雅地拿著傘；沒有一個人能像這位詩人那樣瀟灑地將上衣披在肩上；沒有一個人像這位藝術家那樣合適地戴著軟帽，儘管塞在他耳朵裏的白棉花球時不時掉出來；儘管他在走過廣場之前來來回回脫穿了五次上衣，摘了又戴上十次帽子，彷彿在跟什麼人打招呼。其實他跟誰也沒打招呼，只跟市集的老婆婆點頭問好，這就是他所尋找的所謂新人。每逢颳風下雨，他總要買上一罐肚絲湯和麵包，親自去送給這些冷得發僵的老婆婆們。他端著湯罐兒走過廣場時，他端著的簡直不像湯，而像是爲這些老婆婆們獻上自己的心，肚絲湯裏的一顆人心，或者說把他自己的心剁碎，放上洋蔥辣椒做成的湯，像牧師捧著聖餅盒或者聖餐去赴臨終禮❷。這位詩人就這樣兩手替換著端著這罐子，自己感動得眼淚汪汪。多好的一個人啊！

他雖然在我們這兒還賒著賬，可卻還爲這些老婆婆買湯喝。不是爲了讓她們暖和而已，而是讓她們知道：他，東達．約德想著她們，與她們同甘共苦，把她們當成自己、當作他的世界觀裡的一個組成部分，他的這種將愛奉獻給親人的思想是立即在現今，而不是死後才付諸於行動的……他將他的新書擺滿一地，一直擺到走廊上的那一次，有位清潔女工正提著一個水桶，從廁所裏出來，一腳就踩在《耶穌基督的一生》的封面上，可是約德沒有衝她大喊「該死的、可惡的無賴」，而是將踩髒的書放在原處，上面那個像男人踩的大腳印就算是他的簽名，他將耶穌連同腳板印一起以十克朗、十二克朗賣掉了。因爲這書是自費出版的，所以只印了兩百冊。布拉格天主教出版社答應約德出版一萬冊，於是他整天都在算著這一萬冊怎麼賣，反反覆覆脫掉又穿上他的大衣。又因爲人家用釘子釘住他的膠皮套鞋而摔了三次跤，這些事兒我都差不多忘了。他還每隔五分鐘往嘴裏撒一種什麼藥粉，跟個磨坊師傅撒麵粉一樣。又彷彿撕破了麵粉袋，弄得胸前膝蓋上全是白粉。還有一種治神經衰弱的什麼藥水，他直接拿著瓶子喝，嘴巴邊上像嚼了煙絲一樣留下一個黃圈。他就這樣不停地喝著藥水吞著藥粉，所以他每隔五分鐘就熱得出汗，然後又發冷，顫抖得連桌子也晃動了。木匠師傅測量了一下這《耶穌基督的一生》蓋住的房間、

❷ 一種宗教儀式，由牧師或神父給臨死的人臉上塗油，作臨終祝福。

走廊有多少米。東達後來又計算了一通，說等那一萬冊書印出來，他若將它們擺在地上，就得將從恰斯拉夫城通到赫什馬諾夫姆尼什采的整條公路擺滿，或者蓋住我們鎮上的整個廣場和歷史城區的所有大街小巷。我也被這些書弄糊塗了，心想我在我們鎮上走動時，每步都得踩在這些書上呀！我知道，能在街道地面上一萬次地看到自己的名字和《耶穌基督的一生》，那種感覺一定很好。爲了這個，東達可是欠了一屁股的債。印刷廠的女老闆卡達娃太太走了來，沒收了東達全部的《耶穌基督的一生》，叫兩名夥計用裝內衣的筐子將它們搬走了。卡達娃太太說，實際上是大聲嚷嚷著：「《耶穌基督的一生》擱在我的印刷廠裏，八個克朗給你們發行一本。」東達於是又脫下了外套，喝了一口治神經衰弱的藥水，大聲喊著：「你們這些該死的、可惡的無賴！」

我咳嗽了一聲，可是胖商瓦爾登先生仍然躺在地毯旁的地板上。整個地毯上擺滿了一百克朗一張的綠色鈔票。瓦爾登先生還在出神地望著這些鈔票，一隻胖手擱在腦後當枕頭，一直那麼躺著。我走了出去，關上門，然後敲門。瓦爾登先生問：「誰在那兒？」我說：「是我，見習服務員，送礦泉水來啦！」「進來！」我便進去了。瓦爾登先生還繼續側身躺著，手掌撐著腦袋，頭髮捲曲，塗滿了髮油，因此他的頭髮油光光的。他還是那樣笑瞇瞇的，對我說：「給我一杯，坐一會兒！」我從兜裏掏出開瓶器，打開瓶蓋，將礦泉水咕嘟咕嘟倒進杯裏。瓦爾登先生喝著礦泉水，歇下來指著那些鈔票，像那礦泉水一樣輕聲而悅耳地對我說：「我知道你已經來過一次，我故意讓你看個夠。你記住：錢能爲你打開通向全世界的道路，這是我的師傅科列夫老先生教給我的。你所看到的地毯上的這些錢，是我一個禮拜掙來的，我賣掉了十架磅秤……這是給我的酬金。你看到過比這更美妙的東西嗎？等我回到家裏，我就把它們擺滿整個住宅，我要和我老婆將它們擺到所有的桌面上、地板上。我要去買一根大香腸，將它切成一小塊一小塊的，整個晚上都吃它，什麼也不留到明天。因爲夜裏我反正要醒的，這根大香腸我能吃完。我特別愛吃香腸，整個這麼一大根。等我下次來的時候再詳細跟你講。」瓦爾登先生隨即站起來，撫摸了一下我，將他的手放在我的下巴底下，望著我的眼睛對我說：「你會有出息的。你記住我的話！你是這塊料，知道嗎？但是要學會『拿取』。」「可怎麼拿法？」我說。他說：「我看見過你在火車站賣香腸。我就是那些給了你二十克朗等著你找回那十八克朗的人中間的一個。你磨磨蹭蹭好半天也找不出那十八克朗，直到火車開走了。」後來，瓦爾登先生打開窗戶，從褲兜裏抓起一把硬幣扔到寂靜的廣場上。他等了一會兒，仔細聽著那硬幣落地的叮噹聲和在地面上滾動的聲音。他又補充了一句說：「你得學會從窗戶口扔零錢，以便從大門口進大錢，懂嗎？」起風了，過堂風將所有的一百克朗鈔票吹起，蹦跳著，活躍異常，像秋天的落葉挪到了房屋角落裏。我出神地看著瓦爾登先生，我也總是這樣看著所有做生意的房客，心裏突然想，他們的內衣、他們的襯衫大概是個什麼樣子呢？我總想像他們的內褲都很髒，褲襠裏的顏色甚至相當黃，他們所有的襯衫領子肯定也很髒，他們的襪子也準是又臭又黏糊。他們要不是住在我們這裏，準是將他們的髒內褲、髒襯衫和臭襪子從窗口扔出去，就像從查理溫泉那兒的窗口扔出去一樣。我曾在那兒的姥姥家住過三年。我姥姥在那兒的舊磨坊裏有間小屋，一間從來也見不著陽光的小屋。因爲它朝北，陽光根本進不去。這房子緊挨著磨坊大水輪。水輪大得在房子的第二層樓那麼高的地方舀水，在四層樓高的地方送水。也只有我姥姥能收養我，因爲我媽還沒嫁人就生下了我，只好把我交給她媽帶。而我姥姥就住在查理溫泉旁邊。她整個一生的幸運就在於她租了磨坊裏的這間小房子。她總爲這個而祈禱，說是上帝聽見了她的請求，給了她這間緊挨著溫泉的小房子。因爲每到星期四和星期五，那些行商和沒有固定住處的人都在那些溫泉裏洗澡。我姥姥從上午十點便做好了準備，連我都盼望這星期四、星期五的到來。當然我也盼望其他的日子，不過在其他日子裏，從溫泉廁所的窗口扔出來的內衣褲沒有多少。我們守在自家的窗戶口盯著，隨時可能有某個商人扔出來的髒內衣會飄過我們的窗口。它們飄在空中，停留片刻，完全展開，然後便直往下掉，有的還掉進了水裏。姥姥彎著腰用鉤子將它們鉤起來。我得使勁拽住姥姥的兩條腿，免得她一不小心掉下去。有的襯衫被扔出來時，突然張開兩隻袖子，活像站在十字路口上的警察、或者耶穌基督。這些襯衫就這樣在空中擺了一會兒十字之後，便頭往下掉到磨坊大輪子上。輪子一直在轉，鉤內衣是很冒險的事情：根據情況，讓襯衫附著在輪子上，直到它轉到姥姥的窗口旁，姥姥或者一伸手抓住那件襯衫，或者用鉤子去鉤那件繞住了輪軸的襯衫，即使這樣，姥姥也能將它從窗口鉤進廚房，立即將它們扔進洗衣盆裏。晚上姥姥便將這一天抓到、鉤到的第一批髒內褲、襯衫和襪子洗掉。到了夜裏，那可美啦！在一片漆黑中，突然從查理溫泉的廁所窗口裏飄下來一條白內褲、白襯衫，朝著磨坊這漆黑的深淵往下掉。這些白襯衫或白內褲總要閃過我們的窗口。我姥姥能夠在它們掉到下面那濕漉漉、閃光的輪子上之前，便用鉤子將它們鉤到手。趕上颳風下雨的日子，狂風大雨打在她臉上。她得與風雨搏鬥才能鉤到那些內褲襯衫，可她仍然盼望著每一天，特別是星期四和星期五——那些客商更換內褲襯衣的日子。因爲他們掙了錢，便買新內褲襯衣，把舊的從窗口扔了出去，姥姥便帶著鉤子在下面的窗口邊等著。她將這些內衣褲洗淨修補好，平平整整放在筐子裏，然後送到建築工地去賣給泥瓦工和幫工們。她就靠賣來的這點兒錢勤儉度日，還能供我麵包和加奶的咖啡。這該是我最美好的一段時光。直到如今，我還清晰地記得姥姥拿著鉤子等在敞開的窗口前的那模樣。這在秋冬雨季並不是什麼好受的事，風吹雨打的，有時費了老大的勁兒也鉤不著那些衣衫。它們像子彈擊中的白鳥，急促地掉進黑潭裏，或被磨坊水輪子扯成碎片，已經沒有了袖子和褲腿，像個缺胳膊短腿的殘軀，隨著滾滾流水，鑽過黑色橋洞，不知流向何方……你們聽夠了嗎？今天到此結束。

二・寧靜旅館

請注意，我現在要給諸位講些什麼！

我買了一口硬紙板的新箱子，將我的新燕尾服放在裏面。這套燕尾服是由巴杜比采製衣公司的裁縫師傅按照我的充氣橡皮軀體做的，是我親自到公司去取來的。這個公司的代理商的確沒撒謊。他用那仿羊皮紙帶給我量了胸圍腰圍等等，將量好的尺寸記在紙帶上，將紙帶放到一個信封裏，拿了預付金就走了。後來是我自己上他們公司去取的燕尾服。這套衣服非常合我的身。我倒沒怎麼太在意這套燕尾服，而更注意我的充氣軀體，我的那上半身。製衣公司經理跟我一樣也是個小個子。他彷彿明白我的心思，想讓自己比現在高一點兒，而且越來越高。他知道我很在乎能躋身於公司倉庫天花板那兒的人群之中，於是把我的充氣軀體也掛到了那裏。那可眞叫壯觀！天花板底下飄掛著將軍和軍團指揮官們的上半身，還有著名演員的上半身，甚至連漢斯・艾伯斯也在這裏做燕尾服，他的上半身也掛在這天花板下。穿堂風吹進敞著的窗戶，一具具上半身人體模型像雲彩，像天上的綿羊在行走。每具上半身人體模型上拴了根小繩，繩線上拴著寫有人名地址的卡片。過堂風一吹，這些卡片像被魚鉤抓住了的小魚一樣跳動著。經理將我的卡片指給我看。我讀了一下我那卡片上的地址，將我那半身模型扯下來。它的確很小，我看著它都幾乎要哭出來。可是當我看到大將軍的上半身，還有我們旅館老闆貝朗涅克的上半身也都掛在我旁邊，便不禁開心地笑了。我為自己能到這樣一家公司來做衣服而感到高興。經理又拽動了另一根繩，說這件衣服是他做的，這是教育部長訂做的。還有一件小一些的是國防部長的制服，這都給了我莫大的鼓舞。我立即付了錢，還另外加了兩百克朗，略表一個小小服務員的心意。我就是這個正要離開金色布拉格飯店，到斯特朗奇采的寧靜旅館去幹活的服務員。是世界上第三大公司，馮伯克爾公司的代理商將我介紹到這個旅館去的。我告別了布拉格郊區的舊旅館，來到布拉格，帶著這口箱子再從布拉格城區奔向斯特朗奇采。那是在一個上午，那時一直下著雨，不只下了一個晚上，而是一下就好幾天，一路泥濘。小溪穿過蕁麻、濱藜與牛蒡，湍急的溪水混濁如加了奶的咖啡。我按照指向寧靜旅館的箭頭，一腳泥巴一腳水地往山坡上爬，經過好幾座殘枝斷樹的小洋樓。突然，我實在忍不住笑了，只見在一座小花園裏，一棵已劈成兩半的杏子樹上結滿了纍纍果實，禿了頭頂的房主用根鐵絲鉤在鉤那披散下垂的樹冠，樹幹枝子由兩個婦女從左右兩邊撐著，以免斷裂。沒想到刮來一陣大風，鐵絲鉤一彈，樹枝斷了，連枝帶杏全都壓在禿頭房主的身上。他的頭被樹枝劃出了血，躺著動彈不得。兩個娘兒們不禁哈哈大笑。那男人瞪著眼睛大聲吼道：「你們這些臭婊子，豬婆子，等著瞧吧！看我起來不收拾你們！」這兩個女人大概是他的兩個女兒，或者是他的老婆和一個女兒。我摘下帽子說：「先生，到寧靜旅館去是走這條路嗎？」他根本不搭理我，只動彈了一下，可又爬不起來。男的躺在地上，全身覆蓋著樹枝，壓滿了熟杏子，女的哈哈大笑，這場面眞夠精彩的。她們幫他挪開了樹枝，好讓他能爬起來。如今他已慢慢跪起，站了起來。他起來後，幹的第一件事便是將他的貝雷帽戴到禿頭上。我乾脆走了，繼續爬我的坡。我發現，眼前的這條路鋪了瀝靑，道路兩邊嵌著花崗岩小石塊。我敲掉鞋上的泥巴和黃黏土，登上山崗，滑了一跤，摔著了膝蓋。頭頂上的烏雲匆匆而過，頓時天空一片蔚藍。我在山崗上終於看到了這座旅館。它美得像童話裏的城堡，有著中國建築風味，又彷彿是蒂羅爾❶或里維埃拉❷哪個地方大富豪的別墅。白牆紅屋頂，由波形瓦蓋成。所有三層樓上的小窗子都是綠色的百葉窗，而且每一層樓都矮一點點，到最後一層就像擺在樓房頂上的一座漂亮的亭子。亭子上方有個全由綠色小窗組成的小塔，像

❶奧地利的一個州，風景優美。
❷地中海沿海地區，包括法國的蘭岸地區及意大利的波嫩泰與勒萬特。冬季溫暖，夏季炎熱，全年陽光充足。

是一個瞭望台，又像是個裏面裝著儀器，外面插著風向標的氣象站。每層樓上的每個窗戶旁都裝有一扇門，門上也裝有綠色的百葉窗。我繼續往前走，不管是在路上，或者在窗口、在涼臺上都沒見到一個人影。四周一片寂靜，只能聽到一絲絲清香有如冰淇淋的微風吹過，猶如一閃而過，幾乎看不見的雪花，眞可以拿個勺子來品嘗一口。我當時覺得，要是隨身帶了麵包，我大概可以就著這麵包來喝這幾乎甜香如奶的空氣。我已經進了這旅館的院子門。小道上的沙子被雨水沖洗得乾乾淨淨，濃密的青草剛被修剪過。我走在松樹林中，從那兒可以看到一塊長長的草坪，青草濃密而整齊。寧靜旅館在草坪的那一邊，且隔著一座小橋，顯得更加遙遠。要進到旅館裏面，先得通過一道玻璃門，然後還有一道鐵百葉窗門，這門作爲一種裝飾安在白牆上。旅館門口還裝著白柵欄，柵欄下方是假山懸崖。我猶豫了一下：我究竟該不該到這兒來？他們會不會接受我？瓦爾登先生是不是眞的事先與他們談妥了？我這麼一個小小服務員是不是配到寧靜旅館來工作？突然我感到有些害怕。這裏哪兒也見不到一個人、聽不到一丁點兒聲音呀！於是我轉身往花園裏跑，可是突然我聽到了一聲很尖銳的哨聲，急迫得讓你沒法不停住腳步。這哨子連吹了三下，彷彿在喊「誰！誰！誰！」然後又是吹了一聲長音，驚得我驟然回過頭來。然後又是幾聲短音，彷彿有根繩子把我套住，將我拽回到玻璃門裏。突然有個胖子坐著輪椅衝我駛來，這就是那個手裏握著套索，胖腦袋上的嘴裏含了個哨子的人。如今他手裏的套索抓得這麼緊，乃至他的輪椅猛地一下停了。因爲停得太急，這胖子的重心移到了前面，差點兒沒摔下來。不過他的禿腦袋上戴著的假髮挪了位。胖子重又將假髮挪回到腦後一點兒。就這樣，我遇上了寧靜旅館的老闆吉赫先生。他對我自我介紹，我說，是瓦爾登先生這位馮伯爾克公司的臺柱子代理商推薦我來的。吉赫先生則說他從早上起就在等我，但他拿不準我是不是來得了，因爲下著暴雨呢。他讓我去休息一下。後來，我便穿上燕尾服去見他，想聽聽他對我有什麼要求。我沒有正面看他，也沒想看他，可是我的眼睛情不自禁地被他吸引住了：瞧這輪椅上的特大身軀，胖得彷彿就是米其林❸牌子的輪胎廣告。然而，長著這樣一副胖體格的吉赫先生卻特別高興。他坐著輪椅在牆上裝飾著鹿角的前廳裏轉來轉去，彷彿奔跑在草坪上那樣敏捷自如，眞是比走路還來得輕巧。吉赫先生又吹了一下哨子。這哨聲又不同於前面的任何一次，彷彿這哨子對每次該怎麼吹都心中有數。這一哨聲立即將一位穿著黑衣白圍裙的客房女服務員叫了來。吉赫先生對她說：「溫達，這是我們的第二名餐廳服務員，你把他帶到他的房間裏去！」溫達一轉身，我便看到了她兩瓣勻稱的屁股。她每走一步，那半邊屁股便扭動一下，她左右挪步，那兩瓣屁股便交替著一前一後地扭動，怪好看的！她的黑髮盤成一個紡錠般的髻，我的個頭雖然還沒有她的髮髻那麼高，可我已經在盤算著：爲能跟這個女服務員搭上關係，我一定要

❸法國最大的輪胎及其他橡膠製品製造商。

想法攢點兒錢，她將是我的。我要用花瓣在她的胸脯上、屁股上擺花圈兒。每當我看到什麼美好的東西，尤其是漂亮女性時，我便顯得軟弱無力，但只要一想到萬能的錢，我便勇氣倍增。可是這個女服務員並沒有將我帶到樓上去，而是走到一個平臺上，然後下樓梯走到一個小院子裏。這時我才看到了廚房和兩個戴著白帽子的廚師。我還聽到了刀叉碰撞聲和歡快的笑聲。有兩張肥胖的臉和兩雙大眼睛湊到了窗戶邊，然後又是一陣大笑。只聽得笑聲漸漸遠去，我立即提著箱子走開。我儘量將它提得高高的，以彌補我這矮個子的不足。既然連高鞋跟也幫不了我多少忙，我只好扯長脖子，把頭抬得高高的。我們一道走過院子，看見那兒有座小房子。我感到失望，想當初我在金色布拉格旅館住得跟賓館客人一樣，而在這裏我住的是雜工夥計住的房間。溫達將衣櫃打開給我看了一下，又開了一下水龍頭，水流到了洗臉池裏。她還將被子掀開說，床上鋪的是乾淨床單，然後高不可攀地對我笑了笑，便轉身走了。我從窗口看到，她走過院子時，沒有一步不是在人的監視之下的。連站在某個地方搔搔癢都辦不到，只能像被一隻無形的手拽著她的鼻子那樣，目不斜視身不歪地往前走。這跟我從前所在的那個旅館大不一樣：那時總是由我去買花。把花買回來之後，由一群姑娘們來佈置櫥窗，將裝飾布用釘子釘到板子上。她們一個挨著一個地趴在地上，由其中的一個拿著小錘子，釘著那打褶的粗呢和燈心絨。釘子用完了，她便從她身後那位姑娘嘴裏抽出幾個接著釘下面的褶。她們在櫥窗裏邊幹邊玩，快活得很。我站在櫥窗外面，手裏提著一隻裝滿唐菖蒲的籃子，地上還擺著我那的裝滿法蘭西菊的另一隻籃子。我一直在欣賞這些佈置橱窗的女孩們趴在地上的那個樣子。那時正是上午，橱窗外站滿了看熱鬧的人。那些女孩大概忘了她們是在橱窗裏，還不時地在屁股上搔搔癢什麼的，然後又四肢著地趴到窗板那兒去釘釘子。她們腳上穿著便鞋，手裏拿著錘子，邊做邊哈哈大笑著，連眼淚都笑出來了。有一個笑得連銜在嘴裏的釘子也蹦了出來。女孩們還你推我搡的打鬧著玩，小襯衫的扣子也開了，連乳房都露了出來，像塔頂上的鐘一樣直搖晃。她們其中有一個看了一眼橱窗外的人們，立即沉下臉來，夾起膈肢窩，臉不好意思得紅了。她向另一個女孩指了一下橱窗外的人群。那個笑得流出了眼淚的女孩嚇得猛一收胳膊肘子，平衡沒掌握好，仰面一摔，那樣子就更不雅了，逗得大家都開懷大笑……我坐下來，脫去沾滿泥巴的皮鞋，還有褲子，打開箱子，想將燕尾服掛起來，心裏十分懷念我的金色布拉格旅館，天堂豔樓。眼前老浮現著我那石頭築成的小鎮，好多好多的人，熱鬧擁擠的廣場。這三年來我在野外見到的全是鮮花，這些我每天都去採摘的鮮花、小公園，還有我給天堂豔樓的小姐們擺花環的花瓣兒。我拿起那套燕尾服，心裏漸漸明白，我原來在金色布拉格旅館的那位老闆是何許人也。三年來我所見到的這位老闆原來也是個「妻管嚴」啊！實際上他比我的個子還要小，他也跟我一樣相信金錢萬能。他拿了錢不僅去逛天堂豔樓找漂亮女人，甚至背著他太太坐車到布拉迪斯拉發❹、到布爾諾❺去找樂子。聽人家說，他在他太太找到他之前便抓緊時間花掉好幾千塊錢，而且在每次尋歡作樂之前，便先將回程車票錢和準備給乘務員的小費拿出來放在馬甲口袋裏，用根別針別住，免得把錢全花光了連家都回不去。他的個子小得聽說常讓乘務員像抱小孩一樣將他抱在懷裏送回家，而且他總是醉得昏睡不醒，只是一個勁兒地擤鼻子，像小海馬似地哼哼唧唧折騰上一個禮拜。可是一個禮拜之後他又活了。如今我知道了，他愛喝濃葡萄酒，葡萄牙葡萄酒，阿爾及利亞葡萄酒，還有摩洛哥葡萄酒。他喝酒的時候樣子很嚴肅，喝得很慢，看去像幾乎沒喝的樣子。我老闆喝酒的姿勢很美，先在嘴裏含一會兒，然後像吞下一個蘋果似地咕嘟一下吞進肚裏。每喝一口都輕聲宣佈一聲說，他熱得跟撒哈拉的太陽一樣。他有時跟一桌客人在一起吃飯時也喝得酩酊大醉，倒在地上。他那些開心的朋友便去將他的太太叫來，讓她將她的丈夫帶走。她還眞的來了，從她所在的四層樓上那套房坐電梯來到她丈夫這兒。這並不是她的恥辱，恰恰相反，大家都向她鞠躬致意。我老闆或躺在桌子底下，或坐在椅子上、飯桌旁睡著了。老闆娘便抓住他的大衣領子，將他從地上一把揪起，彷彿她抓起的只是一件大衣。老闆坐起來，老闆娘又將他按到地上。可是老闆沒有倒下，老闆娘又把他提到半空中，眞的像提一件大衣一樣輕而易舉。到這個時候老闆通常就醒了。他揮了一下手，老闆娘果斷地打開電梯門，將他往

❹今斯洛伐克共和國首府。

❺今捷克境內南摩拉維亞城市。是捷克第二大城市，工業中心。

電梯裏一扔，他的兩隻腳咚咚敲打了幾下，她立即進到電梯裏，關上了電梯門。我們透過玻璃門看到老闆躺在電梯地板上，他太太則站在他的面前，像升天一樣升到四樓上去了。聽旅館裏的常客們說，許多年前，我這位老闆買下了金色布拉格旅館時，他的太太也是常客中的一個。那時樓下就是一個文學沙龍，到今天只剩下了詩人兼畫家東達・約德。那時他們常在這兒舉行討論會，讀書，演戲。老闆娘總是跟她丈夫爭得最厲害。幾乎每隔兩個禮拜都要爲浪漫主義或者現實主義，史麥塔納❻或楊納傑克❼之類的問題而吵一架，甚至開始潑酒，然後打起來。老闆養了一條西班牙長耳狗，老闆娘養了一條狐㹴狗❽。牠們的主人因爲文學而爭吵起來，連這兩條狗也忍不住互相咬鬥一番。然後，老闆和我們那位老闆娘又和好如初，沿著城郊小溪一道散步去了。後面跟著汪汪叫著的那條狐㹴狗和西班牙長耳朵狗，牠們那被咬破的耳朵上貼著橡皮膏，或者任那文學之爭後咬出的傷口隨便晾著。隨後，大家都平靜下來，以便一個月之後再重新開戰……這該多有意思！我眞想再見識見識。如今我已穿著那套新燕尾服、漿得筆挺的白襯衫和白蝴蝶領結站在鏡子前。當我剛將帶有小刀和鎳柄的新酒瓶鑽放進衣兜時，立即聽到一

❻❼兩位都是捷克著名音樂家。
❽原用來獵狐的一種小狗。

聲哨響。當我跑到院子裏，只覺得有個影子從我身上一閃而過，有個什麼人跨過籬笆，有兩塊布料之類的東西就像上次那兩個乳房一樣扣住了我的腦袋。原來是一個穿燕尾服的服務員絆了一跤。他連忙爬起來，他那燕尾服的尾襟搧起一股風，朝著召喚他的哨聲繼續奔去。他急匆匆踢開門，擺動著的門玻璃裂了，映出來的院子和一步步靠近的我也變得比原來小了。兩個星期之後我才想到一個問題：這個旅館到底是爲誰而建造的。兩個星期以來，我一直爲我來到這麼個地方而感到驚訝不已。心想待在這麼個地方能生活嗎？可是在這兩個禮拜內我就得了好幾千克朗小費。這是我的錢，我的小費。我一個人住在房間裏也不覺得悶，沒事兒我就把自己的錢拿出來數一數，一有空我便數錢。雖然我只有一個人，可我覺得我不只是一個人，而是另外還有人在看著我，就像領班茲登涅克的那種感覺一樣。他在這裏已經兩個年頭了，可總是隨時準備著跨過籬笆，聽到哨聲之後以最快的速度出現在餐廳裏。實際上這裏一天到晚沒什麼活兒好幹。我們打掃餐廳也用不了多少時間。當大家在更換和檢查餐巾和桌布時，我便和管理地窖鑰匙的茲登涅克去準備飲料，並檢查一下是否有足夠的冰鎭香檳和三分之一公升裝的皮爾森出口啤酒，又將白蘭地酒拿到備餐室裏。然後我們便到花園裏去，實際上是到公園裏去，在那兒圍上圍裙，把小路耙平，重新整理乾草垛。我們每隔兩個禮拜就要把舊的乾草垛搬走，換上剛割下的新麥稈做成的垛，或者把已經紮好的草垛搬到放著舊草垛的地方，然後再來掃乾淨各條小道。可通常只讓我來掃，而茲登涅克總在附近哪個小別墅裏陪著他的什麼乾女兒。不過這只是他這麼說而已，我想肯定不是什麼乾女兒，而是他的情婦，不是單獨到這兒來住上一個禮拜的太太們，便是哪家到這兒來準備國家考試的女兒們。我一邊耙著沙土，一邊朝後面隔著樹林和寬闊的草坪瞅瞅我們那個旅館，白天像是一所教會辦的寄宿學校。我老想像著，大門口會跑出一群拿著皮包的姑娘和小夥子；或者從這兒走出一群穿著針織毛衣的青年男士，後面跟著他們的僕人；或者會來一個什麼企業家，後面跟著一個爲他搬來藤靠椅和小桌子的男僕，接著便有女僕來給他們鋪上桌布，再後來跑來一群孩子，開始跟他們的爸爸撒嬌。這時候太太才打著陽傘蹣跚而來，摘下手套，等大家都坐定之後，她便開始倒咖啡……可是，整整一天沒有一個人從這大門裏面走出來，也沒有一個人從這大門外面走進去。然而，客房女服務員每天照樣打掃房間，給十個房間更換床單被套和擦拭灰塵。廚房裏照樣準備宴席。我從來沒見過，也沒聽說過有準備這麼多道菜的。如果說有這種情況的話，那也只是在貴族圈子中，或者從我原來那個金色布拉格旅館服務員領班那兒聽到過。我那領班曾經在威廉明娜❾號豪華海輪頭等艙上的餐

❾普魯士腓特烈大帝之妹，童年與其兄共度時艱，遂成終身知己。一七三一年與拜魯特儲君腓特烈結婚，一七三五年腓特烈繼位。夫婦倆致力於把拜魯特建設成爲一個小凡爾賽宮，並創辦了大學，使拜城成爲南德意志文化中心之一。

廳當過服務員。不過後來這艘船沉沒了，領班倖免於死。他逃生後與同船的一位漂亮瑞典女郎坐火車，穿過整個西班牙到達直布羅陀⑩。那條輪船算是沉了，而他所講述的威廉明娜號豪華海輪頭等艙上的宴席，大概有點兒像我現在服務的這個寧靜旅館的排場。

儘管我在這兒該算滿意的，但我還是經常受著驚嚇。比方說我清理完園中小道之後，將一把躺椅搬到樹林後面，可是只要我一躺下瞅瞅天上的行雲，這裏常常烏雲滾滾，只要我稍微喘口氣打打瞌睡，哨聲馬上就會響起，彷彿老闆就站在我身後。這時我就得選一條最短的路跑去，邊跑邊解下圍裙，像茲登涅克那樣，跨過籬笆，直奔餐廳，向老闆報到。他總是坐在輪椅上，彷彿總有什麼東西壓著他不舒服，老要掀那毯子。我們又得幫他蓋好，弄平，在他的肚子那兒綁上一根帶子，就像消防隊員身上的那種帶彈簧扣的帶子一樣，也有點兒像磨坊主拉丁姆斯基先生綁他的兩個孩子那樣。那兩個孩子常在磨坊引水溝邊玩耍，他們旁邊躺著一條大狗。當名叫哈里和雲吉爾的兩個孩子搖搖晃晃走近引水溝，還沒等他們掉下水去，大狗就會跑過來，叼起他們身上那根帶子上的彈簧扣，將他們送到遠離這引水溝的地方。我們也常常鉤起老闆那個彈簧扣，不是把他一提就提到天花板那兒，而是提起一點兒，讓他的輪椅空出來，以便給他整

⑩位於西班牙南部地中海沿岸一狹窄半島上。

理一下毯子或換上一條新的，然後再將他放回輪椅上。將他吊在半空中的時候，那樣子也夠可笑的。他整個身體都彎著，脖子上掛著的哨子正好與他那彎曲的身體構成一個三角形。然後他又坐著輪椅轉遍大廳和各個大小房間，整理擺放在各處的鮮花，我們這位老闆特別愛做女人做的活兒。總而言之，旅館的各個地方，尤其是客房的擺設十分講究，就像一個大莊園主的宅邸裏的房間一樣，到處都掛著簾子，擺著文竹，每天都有新剪的玫瑰、鬱金香和其他鮮花。老闆坐著輪椅將它們左擺弄右擺弄，遠看近瞧。他不光是看花，而且還琢磨這些花兒跟周圍的擺設是否相協調。每個花瓶底下的墊子都不一樣。當他整整一個上午美化完各個房間之後，便開始來整理餐桌。通常只準備兩張桌子，最多坐十二個人。當我和茲登涅克默默無聲地將各類碟子刀叉擺到桌上時，安靜而又熱心的老闆便一個勁兒地擺弄放在桌子中央的鮮花，檢查我們在備餐室裏是不是修剪好了足夠的鮮花，在水裏是不是準備好了足夠的文竹枝，這是最後用來裝飾桌布的，在客人們就座之前的片刻擺上。當餐廳裏一切就緒，旅館裏充滿著老闆所說的畢德邁雅風格⓫的魅力之後，他便坐著輪椅一直走到我們客人的入口處——大門前。在那兒停一會兒，

⓫藝術上一種介於新古典主義和浪漫主義之間的過渡時期風格，該風格的傢具笨重而稚拙，但以其技藝精湛簡易和實用而受人稱讚。

背對著大廳和房間，臉朝大門，定一定神，然後，輪椅猛然一調頭，他徑直朝廳裏駛來，儼然像個陌生人，一位從來沒到過這裏的客人。他驚訝不已地打量著大廳，然後一個房間一個房間地參觀，內行地細細考察著一切，連簾子也檢查到。這時，我們得打開所有的燈。準備工作結束後，全部燈都得亮著。這時，我們的老闆容光煥發，彷彿忘了自己的體重是一百六十公斤，走不了路。他還帶著一雙外來人的眼睛，坐著輪椅巡視一遍，然後又換上了自己的眼睛，搓一搓手，不同一般地吹一下哨子。我已經知道，一會兒就會跑來兩位廚師，向老闆作最詳細的彙報：龍蝦和牡蠣燒得怎麼樣了，蘇沃洛夫的餡兒拌得如何⑫，薩比科尼⑬做得好不好。我來到這個旅館的第三天，我們老闆坐著輪椅，撞倒了大廚，因爲老闆發現他往香菇小牛肉裏放了些絎蒿籽。後來，我們把那個整天睡大覺的雜役工大漢叫醒了。他能把晚宴上剩下的一切都吃了下去。滿滿的一盤香腸什麼的，我們好幾個人連同客房女服務員一起都吃不了的一大份飯菜，他都能給你吃下去。瓶子裏剩下的酒水，他也都能給你喝光。他力氣特別大，一到夜裏他便圍上一塊綠圍裙，在燈光照得通亮的院子裏劈柴。他別的什麼也不幹，只劈柴，用斧頭有韻律有

⑫根據一位俄國將軍蘇沃洛夫的名字取名的一道俄國菜。

⑬用松蘑、香菇和肉末一起燒的一種意大利菜。

節奏地劈著，把傍晚鋸斷的木頭統統在夜裏劈掉。當然後來我也發現，聽得清清楚楚，他總是在有人開車來我們旅館時才劈。到我們這兒來的客人只坐小轎車、外交車，來一大串，而且總是在傍晚和夜裏來。雜役便在這個時候劈柴，柴塊散發出一股清香。所有窗口都能看到這個劈柴的雜役，看到我們這所照得通亮的院子，周圍一圈擺放著劈柴，瞧這場面有多壯觀！一個兩米高的大漢在劈柴！這個舉著斧頭的漢子，曾經砍死一個、打傷三個盜賊，他一個人用獨輪手推車將他們送到山下憲兵站。這個大個子雜役，要是趕上誰的汽車輪胎被扎了個洞，他能用手抬起前輪或後輪，直到換好輪子爲止。這個大個子雜役眞正的任務是，在亮堂堂的院子裏裝飾性地劈柴給我們的客人看，像易北河上的瀑布一樣，先鼓足勁，等著嚮導將客人一併帶進來，根據當時的信號一抬閘門，觀眾們便能觀賞到這瀑布。我們雜役的活兒就是這樣安排的。現在讓我回過頭來再將我們的老闆描繪完畢：比方說當我靠在花園裏哪棵樹上數數錢，馬上就會響起哨聲。我們老闆簡直跟一個什麼萬能的上帝一樣。茲登涅克也碰過這種情況。當誰也沒法看見我們時，我們便坐到或躺到一堆草垛裏，可只要我們一躺下，馬上就會響起哨聲。只有短短的一聲，起個警告的作用，讓我們接著幹活兒，別偷懶。後來我們總是將一個耙子、鋤頭或者杈子放在旁邊，然後躺下來。只要一聽到哨聲，我們便立即爬起來，又挖又耙，並用杈子將亂蓬蓬的乾草堆成垛。等到重又恢復寧靜時，我們便又放下杈子。可哨聲會立即響起，於是我們就這麼躺著耙乾草，或者用杈子隨便幹點兒什麼，彷彿這些工具都在一種隱形的運轉中。茲登涅克還對我講述過，說我們老闆在趕上天氣涼快的時候，就像水中之游魚一樣愜意。糟糕的是，天氣一熱，他便汗流不止，也不能坐著輪椅想去哪兒去哪兒，只能待在一個低溫房間裏，跟待在一個大冰櫃裏似的。可是他仍舊什麼都知道，連看不見的，他也知道，彷彿他在每一棵樹上、每一個角落裏、每一張簾子後面、每一根樹枝上都有一個密探。「這是遺傳！」茲登涅克躺在躺椅上對我說：「老闆的爸爸在下喀爾克諾謝山區也曾經開過一個飯店，他的體重也是一百六十公斤。天一熱，他就得搬到地窖裏去住。他在那兒放了張床，一個勁兒地喝啤酒和燒酒，免得汗流得過多脫水。要不然在這炎夏的高溫中他會跟黃油一樣化掉的，你知道嗎？」

然後我們沿著一條我從來沒走過的小道信步走去，心裏還在想著我們這位老闆的爸爸如何在鄉下一個飯店的地窖裏過夏天、喝啤酒、睡覺，免得像黃油一樣化掉的情景，不知不覺來到了三棵銀松之間。我停下了腳步，幾乎嚇了一跳。茲登涅克嚇得更厲害，他抓住我的衣袖，喃喃地說：「瞧這！……」一座小極了的小房子出現在我們面前，小得就跟童話裏的小木舍一樣，跟劇院裏舞臺上的小房子一樣。我們一直走到它跟前，看見一條小凳子。門窗都很矮小，要是我們想進到裏面去，恐怕連我這個小個子也得彎下身子。可是門是關著的，我們只好站在外面，從小小窗口往裏面看了大概有五分鐘之久。然後我們又互相瞅了一眼，不禁覺得有些慌，手上都起了雞皮疙瘩。那小屋裏的擺設跟我們旅館裏的一間房子一模一樣。也是那麼小的小桌子小椅子，一切都是為孩子們用的，連窗簾、花盆架也都一個樣。每把椅子上坐著一個洋娃娃或者小熊，牆上釘了兩個架子，架子上像玩具鋪一樣擺放著各式各樣的玩具，整個一面牆都掛滿了玩具、小鼓和繩子。一切都擺得好好的，好像剛剛有人整理過，彷彿是專門爲我們而這麼安排的，好讓我們大吃一驚或者大受感動。瞧這整整一小屋的上百件玩具啊！突然，哨聲又響了，但這次不是警告我們別偷懶，趕快幹活兒的聲音，而是情況緊急，老闆叫我們集合。我們立即跑起來，一個個跨過籬笆朝集合地點衝去。

每個晚上，寧靜旅館都像上了弦的弓一樣地準備著迎接客人。誰也沒有走來，也沒任何一輛轎車開來，可是旅館就像一架自動風琴，只要有人突然往它裏面扔上一個克朗，它便開始演奏。這旅館也像一個樂隊，指揮一舉起指揮棒，全體演奏者便全神貫注，精力高度集中，準備演奏。只是眼下那指揮棒還沒有揮動。我們既不坐，也不靠著。不是反覆地整理什麼，就是輕輕挨著折疊茶几站著。甚至連那大個子雜役也一手拿斧頭，一手拿木頭，向前微微彎著身子，站在亮堂堂的院子中間，準備著一看到信號便開劈。然後整個旅館便像隨時準備射擊的靶場一樣開始行動起來，可是誰也沒有光顧。但爲的是有朝一日眞來了客人，便將散彈裝進汽槍，射擊中靶……今天，明天，跟昨天一樣，只等有人射中那黑靶心。這場景也使我聯想起一個名叫《野玫瑰仙子》的童話。有這麼個場面：惡魔唸了一句咒語，一切生物，不管當時在幹什麼或擺什麼姿勢，立即變成石頭。有的動作是剛剛開始做個什麼，有的動作是在結束個什麼。我們旅館準備迎客的那氣氛眞與這場面有些相仿。有一次，遠處眞的響起了汽車行駛的聲音。坐在窗口前的老闆用手帕打了個信號，茲登涅克將一塊硬幣扔到那自動音樂箱裏，那樂器便立即演奏起音樂來。音樂箱是用一床薄氈裏著放在一間氈牆房子裏，這音樂聽起來就像從另外一座樓裏傳出來的。大個子雜役連忙揮動著斧頭劈柴，樣子顯得很疲倦。他駝著背，彷彿從中午開始就一直在劈柴。我立即將餐巾搭在袖子上，等待著，看誰將是我們的第一位客人。一位穿著帶紅襯裏軍大衣的將軍走了進來。他的制服肯定跟我的燕尾服一樣，是在同一家公司縫製的。可是這位將軍好像有點兒不開心。他身後跟著他的司機，給他拿來了一把金馬刀。司機將馬刀放到茶几上便走了。這位將軍轉了好幾個房間，瀏覽了房間裏的一切，搓了搓手，然後叉腿站定，將手背到背後，觀賞著正在院子裏劈柴的大個子雜役。這時，茲登涅克端來一瓶上等葡萄汽酒，又將牡蠣、小蝦和龍蝦一盤盤地端上餐桌。等將軍一坐下，茲登涅克便打開一瓶亨格爾牌香檳酒給將軍斟上。將軍說：「我請你們客！喝！」茲登涅克深深地一鞠躬，又拿來兩個玻璃杯，倒上酒，將軍舉杯，與我們碰了一下杯說：「請！」可他只啜了一口，還嘶嘶地吸了一口氣。我們乾了杯。將軍卻裝了一下怪相，顫抖了一下，將酒水噗嗤噴了出來，說：「呸，這玩意兒我喝不下！」然後他取了些牡蠣放到他的小盤子裏。他一抬頭，那貪饞的嘴巴還在嘖嘖嚼著滴嗒著檸檬汁的蝸牛肉，好像吃得津津有味的樣子，可是突然他又顫抖了一下，不情願地呼嗤了一聲，弄得眼淚都出來了，然後又轉過臉來，喝完那杯香檳，喝完之後又大聲嚷嚷道：「啊啊啊啊，這玩意兒我根本沒法喝！」他從這個房間走到那個房間，每次回到原來的地方，都要從爲他準備好的盤子裏抓一隻蝦，抓一片香腸或一塊別的什麼名貴海味。每次都讓我嚇一跳，因爲將軍不管吃的什麼都要反感地噗嗤一聲，並罵上一句：「呸，這簡直沒法兒吃！」然後又走回去倒杯酒喝，問茲登涅克這是什麼牌子的酒。茲登涅克恭恭敬敬一鞠躬，告訴他說這叫維烏爾克里科特酒。而且將所有名牌香檳都向他作了一番介紹。他卻認爲還是茲登涅克最初給他倒的那亨格爾牌的最好。將軍一個勁兒地喝著，噴濺著，很快又喝光了一瓶，隨即跑到窗口去欣賞一通院子。一切都沉浸在黑暗中，只有那院子亮堂堂的，人們可以清晰地看到那個大漢和他所幹的活兒，還有那四周堆滿了松木的圍牆。我們老闆悄然無聲地坐著輪椅到處轉悠。他悄悄駛來，打個招呼，鞠個躬便又離去。將軍的情緒不斷高漲，彷彿他對食物和酒的那種莫名其妙的反感勁兒已經過去。他的胃口變好了，然後又開始喝起燒酒來，喝了整整一瓶。他每喝一口都要裝一下苦臉，罵一句難聽的話，交替地嘟噥著捷克語和德語。「這酒眞他媽的不好喝！」⑭吃法國風味菜時也是這樣：他每吃一口都讓人覺得這位將軍肯定會嘔吐出來。他還發誓說再也不吃一口菜，再也不喝一口酒了，還對我和領班大發雷霆說：「你們都給我吃些什麼呀？你們是想毒死我！你們這些無賴，是想要我的命！」可是他緊接著又喝了一瓶燒酒。茲登涅克一直

⑭原文爲德語。

在給他講解：爲什麼說最好的白蘭地是阿爾瑪尼亞克⓯而不是科尼亞克⓰，因爲科尼亞克燒酒只產於名叫科尼亞克的這個地區，即使離科尼亞克邊境兩公里的地方有更好的燒酒，也不能叫科尼亞克燒酒，只能叫白蘭地。早上三點的時候，將軍說他已經撐不下去了，說我們在兩點鐘的時候給他吃蘋果，簡直就是想害死他。但他三點鐘時卻把蘋果吃了下去，還喝了足足五個人份的酒，可他還一個勁兒地埋怨說，這跟喝酒無關，是他身體本身有問題。說他大概得了癌症，至少是胃潰瘍，說他的肝已經沒了，而且肯定有腎結石。到早上三點他已酩酊大醉，居然掏出手槍，擊中了擺在窗臺上的玻璃杯，也打穿了窗玻璃。可是老闆只是坐著輪椅來到他跟前，滿臉堆笑，對他表示祝賀，並請求他再擊中那座威尼斯小吊燈上的磨花玻璃珠，好讓老闆他也討個吉利。老闆說，在這旅館的最近一次壯舉是什瓦村堡公爵抛出五克朗，當這硬幣正往桌子上掉的時候，被他的獵槍擊中了。老闆坐著輪椅出去，把那個五克朗的硬幣拿來給將軍看。那硬幣上面還有一個小洞眼。可將軍就是愛射擊玻璃杯，他一直射擊著，誰也沒有因此而生氣什麼的。當子彈打穿窗子，從雜役頭上呼嘯而過時，他還是一直在劈柴，頂多只是抖了抖耳朵，接

⓯盛產於法國阿爾瑪尼亞克的一種燒酒。
⓰盛產於法國科尼亞克地區的白蘭地酒。

著就繼續劈他的柴。後來，將軍又要了一杯土耳其咖啡，重又將手捂著胸口說，他根本不能喝這種咖啡，可卻加要了一杯這種咖啡，然後宣稱說：「要是有烤雞，我可太想要一份了。」老闆一鞠躬，一吹哨子，沒多久，立即跑來一位廚師。他精神抖擻，戴著一頂乾乾淨淨的白帽子，端來了滿滿一烤盤。當將軍一見到這隻烤好的公雞，立即脫下短外套，解開了襯衫扣，他吃的時候也苦著個臉說，他的健康狀況本不允許他吃雞的。他邊說邊抓起這一整隻雞，撕成一塊塊往嘴裏塞。每吃一口都要埋怨一聲他的健康狀況不佳，說他不該暴食，說他從來沒吃過這樣難吃的東西。茲登涅克對他說，在西班牙吃烤公雞時要喝點兒香檳，最好是喝科爾多瓦⑰牌子的。將軍點了點頭，然後喝上一口酒，吃一塊肉，咒罵幾句。說什麼「這破燒酒，根本沒法喝！眞他媽沒有滋味！」⑱到早上四點時，他抱怨夠了，哼哼夠了，彷彿什麼毛病也沒有了。他要求結賬，領班給他送來賬單，一切都寫得清清楚楚。他將賬單放在托盤裏的餐巾上，還給將軍唸了一遍，主要是讓將軍知道，他實實在在吃喝了些什麼。茲登涅克給他一項一項地唸，將軍忍不住笑了，而且笑聲越來越大，到最後打起了哈哈。他興高采烈的，顯得又清醒又快活，連咳

⑰西班牙南部古城，科爾多瓦省省會，爲旅遊勝地，以釀造業著稱。

⑱此處原爲德語。

嗽也沒了，身子也挺直了，一穿上短大衣，人又變得帥氣了，目光炯炯有神。將軍付完賬，又讓他下面的人給老闆包了個紅包，給了老闆一千克朗，整數！也許這已成了習慣。然後又為射擊天花板和窗子另付了一千克朗，還問老闆夠不夠。老闆點點頭表示夠了。我得了三百克朗小費。將軍將大衣往身上一披，拿起金馬刀，架上單片眼鏡便走了，一路上馬刺鏗鏘作響。他走路的時候也很有技巧，不讓掛在身上的馬刀絆得自己摔跤。

這位將軍第二天又來了，但已不只他一個人，還帶了幾位漂亮的小姐和一位胖詩人。這一回他們沒射擊，而是一個勁兒地爭論有關文學和一種什麼詩歌流派的問題，互相爭得唾沫四濺。我眞以為這位將軍會把那詩人槍斃掉哩，可後來他們又安靜下來，開始爭論起一位女作家。說什麼她常把陰道與墨水混淆，隨便什麼人都可以到她的墨水瓶裏去蘸濕自己的鋼筆。接著他們又足足花了兩個小時來評論一位男作家。將軍說他寫東西若能像玩女人那樣用心就好了，而那位詩人的看法卻相反。說他可說是一位僅次於莎士比亞的詩人，說上帝創造莎士比亞下的功夫最大，其次就是我們這位詩人了。他們爭論得可熱鬧哪！我們老闆在他們到來之後，立即派人去喊樂隊為他們演奏。他們和這些小姐們伴著音樂一個勁兒地喝酒。將軍不僅痛罵每一口酒，每一口菜，而且還拼命地抽菸。每次一抽菸，便要咳上好大一陣子，然後瞅著香菸大聲嚷嚷：「這埃及菸是什麼破玩意兒？」可他還是又大口大口地抽得菸頭直閃火光冒濃煙。音樂一直在演奏，他們一直在痛飲，小姐們分別坐在這兩位男客的腿上。隔不了多久，他們便上樓鑽進小房間裏去，一刻鐘之後才回來大笑大嚷的。只是將軍在每次上樓的時候，都有點兒勉強地抓住那位小姐伸到他大腿間的手，可憐巴巴地說：「我這把年紀已經沒什麼愛情可言了呀！」我說這小姐也太野了點兒。不過他還是上了樓，也是十五分鐘之後才回來。我看到那位小姐的臉上充滿著感激之情，彷彿沉浸在熱戀之中，那臉色就跟昨天喝了那兩瓶燒酒，還有那亨格爾牌和科爾多瓦牌香檳酒的將軍一樣。然後他們又談到詩歌主義的消亡和已經進入第二階段的超現實主義新流派，談到干預生活的藝術和純藝術，然後又互相爭吵一通，不覺到了半夜。這些小姐老也喝不夠吃不飽，彷彿那食物到她們肚裏又被掏了出來，肚子老是餓的。後來樂師們說已經演奏完畢，他們該回家去，不再演奏了。詩人於是便拿起一把剪刀，將將軍上衣上的金質勳章剪下來扔給了他們。他們又接著演奏了。這都是一些茨岡人或者匈牙利人。將軍又和一位小姐上樓去了，在樓梯上只聽得他說，做為一個男人他已經是個廢人。過十分鐘他們又回來了。詩人跟將軍調換了一個女人。音樂停了，樂師們說他們將回家去。那位詩人於是又拿起剪刀，剪下將軍的另外兩枚勳章，丟到樂師們的盤子裏。而那位將軍自己也拿起剪刀，將剩下的幾枚勳章都剪了下來扔到盤子裏。這都是為了那些漂亮的小姐呀！連我們也說，這是我們有生以來看到的最大的慷慨之舉。茲登涅克悄悄告訴我說，這些勳章是第一次世界大戰中英國、法國，和俄國的最高獎賞。突然，將軍乾脆脫下上衣跳起舞來。他對跟他跳舞的小姐罵罵咧咧說，跟他跳舞得放慢一點兒，說他的肝肺都粘在一起了。可又求茨岡人演奏恰爾達什舞曲⑲。於是茨岡人遵命演奏，將軍也跟著舞了起來。過一會兒，等他咳夠了，痰盡了，便變得輕巧靈活已極，連舞伴小姐也不得不跟著他加快舞步。如今將軍一隻手向上舉著，另一隻手朝下伸著，兩腳飛快地轉著圈兒，速度越來越快。將軍變得年輕了，那小姐的速度已經趕不上他。可是將軍一點兒也不放鬆，繼續跳，還不時親吻那小姐的脖子。樂師們圍在舞蹈者們的周圍，從他們的眼神裏可以看得出他們對將軍的讚賞與理解。他們加奏的音樂也儘量與這位軍人相配合，根據將軍的舞蹈和力氣略微減速，可是將軍還是比那位女舞蹈者跳得更快，累得那位小姐連喘氣聲都能讓人聽得見，臉也越來越紅。這時，胖詩人和他那一塊兒進房間的小姐站在樓上的長廊上，他緊緊地將她摟在懷裏。初升的太陽照射出第一道光芒，胖詩人抱著小姐下樓同跳恰爾達什舞，他醉醺醺地從敞開的大門跳了出去，就這樣將這半裸的、喝醉了的小姐奉獻到朝陽面前。清晨，當早班火車載著工人去布拉格上班時，將軍的那輛前窗密封，後兩排皮面座位、可容納六個人的豪華敞篷轎車搶先趕到了火車站。他們在離開旅館之前結了賬。胖詩人以詩集代錢，付了一萬冊，就像約德詩人的《耶穌基督的一生》那樣，不過他是自願的。他說他馬上要去取預付稿酬，他將要去巴黎，寫一本比他現在這本已被他在旅館裏喝光了的詩集更好的書。詩人將將軍

⑲匈牙利快步舞曲。

搬到車上。身穿白襯衫的將軍敞著懷，捲著袖坐在後排小姐們的中間呼呼大睡。前排坐著胖詩人，他的上衣翻領上別著一朵紅玫瑰，臉衝著後排座位。那位漂亮的舞女面對著他站著，她身上掛著將軍的那把金馬刀。肩上披著將軍那件已被剪掉勳章的軍制服，披頭散髮地歪戴著將軍的帽子，兩個乳房全露在外面。茲登涅克說，那模樣活像馬賽雕像。他們就這樣一直駛向火車站。當工人們紛紛上火車時，將軍的車子沿著開往布拉格的火車站台行駛著，那個露著乳房的醉女還揮動著馬刀，大聲嚷嚷：「向布拉格進軍！」他們就這樣出盡洋相，瘋瘋癲癲來到了布拉格。那場面可以想像得出來有多精彩。後來我們還聽說，這部載著裸著兩個乳房、探身車外、揮舞著馬刀的醉女的車子，堂堂皇皇駛過布拉格的金融大街、民族大街。警察們還得給他們行軍禮，而將軍仍舊坐在車上昏睡不醒，雙手垂到地上……在這裏，在寧靜旅館，我也認識到了「勞動使人變得高尚，勤勞者最美」的說法是誰想出來的，不是任何別的什麼人，而是通宵吃喝玩樂，大腿上坐著女人的這些富人，他們自己才眞會享福哩。我曾以爲富人是被施了妖術的倒楣鬼，只有小農舍、小木房、酸菜、馬鈴薯能給人以幸福與歡樂。看來，這種關於小農舍裏歡樂多的說法正是我們的這些客人想出來的。他們自己根本不在乎一夜揮霍多少錢，他們將鈔票拋向世界各方，過得十分愜意……我從來沒見過比這些富商企業家更幸福的了……就像我曾經說過的，他們善於像小淘氣一樣地嬉戲和歡樂，甚至還故意互相捉弄，他們將多少時光花在尋歡作樂上啊！而且總是在要鬧之間，其中的一個詢問另一個是否需要一車廂皮、兩車廂皮或者一整列火車的匈牙利生豬。而另一個人卻又一個勁兒地盯著我們那個劈柴的雜役看。這些富翁總認爲這個雜役是世界上最幸福的人。他們癡迷地觀看著他的勞動，對其表示讚賞，可是他們自己卻從來不會去幹這活兒。要是有朝一日，他們不得不做的話，那他們肯定會覺得不幸。說話間，他突然問上一句：「我想弄一條剛果的牛皮船到漢堡來，你知道怎麼個弄法？」而對方彷彿根本不是談船的事，而是在談牛。「我能抽成百分之幾？」那位想買船的人說：「百分之五。」對方說要百分之八，說這裏面還包括風險費，因爲說不定皮子裏面有蟲子，黑人的鹽放得不夠。買方伸出手來說：「百分之七！」他們互相對望片刻，然後握手成交，各自回到他們的小姐那兒，繼續撫摸著她們的乳房，就像吃牡蠣或啜飲蝸牛一樣地吻著她們。可是從他們買賣成交了幾火車生豬和牛皮船的這一瞬間起，他們變得加倍地年輕。我們旅館的有些客人買下或賣掉了一整條街的房屋，有的甚至賣掉了一座宮堡或兩座莊園、一座工廠。總代理商簽下了對整個歐洲的供貨合同，向巴爾幹某個地方提供五千萬貸款的協定，賣掉了兩火車的彈藥，爲好幾個阿拉伯兵團提供了裝備……而這一切都是以同一種方式進行的：都伴隨著香檳酒、女人和法國白蘭地，以及觀賞那一位在透亮的院子裏劈柴的雜役……月夜裏散步於花園中，互相追趕捉迷藏，最後追到乾草垛裏。這些乾草垛也像劈柴的雜役一樣，是老闆專門讓我們佈置出來作爲裝飾的。就這樣他們要玩到天亮才返回旅館，頭髮上衣服上沾滿了塵土和乾草，一個個像剛從劇院裏出來那樣高興，向樂師和我散發一百克朗的鈔票，手裏抓著一大把鈔票，眼神裏暗示我們，即使什麼都看見了，什麼都聽見了，也要裝作什麼都沒看見，什麼都沒聽見。這時，老板坐著輪椅，靜悄悄地從這個房間轉到那個房間，讓一切都安排得天衣無縫，讓客人的每個願望都得以滿足，因爲我們老闆記住了客人的一切要求，甚至連哪位客人早晨想要一杯鮮奶或者冷奶油都記得一清二楚，準備齊全，連對那些喝多了酒的嘔吐者，我們都在洗手間裏準備了嘔吐池，有單個的，也有像馬槽一樣供集體用的，嘔吐池旁的牆壁上裝有扶手，一排人站在那裏嘔吐，也好互相壯壯膽哩！我要是吐了，即使誰都不知道，我也覺得不好意思呢！可是這些闊人們吐起來，面不改色心不跳，彷彿這是他們宴席上一個必不可少的組成部分，一項天然之舉。他們吐得連眼淚都流了出來，爲的是吐完之後吃得更歡快，喝得更多，像古斯拉夫人一樣。而領班茲登涅克可是一位眞正的高水準領班，他是在布拉格的紅鷹飯店出的師，那裏有一位老領班當他師傅，那人曾經在艾斯特大公常去的貴族賭場當過專職服務員。茲登涅克的服務確屬一流，他自己也成了客人中的一員，客人們也把他當成他們的客人，每張桌子上都有他的一隻玻璃杯，他用這杯子和客人一塊兒喝酒，總不忘記爲他們的健康而碰一下杯。他端著菜盤，來回穿梭於各張桌子之間，速度之快，有如疾風閃電。誰要是猛然撞上他，準會被他碰得仰面翻。他的體態舉止優美而又大方。他不管幹什麼從來不坐著，而總是站著，且總是心中有數，知道誰大概需要什麼，提前將客人正想要的東西送到他面前。我跟茲登涅克也曾經出去瘋玩過一次。茲登涅克也有這麼個闊少爺習慣：掙來的錢差不多都得花光，就跟我們這裏的那些客人一樣，只不過他是到別處去花。剩下多少錢他也要想法子花完。早晨，當我們乘著出租汽車回來時，他半途將一個村子裏最偏僻的小酒館老闆叫醒，讓他去叫醒樂師們給他演奏。他還挨家挨戶把正在睡覺的人叫醒，請他們到酒館裏來爲他的健康乾杯。酒館裏奏著音樂，跳舞跳到天亮。當小酒館裏的瓶裝酒、桶裝散酒都已喝光時，他便把雜貨鋪的老闆叫醒，又買了整整一筐子瓶裝酒送給老先生老太太們。茲登涅克不僅將酒館裏的賬付了，而且把他所分送的全部物品的賬都付了。等他把錢都花光，便輕鬆得哈哈大笑。到後來，他一摸身上，連盒火柴都沒有了，只好借了二十個哈萊士買盒火柴抽根菸。他還是個愛就著爐火點燃雪茄的人，於是又抽了一根雪茄。隨後我們乘車開始離去，樂隊追在我們車後演奏。茲登涅克又借了錢將花店裏的花全部買下拋撒給歡送的人群，有石竹、玫瑰、菊花。樂隊一直送我們到村外，裝飾著鮮花花環的汽車將我們送到寧靜旅館，因爲這一天，實際上是這一晚上，我們兩人都有空。

有一次我們旅館宣佈將會有要來一位貴客來到，老闆非常重視。他坐著輪椅在旅館各處轉了十次乃至十二次，總覺得準備得不完全合意……說是要來三位客人，可是只到了兩位，我們卻鋪了三個特別床位，通宵的服務我們都是一式三份，彷彿該來的那第三位客人也坐在這裏，只是我們看不見他。他在這兒坐著、行走著、穿過花園、在搖椅上晃動……最先，是一位夫人乘著一輛漂亮的轎車來到我們旅館，老闆和茲登涅克都用法語和她交談。後來又開來一輛車，這時已是晚上九點鐘。這次來的是總統，我立即認出他來了，老闆口口聲聲稱他陛下。總統和這位漂亮的法國女士共進了晚餐，她是坐飛機來到布拉格的。總統大人整個地變了一個人，變年輕了，滿臉笑容，彬彬有禮。他喝了香檳，又改喝白蘭地，就這樣越喝越興奮。他們後來換到一間擺設著畢德邁雅風格傢具和鮮花的小房間裏。總統先生坐到那美女的身旁，吻她的手，然後又吻她的肩膀，她穿的是晚禮服，胳膊全露在外面。他們談論著文學，又無緣無故地哈哈大笑一通。總統先生對著她的耳朵講了些什麼，惹得她噗哧笑出了聲。總統自己也忍不住笑得直不起腰來。他親自倒香檳酒，重又面對面地舉起酒杯快樂地碰著，彼此定睛地凝視著對方，慢悠悠甜甜蜜蜜地飲著酒。隨後，那夫人輕輕地將總統推倒在扶手沙發上。這一回由她來吻他，一個長長的吻。總統先生閉上了眼睛，她撫摸著他的臀部，他也一樣，我看到他高貴的手指觸到了那美女的大腿，然後像突然驚醒，如今他又俯身於這美女之上，凝視著她的眼睛，親吻她。兩人在熱烈的擁抱中一動也不動地停留了片刻。等他們緩過氣來，總統深深地呼了一口氣，甜滋滋地呼了一口氣。那位夫人也吐了一口氣，連垂在額頭上的一綹頭髮也被吹得飄動了一下。他們站起身來，手拉著手，跟孩子一樣跳起了「磨坊輪子轉起來」。突然，他們手拉著手從門口跑出去，後來還一直手拉著手，一跳一蹦地，嬉戲著跑上了羊腸小道。只聽見一路上總統發出的爽朗而快樂的笑聲。我無論如何也沒法將眼前這位總統與郵票上、公眾場所上的總統對上號。我總以爲總統大人不會幹這類事兒，這對總統來說不體面。原來，他也跟其他富翁、跟我、跟茲登涅克一樣啊！如今他跑在月光下的花園中。我們是在當天下午將乾草堆搬進這花園的。我看到那美女的白衣裳，總統先生的漿硬的白色胸衣和他的白袖口在黑夜中來回飛動，從這個草垛飛到那個草垛。眼看總統先生趕上了那白色晚禮服，抓住了她，將她輕輕舉起。我也看見了他的袖口如何舉起那白衣裙。彷彿這白色的晚禮服剛剛從河裏被撈起，又彷彿媽媽抱起穿著白襯衣的孩子，正要將他放到小床上去。總統就這樣抱著她，走向我們花園的百年古樹林深處，隨後又從那裏跑出來，將她放在乾草垛上。但是那白衣裙從她手中溜跑了，總統追在後面，總是兩人一道倒在乾草垛上。那白衣裙又站起來，再跑，直到又倒在一堆乾草垛上，總統先生隨即撲在她上面。我看見了他的白袖口，後來我還看到那晚禮服怎樣地漸漸縮小，那白袖口如何掀起那晚禮服，將它翻到一邊，隨後，在寧靜旅館的花園裏便是一片寂靜……我們沒再看了，就像我們老闆一樣，放下了窗簾。茲登涅克低頭瞅著地面，那個穿著黑衣裙，只能看見她的白圍裙的客房女服務員這時站在臺階上，也低著頭瞅著地面。我們大家都不再觀看，但又都很激動，彷彿是我們和那美女一塊兒躺在那揉得亂七八糟的乾草堆裏。這位美女爲了乾草堆裏這一幕還專門從巴黎遠道飛來，彷彿這些事都發生在我們身上……最主要的是，我們是唯一參與了這愛情喜事的人，彷彿是命運的驅使，可這命運除了想聽到一點兒牧師懺悔出的秘密之外實在別無他求啊！到了後半夜，老闆便派我送一水晶罐的涼奶油、一塊剛出爐的麵包和一包用葡萄葉包著的黃油到那座童話中才有的兒童小屋去。我提著一隻籃子，全身發抖，沿著一個個乾草垛往前走，這草垛曾經起到了床的作用哩！我忍不住俯身抓起一把乾草來聞一聞，然後沿著一條小道直朝那三棵銀松奔去。在那裏我已經看到小屋的窗子亮著燈，等我走到小屋跟前，看見在這座掛著小鼓、跳繩、小熊洋娃娃的小屋裏，小椅子上坐著穿白襯衫的總統，在他對面的同樣一把小椅子上坐著那位法國女郎，這兩位情人面對面地坐著，互相凝視，雙手放在小茶几上。一盞普普通通的燭燈照亮了這間小屋。總統先生站起身來，擋住了小窗戶。他得彎著身子才能走出小屋的門。我將籃子遞給他。總統的個子高，得彎下腰來接我的籃子，而我個子小，得站得筆直地將籃子遞到他手裏。他連聲對我說：「謝謝你，孩子，謝謝！」說罷便又轉身進小屋裏去了。我往回走時，差點兒被總統拋在地上的燕尾服絆倒。後來天大亮了。太陽出來時，總統先生從小屋裏走了出來，那位夫人穿件內衣裙，長裙拖在身後。總統提著燈籠，不過這燭光與太陽相比只不過是一個小點而已。後來，總統彎身抓起燕尾服的一隻袖子拖在地上走，燕尾外套上儘是塵土和乾草……他們就這樣如醉似夢地併肩邁步，雙雙露出幸福的微笑……我望著他們，心中突然浮起一個念頭：當個餐廳服務員可不簡單，服務員多於牛毛，可我卻是小心謹愼地侍候過總統的服務員。我得珍惜這一點，就像茲登涅克因爲在貴族賭場侍候過費迪南德・艾斯特大公而終身引以爲榮一樣。後來，總統先生坐著一輛轎車離去，那位夫人坐著另一輛轎車離去，而第三輛車上根本沒坐人。這就是那看不見的第三位客人，我們爲他鋪了床，老闆結賬時，把給他準備的飯菜與他根本沒去睡覺的房間費全都算上了。悶熱的七月來到時，老闆不再坐著輪椅從小房間轉到大房間再轉到餐廳，而是乖乖地待在自己那冰箱般的小斗室裏，那裏的溫度不得高於二十度。儘管他不露面，儘管他也不坐著輪椅去花園裏的小道上轉，但他彷彿仍舊能看見我們，仍舊是萬能的，靠他的哨子來給我們發指令或禁令，安排招待工作。我甚至覺得他的哨子比說話更管用。那時候在我們旅館裏住了四個外國人，是從玻利維亞哪個地方來的。他們隨身帶來一口神秘的箱子，像看護自己的眼睛一樣地看護著它，連睡覺時也帶著。四人全穿一身黑，還戴著黑禮帽，留著黑長鬍子，戴著黑手套，連那口箱子也是黑的，跟他們一樣像口黑棺材。這幫夜客可眞會揮霍錢財尋歡作樂哪！但他們得付高價，由我們老闆親自過問。這是他的，不，是整個旅館的一項特別生意。他們的人在我們這裏住下，吃一顆蒜，一根蒜泥清腸，一個馬鈴薯餅，一杯酸牛奶，其價錢就跟吃了牡蠣、龍蝦，喝了亨格爾酒一樣貴。住也如此，哪怕在沙發上打盹坐到天亮，那也得付整個一套房間的錢，這屬於我們旅館的裝飾。我一直想知道他們的箱子裏裝的什麼。直到有一次，那個名叫薩拉蒙的猶太人，黑社會的頭子回來了才知道。我是從茲登涅克那兒知道的，說那薩拉蒙跟布拉格、紅衣主教本人有聯繫，說通過外交途徑請求他爲他們的布拉格聖子，一座全金的塑像做祓除式[20]，說這布拉格聖子在南美很受歡迎，數百萬印第安人甚至將聖子像用根鏈子掛在脖子上，說在那裏，到處傳說著布拉格

[20]基督教中由神職人員主持的使某人或某物淨化、聖潔化的一種儀式。

是世界上最漂亮的城市，因為聖子曾在那裏上過學，所以他們想請布拉格的紅衣主教為這個六公斤重的全金布拉格聖子塑像舉行袚除儀式。從這一瞬間起，我們只為隆重的袚除式而忙活。可事情並不這麼簡單，第二天便來了幾個布拉格警察，警察隊長親自告訴這些玻利維亞人說，布拉格黑社會已經得知他們送聖子塑像來布拉格做袚除式這檔子事兒，甚至還有一個波蘭同夥也來到了布拉格，準備偷走這尊全金布拉格聖子塑像。布拉格警察還與玻利維亞人商定：最好是將那全金的聖子塑像一直藏到最後一剎那，由玻利維亞共和國出錢再做一尊鍍金的聖子複製品，並隨身帶著這個鍍金的塑像，直到將要離開這裏的最後一刻為止。因為即使遇上強盜，被他們搶走這個鍍金的複製品也總比搶走那眞品強。第二天，立即有人送來了一口跟玻利維亞人帶來的黑箱子一模一樣的箱子，把箱蓋一打開，那聖子像之美，把我們老闆都吸引出他那間避暑小斗室，好向這聖子鞠躬致意。隨後，薩拉蒙先生又和紅衣主教顧問團商談有關做袚除式的事宜，可是紅衣主教不想給他們帶來的這個聖子做袚除式，因為唯一的聖子是在布拉格，如果這麼一弄，就等於有了兩位聖子。這些我都是從茲登涅克那兒聽來的。因為他會西班牙語和德語，茲登涅克本人談起這件事時，心情十分激動，我還是第一次看見茲登涅克如此地不平靜。直到第三天，薩拉蒙先生來到，他還在汽車上便站起身來，從火車站那兒便能看到他帶來了好消息，他滿面笑容，抖動著雙手。大家都下了車，薩拉蒙先生告訴大家說，他有個好主意：紅衣主教喜歡照相，他建議將整個袚除儀式作為高蒙德新聞的附件給拍下來。這個儀式將在凡是有電影院的世界各地放映。這樣一來，不僅紅衣主教，連聖子及聖維塔教堂㉑都能被世界各地人們所知曉，就像薩拉蒙先生所正確建議的那樣。教會也得以揚名，提高聲譽。在這祓除式的前夕，他們籌備了一整個通宵。警方給我和茲登涅克的任務是：讓我們運送那尊全金的眞品聖子塑像。在另外三輛汽車裏將坐著那些玻利維亞人，和穿上了燕尾服的警察帶著那個布拉格聖子塑像的仿造品。我、茲登涅克和三名將化裝成企業家的密探將共乘一輛車，不顯眼地跟在他們後面。這一路可熱鬧哪！根據玻利維亞天主教小組頭目的指示，將眞品聖子捧在手中擱在膝蓋上，幾輛汽車駛出了寧靜旅館。那些密探可都是些快活人。他們向我講述道：每當在公眾面前展示寶物時，他們便化裝成助祭，繞著旁邊的聖壇轉圈圈，並裝模作樣祈禱著，胸前卻揣著手槍以應付緊急情況。休息的時候，他們便又化裝成高級教士跟這些寶物左一次右一次地拍照。一回想起這些，他們便笑個不停。一路上我得不停地讓他們欣賞這布拉格聖子塑像。最後我們商定停一下車，讓茲登涅克用這些化裝成企業家的密探們的相機，給他們連同這布拉格聖子一塊兒在圍牆外照張團體照。在我們到達目的地之前，他們還談到，每逢有個什麼國葬典禮，他們又得操著心，別讓不三不四的人混進去，塞個定時炸彈什麼的到花圈裏面。那些炸彈往往做

㉑布拉格最大的教堂。

得像綠葉紅花似的別在花圈上，他們有專門探尋定時炸彈的叉子，他們用這種叉子往花圈上扎一遍，也可以用拍照的辦法記錄下來。他們還給我看了照片，從照片上面可以看到他們如何跪在棺材四周，拿著這叉子在探尋花圈中是否有定時炸彈的情景。如今他們卻化裝成穿著禮服的企業家，將要跪在這聖子跟前，從三個方面防備著，免得布拉格聖子遭難。我們就這樣聊著天駛過了布拉格的大街小巷。當我們來到布拉格宮時，玻利維亞人已在那兒等候，薩拉蒙先生提走了箱子，將它提到大教堂那兒。一切都像準備婚禮一樣按計劃籌辦得妥妥貼貼：管風琴隆隆響，高級教士們手持權杖鞠著躬，薩拉蒙捧著聖子，攝影相機吧嗒吧嗒轉動，拍攝著一切。然後儀式開始，實際是一場隆重的彌撒。薩拉蒙先生最虔誠地跪著，我們則跪著慢慢靠近聖壇。到處鮮花閃動，金光四射。合唱隊唱著彌撒曲，彌撒進行到最高潮時，攝影師一打手勢，布拉格聖子就算已被淨化，由一尊普通的塑像變成了聖物，由紅衣主教聖潔化了的這件聖物從此具有一種超自然的力量。彌撒結束後，紅衣主教便進了法器保藏室。薩達蒙先生由神甫會副主教陪同跟了進去。他從法器室出來的時候，正將錢夾塞進大衣裏面。他肯定以玻利維亞政府的名義捐了一筆款子用於維修教堂，或許還給了一筆酬金以感謝他做祓除式。後來我還看到了玻利維亞大使捧著布拉格聖子，人們又是在管風琴樂聲與合唱隊歌聲的伴送下漸漸離開教堂。一輛輛汽車開了過來，布拉格聖子放到了車上。可是我們沒再隨身帶任何東西。大家和大使先生以及所有隨從都乘車來到斯坦納㉒旅館。我們則自己返回寧靜旅館，準備晚上的告別宴會。晚上十點，那些玻利維亞人來到我們旅館才得以休息一下。半夜開來三輛車，送來一群小歌劇場的舞女，我們從來沒有像這個晚上這麼忙過。因爲從來沒接待過這麼多的人，熟知這裏一切情況的警察局長放任那假的布拉格聖子塑像擺在男客房的壁爐上面，將做了袚除式的眞聖子悄悄運到那座童話小屋，放放心心地跟那裏的洋娃娃、木偶、跳繩和小鼓擺在一起。隨後大家開懷痛飲，裸著身子的舞女圍著那件布拉格聖子贋品一直跳到天亮。等到大使先生該回他自己的官邸，玻利維亞的代表們該上飛機場時，警察局長於是取來了眞聖子以換走那假聖子，幸好薩拉蒙先生還打開箱子看了一下。因爲在狂歡混亂之中，警察局長將一個穿著斯拉夫民族服裝的漂亮洋娃娃放到了箱子裏。於是大家又一窩蜂跑到童話小屋去，只見那布拉格聖子還躺在一面小鼓和三個娃娃之中。他們立即拿走了這個聖潔化了的聖子，將那穿斯拉夫民族服裝的洋娃娃放到小屋裏，前往布拉格去了。可是到第三天我們得知，玻利維亞共和國的代表們不得不推遲起飛日期。情況是這樣的：爲了迷惑強盜們，他們將假聖子塑像放在機場入口處，掃地女工最初將這假聖子放到了藤筐裏。當以薩拉蒙爲首的代表團成員上了飛機之後，在這個完全保險的地方打開他們的箱子一看，發現裏面放著的不是那個由紅衣主教做過袚除式的眞聖子，而是那個假聖

㉒奧地利科學家、藝術家、編輯，人智學的首創者。此處只是旅館以他的名字而命名以示紀念。

子，不是全金的，而是鍍金的，只是衣服完全一樣……於是他們又紛紛跑去尋找，而且找到了眞品。當時，門房正站在那兒問過路人這口箱子是誰的，一聽沒人答話，便讓那口裝著布拉格聖子的箱子擺在人行道上。就在這一刹那，玻利維亞代表團的人跑來提起這口箱子，還眞夠重的！他們鬆了一口氣，打開箱子一看，還眞是那個全金聖子塑像……他們提著它立即上了飛機，飛至巴黎，然後將這位布拉格聖子交給了他們的祖國。根據印第安人傳說，這位聖子曾經在布拉格上過學，根據這個傳說，布拉格可是世界上最古老的城市。今天就給諸位講到這裏，夠了嗎？

三．我曾侍候過英國國王

諸位請聽好了，我現在將給大家講些什麼！

我的幸福往往來自我所遭到的不幸。我哭著離開了寧靜旅館，因爲老闆認爲是我有意將聖子塑像的眞品與仿造品弄混的，說是我故意搞的鬼，以便能得到四公斤的金子，其實不是我，而是另外一個餐廳服務員提來了同一口箱子。我只好前往布拉格去，不幸中的大幸是，我在布拉格火車站上遇著了瓦爾登先生，仍舊是那個腳伕跟著他，就是那個背上背著兩部小機器、一桿秤和一架切香腸機器的人。瓦爾登先生爲我寫了一封介紹信給巴黎飯店，我跟他分手的時候，他又對我表示了好感，摸摸我的頭，一個勁兒地對我說：「小可憐的，堅持下去，你還小。小傢伙，但願你能有出息！我會來看你的。」他幾乎是在喊話。我停住腳步，久久地向他揮手。火車早已開走，我又開始了新的冒險。其實，我在寧靜旅館這些日子就一直擔驚受怕哩！事情是這麼開始的：我看見大個子雜役養了一隻貓。這隻貓總是等著他把奇怪的活兒幹完，或者在院子裏等著，看著他怎樣劈柴給客人們觀賞。這隻貓就是雜役大漢的心肝寶貝，他們連睡覺都在一起。如今有隻公貓老去找牠，這隻母貓喵嗚喵嗚地叫著，變得不愛回家。我們那位大個子雜役急得臉都發青了，他到處去找牠，走到哪兒都要回過頭來，看看他的米拉是不是跟在他後面。大個子雜役喜歡一個人自言自語。我不管什麼時候走過他身邊，都能聽到一些不可置信的事情。我從他的這些自言自語中得知，他曾經坐過牢，用斧頭砍傷了一個和他老婆相好的憲兵。他老婆上吊，人家不得不把她送進醫院。大個子雜役為此被判五年監禁，跟日什科夫的一名罪犯關在一起。那人曾派他的小孩去買啤酒，這小孩在回家的路上丟了五十克朗。這傢伙一發火，便將他小孩的雙手擱在砧板上，一刀把它們剁了，這是第一件不可置信的事實。他的第二個同獄的犯人則是因為他老婆與一個旅客通姦被他當場抓住，他用刀子砍死了他老婆，割下她的陰部，還用斧頭逼著那男的把它吞下去，那男人被他嚇死了。這殺人犯自己投了案，這是第二樁不可置信的事實。而那第三個犯人，便是他自己，成了第三樁不可置信的事實：他原本很信任他的太太，當他看見她和那憲兵在一起時，他便用斧頭把憲兵肩膀劈成了兩半。那個憲兵便開槍打傷了他的腿。我們這位雜役就這樣被判了五年刑。可是不可置信的事情還在後頭哩！有一回，那公貓又來找大漢家的母貓。大漢用一塊磚頭將公貓按到牆腳下，用斧頭砍斷了牠的背脊，母貓直為牠的公貓哀叫，可是大漢將公貓緊緊地卡在鐵絲網網著的小窗子上，牠出不來進不去地待了兩天才死去，跟那憲兵一樣下場。母貓被他趕出了家門，成了一隻到處流浪的野貓。大漢再也不許牠進家門，牠後來就無影無蹤了，或許已被這雜役殺死。因爲他是一個敏感、感情容易衝動的人，動輒便用斧頭，不管是對他的太太和對他養的母貓都這樣。因爲他不僅對那憲兵，連對那隻公貓都吃醋得要命。在法庭上他懊悔自己只砍了那憲兵的肩膀，而沒把他那戴著鋼盔的腦袋砍掉。因爲那憲兵在他太太的床上還戴著鋼盔，束著皮帶配著手槍……恰恰就是這個大漢臆想出來並對我老闆說，是我想偷走這尊布拉格聖子塑像。說我滿腦子只想著如何不惜犯罪儘快發財。老闆聽了嚇一大跳，因爲通常認爲雜役說的便是天經地義。他一說了什麼，我們那裏就不會有第二個人敢說個「不」字，因爲雜役的力氣比五個人的還要大。後來有一次，再後來幾乎每一天下午，我都發現雜役坐在那所童話小屋裏，總在那裏幹點兒什麼，大概是跟那些洋娃娃或者小熊什麼的玩耍。這我從來也沒想到過，也沒下工夫往這方面去想。可是有一回他卻對我說，他不樂意我再進那所小屋去。有一次，他一在那裏見到我和茲登涅克，便補充了一句說，有可能發生第四樁不可置信的事情。然後又指著那隻被砍斷背脊骨，在我房間旁邊受了兩天罪的公貓乾屍給我看。只要我從他旁邊走過，他便指著這公貓的乾屍提醒我說：所有在他眼裏的犯罪者都將跟牠一樣下場，說著還指指他自己那對眼睛。我即使什麼過錯也沒有，他也可以抓住這一點，說我跟他的洋娃娃玩耍了，爲此他即使不殺死我，也會把我弄個半死，讓我跟那隻公貓一樣，拖上好長時間才斷氣。那隻公貓儘管什麼錯也沒有，只是跟他的母貓相好而已，可後來……我如今待在火車站上，猛然發現我在寧靜旅館的半年時間裏變傻了，變得神經質了。列車員一吹哨子，旅客一就座，列車員吹著哨子向車站發送員發信號，我便挨個地跑到乘務員面前去問：請問您需要點什麼？而當發送員一吹哨子，表示詢問乘務員是否做好一切準備，車門是否關好等等，我便又跑到發送員面前去恭恭敬敬地問他：請問您需要點什麼？火車帶走了瓦爾登先生。我步行穿過了布拉格的一個個十字路口。有兩次，當十字路口的交通警察吹哨時，我立即跑過去，將行李箱放在他腳跟前，問他：請問您需要點什麼？我就這樣穿過大街小巷，來到巴黎飯店。

巴黎飯店漂亮得幾乎讓我暈倒在地。這麼多鏡子，這麼多黃銅欄杆，這麼多黃銅門把，還有這麼多黃銅燭臺，而且擦得這麼亮，就跟一座金殿一樣。到處都鋪著紅地毯，到處都是玻璃門，彷彿是在宮殿裏。老闆布朗德斯馬上和悅地接待了我，將我帶到我的小房間。這是樓頂層屋簷下的一間臨時住房，從這兒可以淸楚地瞭望整個布拉格。我想，就憑這瞭望、這小房間，我也要好好幹，爭取能長期留在這裏。當我打開箱子，準備將我的燕尾服和衣服掛起來時，一打開衣櫃，便發現裏面已經掛滿了衣服，我又打開第二個櫃子，裏面擺滿了雨傘。第三個櫃子，裏面掛滿了男式大衣，靠裏面的繩子上還掛了成百條領帶……我取下一個衣架，將我的禮服掛在上面。然後我專心瞭望著布拉格，欣賞那些屋頂。我看到閃閃發光的布拉格宮。我一看到那座歷代捷克國王們曾經住過的宮殿，不禁熱淚盈眶，把寧靜旅館忘了個一乾二淨。我現在反倒爲他們以爲我想偷走布拉格聖子塑像這件事而感到高興，因爲要是我的老闆沒這麼認爲，那我現在還在清掃園中小道，整理乾草堆，老擔心什麼地方會響起哨聲。我現在才琢磨出來，恐怕連大個子雜役也有一隻哨子，那雜役肯定是老闆的眼睛，並代替了他的兩條腿。他像老闆那樣監視著我們並吹哨子催促我們……我從樓頂上的小房間裏走下來，正趕上中午，餐廳服務員互相輪班，吃午飯。我看見他們正在吃馬鈴薯麵疙瘩和香炒麵包渣，大家都到廚房裏領馬鈴薯麵疙瘩，我還看到老闆也得了一份馬鈴薯麵疙瘩，也在廚房裏吃，跟賬房一樣。只有大廚和他的幫廚們午飯吃的是煮馬鈴薯。連我也有一份馬鈴薯麵疙瘩配香炒麵包渣。老闆讓我坐在他旁邊，我吃這份飯的時候，他也在吃，可他是小心謹慎地吃，更像是吃給大家看看而已。既然我作爲一個老闆都能吃這飯，那你們，我的員工們當然也能吃這飯。他很快用餐巾擦了擦嘴巴，將我帶到一個空房間。我最先得到的任務是分送啤酒。我往玻璃杯裏灌上啤酒，擺滿一大盤子，按照這裏的習慣，我還給每個啤酒杯掛上一小塊紅玻璃片作裝飾。年長的服務員領班一頭灰白銀髮，儼然像位作曲家，他用下巴示意我的啤酒該往哪裡送，到後來就只需用眼睛示意了。我從來沒送錯過，那位帥氣的領班的眼睛指到哪裡，我的啤酒便送到哪裡。一個小時之後我已經看到，那位老領班在用眼睛撫摸我，向我明顯地表示出我很討他的歡心。這位領班可是個人物，一位道地的電影演員，一位穿燕尾服的美男子。我從來沒見過有人穿著燕尾服像他那麼帥，他與這個四處是鏡子的環境也很相配。即使已過中午，這裏也亮著燈，燈的造型像蠟燭。在每個燈泡下方，都是叮噹作響的雕花玻璃飾物。我能從鏡子裏看到自己在怎樣分送皮爾森啤酒，我看到鏡子裏的我也有一點兒不大一樣。因此我不得不修正對自己的看法：我並不是那麼醜那麼矮，我那套燕尾服很合身。當我站在這位彷彿剛從理髮店出來，留著一頭捲曲白髮的領班身旁時，我從鏡子裏看到，我別無他求，只想跟著這個領班在這裏做事。他總是那麼安詳，他知曉一切，待客周到。補充菜單時總是面帶微笑，彷彿在家中舉行家宴那般親切。他還知道哪張桌上的哪位客人沒得到飯菜，他立即幫忙補上。他也知道誰想結賬。據我所見，誰也用不著舉起手來和拍得劈啪響，也不用揮動菜單。領班很奇妙地觀察著，彷彿在檢閱千軍萬馬或者在瞭望臺上，在一艘海輪上欣賞美麗的風光；又像什麼也沒瞭望，因爲每一位客人的每一個動作都能讓他立即明白，他需要什麼。我馬上注意到，領班不喜歡那端托盤上菜的另一個領班。他的目光已在責備這老兄送錯了菜。本該將豬肉送給第六桌的，他卻送到十一桌去了。當我已經送了一個禮拜的啤酒後，在這個棒極了的飯店裏我淸楚地注意到，那個上菜的卡雷爾，每當他從廚房裏端著托盤出來時，總要在餐廳門外站一會兒。當他以爲誰也沒注意看他時，便將端得齊著眼睛那麼高的托盤降到胸口的地方，嘴饞地看著一盤盤美味佳餚，他總要從這樣那樣菜裏掰下一小塊，小得彷彿只是偶然沾髒了手指頭而隨便舔舔乾淨而已。然而，我也看到，那位帥氣的領班怎樣當場逮住了他。不過這位領班什麼也沒說，只是看了他一眼。卡雷爾揮了一下手，便又將托盤舉過了肩，用腳踢開活動門，走進了餐廳，快步穿梭於餐桌之間。這可是他的拿手好戲，托盤往前傾斜，彷彿要掉下去，腳步像打鼓點一樣走得飛快，的確，誰也不敢像這位名叫卡雷爾的領班那樣托這麼多碟子。二十只碟子擺在一只托盤上，分送菜碟前，將托盤放在備餐桌上，手一伸，手臂像一塊小長桌面，一連擺上八只碟子，手上還端著兩只碟子，形成一張扇面，另一隻手還端著三個碟子，這簡直像在耍雜技。布朗台斯老闆大概很喜歡這個上菜服務員，把這端盤碟的表演當作飯店裏的一項裝飾。喏，我們每天的員工飯幾乎都是馬鈴薯麵疙瘩，今天配罌粟籽，明天配調味汁，第三天或許配點兒烤麵包，有時則澆些化了的黃油和糖，有時又改澆些覆盆子汁，或者配些香芹菜末和葷油。我們老闆也總跟我們一塊兒在廚房裏吃馬鈴薯麵疙瘩，但每次吃得都很少，他說他忌口。可是到下午兩點的時候，恰好由那個名叫卡雷爾的大紅人端來一個托盤，所有飯菜都盛在銀器餐具裏，總少不了鵝肉或者雞、鴨、野味，根據季節而定。他每次都將托盤送到一個小包廂裏，彷彿裏面用餐的是一位從交易會轉到我們巴黎飯店繼續談生意的大老闆。我們老闆總是悄悄地溜進這個隔板小包廂裏。他出來的時候，容光煥發，一臉滿意，嘴角上還插著一根牙籤。恰恰是這個領班卡雷爾，恐怕跟我們老闆有點什麼勾當。每個禮拜四的交易會之後，那些商人便來到我們這兒，喝香檳和白蘭地來慶祝他們談成的買賣，每桌一大托盤各式美味佳餚。雖然只有一托盤，但可是裝得滿滿的宴會規格。儘管還是白天，可是從中午十一點鐘起，宵夜餐廳裏便坐了許多塗脂抹粉的小姐，跟我在天堂豔樓裏認識的那些小姐一樣。她們一邊抽煙，一邊喝著濃度弗木特酒❶，等著那些富商們。他們一到，小姐們便分散到各人的座位處，她們每個都早已預訂好了隔板包廂。我從這些隔板包廂旁邊經過時，只聽得窗簾之內響起咯咯笑聲和清脆的碰杯聲，就這樣持續好幾個鐘頭，直到傍晚這些大戶們才紛紛離去。興奮漂亮的小姐們也走了出來，進到洗手間裏，重新塗上接吻時抹掉了的口紅，整理好穿在身上的襯衫，打量一下全身，看看重新穿上去的絲襪的襪縫是不是筆直對著腳後跟。富商客人們走了之後，我從來不敢，別的人也不許進入那些隔板包廂。只是每個人都知道，我也多次透過窗簾縫看到，卡雷爾如何將所有沙發套之類的東西都拽掉。這是他撈外快的一大機會，在那裏撿拾他們丟下的貴重飾物，有時還能撿到戒指、懷錶上不小心拽下的錶鏈環。所有這些都是老闆們和小姐們在穿脫衣服時從上衣、褲子和馬甲口袋裏掉出來的，或從鏈子上拽下來的。這一切都成了卡雷爾的獨吞之物。有一天中午發生了這麼一件事：卡雷爾跟往常一樣，往大托盤裏擺了十二只碟子，在進到餐廳之前，照例在門外站上一會兒，偷吃掉一小塊牛肉，一小塊捲心菜。他沒動那點心，卻嘗了一小塊牛肉餡兒。然後又面帶笑容將托盤端進餐廳。可是有一位客人不知是被菸味嗆著了呢還是得了傷風，這個鄉下人的鼻子一直吸著氣，這口氣長得像有一隻無形的手在提著他的頭髮，讓他不得不站起來，打了一個響噴嚏。這噴嚏的急速氣流彷彿觸到了裝滿菜碟的大托盤。卡雷爾總是這樣舉著這托盤，猶如童話中的飛毯朝前飛奔。

❶一種苦艾酒。

受這嘖嘖的影響，不知是托盤朝前的速度加快了呢，還是卡雷爾的腳步沒趕上，他差點兒滑倒。因為那托盤往下溜，飯店裏所有員工，甚至包括老闆本人，及他的客人，包括餐飲協會主席什羅貝克，都在餐廳裏親眼見到這情景。卡雷爾連忙邁了一大步，倒是抓住了托盤，但是掉下了兩個碟子。最先掉下來的是一塊塊鳥肉，然後是調味汁，最後是碟子，一秒鐘之後又掉下第二只碟子：調味汁、肉，最後是饅頭片，全部掉在一位客人身上。這位客人往常總要通讀整個菜單，等他點好了菜，便抬起眼睛來訂菜，同時要問肉煮得爛不爛，調味汁夠不夠熱，饅頭片軟不軟……如今，整個一碟菜都扣在他的背上。他一起身，調味汁滴滴嗒嗒，饅頭片滾到了鋪在他胸前的餐巾下面，有一塊饅頭片像一頂小帽子頂在他的頭上，就像猶太教教士戴的那種特小的帽子。當保住了其他十個菜碟的卡雷爾看到這情況，又看到什羅貝克先生時，他把托盤舉得更高，將它往上一拋，整個托盤翻了面，十個菜碟全都掉到地毯上，像在劇院或啞劇裏演出的這情景表明，那兩只碟子使他煩到了何等程度。他解下圍裙，將它一摔，怒氣沖沖地離開了餐廳，穿上便服酗酒去了。我當時不明白他為什麼這樣，可我們飯店的其他員工都說，他碎掉兩個碟子的後果跟碎掉十個碟子是一樣的。因為上菜是餐廳服務的一道風景。可這事還沒完，卡雷爾又回來了。一屁股坐到廚房裏，眼睛瞟著餐廳，他突然起身要去搬那裝滿玻璃酒具的櫃子。會計和廚師們都跑去攔他，櫃子裏的玻璃杯叮鈴噹啷碎了一地。廚師們把櫃子推回原處，卡雷爾自碎了那兩個碟子之後，不知從哪兒來的蠻勁兒，有三次差點兒將櫃子翻倒在地，可是那些廚師滿臉漲得通紅，又三次地使勁將櫃子搬回原處。等到他們大家都似乎喘了一口氣的時候，卡雷爾又躥過來，要搗毀廚房裏那一排爐子，他拽掉了煙筒管道。廚房裏立即佈滿了煙霧，弄得在場的人咳個不停。廚師們費了好大的勁才又把那些管子接上，他們弄得滿身黑煙坐到椅子上，看那卡雷爾又在什麼地方。可是卡雷爾已經跑掉了，於是我們大家都鬆了一口氣。可是突然一聲噹啷響，卡雷爾踩碎了爐臺上方天窗的玻璃板，並從上面的破洞口裏跳下來，一隻腳踩在上午茶點時吃的肚絲湯鍋裏，連褲腿都濕了，另一隻腳站在摻了小馬肉汁的紅燜牛肉鍋裏，濺得四處都是肉汁，滿地的玻璃渣。廚師們連忙跑去喊那曾經當過拳擊運動員的雜役來，想讓他強行將卡雷爾拖出去，估計他大概跟巴黎飯店有仇。雜役剛邁了幾步，張開手臂，彷彿舉著兩個毛紗紡錘，還嚷嚷著：你這畜生，在哪兒？可是卡雷爾卻狠狠地給了雜役一拳，雜役倒在地上，警察不得不來。卡雷爾已經安靜下來，可是在走廊上，他將兩名警察打倒在地，他還踢了他們頭上的鋼盔。警察們於是將他拖到一間小餐室裏狠狠揍了一頓。他每叫喊一聲，餐廳的客人們都抽動一下肩膀。最後警察將他帶出來時，他已是遍身青紫，可他還對衣帽間的女服務員說，這兩只碟子還得讓飯店付出代價。果眞如此，後來聽說，他安靜下來了，但卻無緣無故踩碎了一個瓷器臉盆，從牆上拔出了水管。在場所有人，包括警察在內，都被水管裏噴出來的水澆得全身濕透，直到將水堵住爲止。

喏，我便成了領班斯克希萬涅克先生手下的一名餐廳服務員。我們還有兩名餐廳服務員，可是只有我在中午稍微空閒的時候，才可以背靠在小貯藏室的桌子上站一站。領班先生對我說，我將來可以成爲一名好領班，但我必須鍛鍊出如下本領：客人一進門，就得記住他並知道他將在什麼時候離開。說他指的不是開放衣帽間的上午，而是在咖啡廳就餐的下午。說我必須學會辨認，誰只想吃飽肚子而不付錢地悄悄溜走，說我還必須善於估計客人隨身帶了多少錢，他是不是會根據自己的財力來花錢，說這是當一個好領班的起碼條件。一有機會，領班便悄悄向我介紹，剛進來的是一位什麼樣的客人，正要離去的是一位什麼樣的客人。他這樣訓練了我幾個禮拜，我竟敢自己估計猜測了。我已經盼望下午的到來，彷彿我將進行一項冒險遠征。我激動得像等待野獸的獵人。領班先生或者抽著菸，瞇縫著眼睛滿意地點點頭，或者搖搖頭和糾正我，並親自走到客人那裏去向我證實他是對的，而他的確也總是對的。後來我才第一次地知道他爲什麼能這樣。當我向領班先生提出：「您怎麼啥都知道？」的問題時，他挺直身子回答說：「因爲我曾經侍候過英國國王。」「侍候過國王？」我驚訝得拍了一下手掌說：「我的老天爺！您曾經侍候過……英國國王？」領班得意地點了點頭。於是我們進入了第二時期，它使我亢奮異常，就像你買了彩券，而在彩券開獎時想知道自己的數字是不是中獎的心情那樣。當下午進來一位客人，領班一點頭，我們便走進小貯藏室。我說：「這是意大利人。」領班搖搖頭說：「這是從斯普利特❷或多布羅夫尼克❸來的南斯拉夫人。」我們彼此對視了片刻，隨後我們點了一下頭，我擺出二十克朗，領班也往這小貯藏室的托盤裏放了二十克朗。於是，我走到客人跟前去問他需要點兒什麼。等我邊往回走，邊看菜單時，領班已根據我的表情將兩份二十克朗掃進了他的一個大口袋裏。爲了同樣的目的，他在褲子上也用同樣的皮子縫了一個口袋。我好奇地問道：「領班先生，您怎麼能分辨出來誰是哪國人呢？」他卻謙虛地回答說：「我曾侍候過英國國王。」我們就這樣經常打賭，我總輸。不過領班先生卻又教我說，我若想當個好領班，不僅必須知道客人是哪個民族的，還要知道客人大概會要什麼菜。於是當客人進到餐廳之後，我們倆一點頭，便又一同進到小貯藏室，各自將二十克朗放到小桌子上。我說客人會要紅燜牛肉湯或者風味肚絲湯；領班先生則說，客人會要茶和不抹蒜汁的烤麵包。我於是去取菜單。當我向客人請了個早安，問他需要點什麼時，他果然點的是茶和烤麵包。我還在往回走時，領班先生已經拿走了那兩份二十克朗，並對我說，你還得學會立即認出膽囊炎患者來。你瞧那位客人，可能是個老肝炎！還有一次，我猜有位客人想要茶和抹黃油的麵包，領班卻堅持說他會點布拉格火腿、黃瓜，外加一杯皮爾森啤酒。他又對了，等我剛拿到菜單，轉過身來，領班先生看到我走過來，他瞅了我一眼，掀起小窗口，不是對著我而是對著廚房喊道：「布拉格火腿一份！」等我走到他跟前，他又對廚房補充了一句：「再要一份黃瓜！」儘管我的小費就這麼輸光了，

❷❸均爲原南斯拉夫的城市。

可我還是能爲這樣學習而感到幸福。我們只要有機會就打賭，且總是我輸。而我每次總少不了要問一聲：「領班先生，你爲啥什麼都知道？」他將兩份二十克朗放進袋子裏說：「我曾侍候過英國國王。」我一共認識了好幾個領班，在卡雷爾之後，這位領班之前，我還認識了一位叫茲登涅克的領班，就是那位半夜三更把村子裏的人鬧醒，揮霍掉所有的錢，彷彿成了個落魄的貴族老爺的人。這時我才又想起，我在金色布拉格旅館的那位領班，我這第一位領班名叫馬列克，那人很節省，誰也不知道他的錢放到哪裡去了，但是誰都知道他有錢，而且不少。說他肯定在攢錢買小旅館。等到他不再當領班的時候，便會在捷克天堂❹哪個地方將一座小旅館買下來或租下來。其實根本不是這麼回事兒。有一次他在婚禮上喝醉了酒，有些動感情，便向我吐露眞情說，十八年前，他老婆派他到她的一位女友那裏去送個什麼信，他一按門鈴，門就開了。一個漂亮的女人出現在他面前，她臉紅了，他也臉紅了。他們就這樣站在門口愣了好一會兒。她手裏拿著一件刺繡活兒。他一進門，什麼也沒說，卻擁抱了她。她還一直在繡著花，後來他們一塊兒滾在長沙發上，她在他背後接著繡她的花，他像一個男人那樣占有了她。他對我說，從此他愛上了她。他拚命地攢錢，十八年來他攢了十萬克朗，以支付他原來的家庭、老婆孩子

❹捷克一風景區。

的費用。明年將給他們一所小房子，然後，這位半白頭髮的他，就將同他的半白頭髮的美女去過自己的幸福日子了。這是他講給我聽的。他還打開了他的寫字檯的小櫃門，在櫃桶裏面還有一格，這裏便放著錢，爲了買得他的幸福的所有積蓄。我望著他，簡直無法相信這一切。我望著他的鞋，他的舊式罩褲，褲腿口的白帶子一直纏到腳踝那兒。這種罩褲彷彿是我童年時代穿過的那一種，那時我跟外婆住在城裏的磨坊裏，那時旅客們從卡羅維療養所的男廁所窗口扔內衣褲出來，有一次正好扔出來過這麼一條褲子，它張開兩隻褲腿，在空中停頓了一下……總而言之，每個領班都不一樣。金色布拉格旅館的這個馬列克，他突然出現在巴黎飯店的領班旁邊，我覺得這個馬列克像個聖徒，也像那個出售《耶穌基督的一生》的畫家、詩人約德，記得那詩人總愛一會兒脫下，一會兒穿上他的短外套，總在吃一種藥粉，嘴邊總是一圈黃色，這是喝藥水喝的……而我自己將來會成一個什麼樣的人呢？

每個禮拜四都由我來侍候這些商人。卡雷爾已經不再來這兒了。跟所有的有錢人一樣，這些商人也很會作樂，快活得像小狗似的。要是他們做成了一筆什麼生意，那他們可會花錢哪，跟剛從賭場上贏了錢的有些屠夫一樣。這些賭錢的屠夫玩上三天三夜回家的時候，常常是沒有了眼鏡沒有了馬，他們買來的牲口也沒有了，什麼都在賭場上輸了個精光，回家的時候往往只剩下一根鞭子。這些富商們有時也輸成這樣，也落得個身無分文，坐在隔板包廂裏像耶利米[5]望著被焚燒的耶路撒冷一樣地望著這世界。到後來他們把人家贏來的錢也拿來付賬，眞能折騰！

後來我便逐步成了那些在咖啡廳裏等候的小姐們的知己。她們等著交易會一結束，便打扮得花枝招展下樓去到單間包廂，不管是上午十一點，還是下午，是黃昏時分，還是深更半夜，還是早上，她們都一樣服務。在巴黎飯店，從一早起就亮著燈，整個飯店就像一盞忘了關掉的亮堂堂的吊燈。我最喜歡的是小姐們稱爲「體檢密室」、「內科會診」的小房間。這些老闆趁還精力充沛時，便設法以最快的速度把小姐灌醉，然後漸漸脫下她們的襯衫裙子，與她們赤身裸體地滾在沙發上。完事之後，這些老闆一個個弄得筋疲力盡，有時他們的樣子彷彿就像在這一場愛情遊戲之後得了心臟病，這都是由不習慣的做愛姿勢而造成的結果。不過在這些所謂內科會診室或體檢密室裏總是笑聲不斷。姑娘們在這裏的任務就是讓客人們開心，受的折騰最多了。那些年齡較大一些的商人不停地笑著，開著玩笑，把這些脫光了身子的小姐當作集體遊戲中的抵押品。他們一邊啜著香檳和白蘭地，一邊親手脫掉展示在桌子上的小姐的衣服，讓她自己躺下。圍在她四周的客商們舉著酒杯和盤子，邊喝邊吃邊觀賞，戴上眼鏡細細察看這美女身體的每一個隱私部位，就像在服裝表演會上，或某所美術學院的畫室裏一樣，要求這小姐坐起來，站起來，彎下身子，將兩腿搭在桌子邊光著腳板像在溪裏戲水一樣拍打。這些老闆們從來不爲哪一

❺公元前一到前六世紀間猶太重要先知。

條腿朝著他，身體的哪一部分衝著他這個方向而爭吵。他們總是帶著極大的熱情觀賞著這女人裸體，彷彿一位風景畫家被美麗的風光迷住，將它搬到畫布上。這些老頭們懷著經久不衰的熱情，戴著眼鏡從近處觀賞著這彎曲的手臂，這披散的秀髮，這腳背和足踝，然後還有腹部。有的卻又盯住了微微張開的半邊屁股，帶著孩子般的驚訝望著他所看到的部位；另有人興奮地叫出聲來，望著天花板，彷彿在感謝上帝使他能看到小姐叉開的兩腿，讓他的手指或嘴唇能觸到他最愛之處。這間小屋的光芒不僅來自天花板頂上的吊燈，而且來自不停地晃動的玻璃酒杯，尤其是四對眼鏡片，彷彿魚缸裏來回游動的拖著紗裙尾巴的金魚。等到他們大飽眼福，便結束了這場「體檢」，給小姐倒上香檳。她則坐在桌子上，老頭們紛紛同她碰杯，直呼她的名字，她想吃什麼便從桌上拿什麼。老頭們仍然開著玩笑，一派彬彬有禮的君子風度。這時，從別的包廂裏傳來了愉快的笑聲，有時又鴉雀無聲一片死寂。有時我常常會想，要不要趕快過去看看，是不是有哪位商人已經斷了氣或生命垂危……隨後這些老頭又幫那小姐穿上衣服，像電影影片倒帶那樣，怎麼給她脫下的便又怎麼給她穿上，一點兒也不馬虎。他們通常對幫助小姐穿衣服興趣索然，可他們一直保持君子風度，善始善終……付錢的時候，通常由一位商人來付，將小費交到領班手裏，我一般能得到一百克朗。他們離開這裏的時候一個個容光煥發，和顏悅色，腦子裏裝滿了美麗的畫面，足夠他們享用一個禮拜的。他們從禮拜一便開始盼望著到禮拜四再來賞玩另一位小姐。因爲這些客人從來不重複賞玩同一位小姐，每次都要換新的。也許是他們想在布拉格妓女的半個世界裏享有美譽之故。可是每次被他們玩賞過的那位小姐，在他們離去之後還留在那隔板小房裏……等待著……當我打掃乾淨桌子，當我清理完最後一套餐具，我從一開始就知道，照例要出現如下情況：她會貪欲地望著我，彷彿我是一位電影演員，她被這種翻來覆去的「會診」弄得如此激動不安，如此懶散不振，甚至都無力離去。終於開了例。從此，每個禮拜四，我都不得不做完老頭們沒做完的事情：這些小姐總是帶著莫大的激情向我撲來，她如饑似渴得猶如處女的第一次……在這幾分鐘裏，我覺得自己又英俊又高大，而且一頭捲髮，我擁有的不是印象、感覺，而是十拿九穩的把握：我是這些漂亮小姐心目中的國王。可是她們被這種「會診體檢」折騰得連路也走不了啦，直到我覺得她們在過了一次兩次高潮之後，才重又復活過來，眼睛又有了光亮，烏雲消散，重新有了正常的目光。這時我在她們眼裏仍然只不過是一名小小的餐廳服務員，一個根據指令，替代某個英俊強壯的人完成任務的人。對這種每個星期四得到一次的任務，我帶著越來越大的興趣且完成得越來越熟練。因爲在這之前，這個便宜是由我前面那個卡雷爾來撈的。他對這種事有天賦，有才能也有愛好，不過我也有……大概她們都還覺得我不錯，因爲所有的小姐在我們飯店或在街上遇著我時，都老遠便跟我打招呼，向我點頭，一看見我便向我揮動著手帕或小提包。要是她們手裏什麼也沒拿，便至少友好地向我揮揮手……我也向她們鞠個躬或者揮動著帽子致意，之後我便又昂首挺胸，加上我穿著的雙層後跟的鞋子，以便顯得更高一點兒。當我稍有空閒時，我便換上衣服，我還愛上了領帶，好領帶能使衣服更加光彩奪目，而漂亮衣服能使人更精神，於是我買了好幾條領帶。我發現，我們的客人也有這種領帶。我老覺得領帶太少了，於是我想起了那個裝有領帶和衣服的櫃子，那些都是客人們忘記帶走丟在我們這兒的。我在那裏發現幾條我從來沒見過的領帶，用一根細線拴著名牌商標。一條是大馬士革的大批發商阿夫萊特・科爾尼奧忘在這裏的，第二條是羅斯・安格萊斯的總代理商薩拉蒙・比霍瓦達丟在這裏的，第三條是利沃夫一位紡紗廠老闆約納桑・夏布林納的，還有第四條、第五條，成打成打的領帶。我渴望繫上這麼一條領帶，我別的不想，一心只想著要繫一條領帶。我選中了三條，一條彷彿是由金屬做成的藍色領帶，一條是深紅色的，跟那藍色的料子一樣，像珍稀硬殼蟲的鞘翅或蝴蝶的翅膀。啊！稍微敞開一點兒的夏季上裝，兩手揷在兜裏，從頸子那兒一直到腰上露著這麼一條領帶。當我對著鏡子試著繫上它時，我驚訝得屏住了呼吸……我不是透過我而注意到這條領帶，而是看到了我自己，想像著我正走在瓦茨拉夫大街❻和民族大街❼上。突然我嚇了一大跳！我自己正對著我走來哩！我還看到，其他行人，特別是那些穿著講究的人，是如何爲我的領帶而感到驚訝，這是他們在任何地方都

❻布拉格最繁華的街道之一。
❼布拉格著名的文化大街，最大的劇院、科學院等文化機構都在這條街上。

從來沒見到任何人繫過的。我敞著上衣漫不經心地走著，讓所有行家都看到這條領帶。我就這樣站在巴黎飯店頂樓的鏡子跟前，慢悠悠地解下了這條閃光的深紅色領帶。隨後我又出神地看著一條我從來沒注意過的領帶，這該是我戴的！它是白色的，彷彿是用昂貴的粗質布料做成的，上面有些小圓點，像勿忘我草一樣，呈淡藍色。這些小藍點是織在領帶上的。可看去像貼在上面，跟鋼屑一樣閃閃發光。領帶上還有一個用細線拴著的小卡片，我將那張小卡片解下來一看，那上面寫著「這是霍恩洛厄親王❽忘在這裏的領帶。」我將這條領帶繫在脖子上，一照鏡子，發現它將我美化得使我產生了一種印象，彷彿這條領帶將霍恩洛厄親王身上的一點點香味注入到我的體內。我往鼻子上撲了一點兒粉，刮光下巴上的鬍子渣，出了巴黎飯店門，直朝人民大廈走去，然後沿著普希科普大街❾往瓦茨拉夫大街方向走。我透過商店櫥窗的玻璃端詳自己，果然，我的模樣很出眾，就像我在頂樓鏡子裏照見的那樣。唉，錢又算得了什麼？也許每個擁有特別的領帶，縫製講究的衣服，麂皮便鞋和拿著一把長劍般雨傘的人都有錢，可是誰也沒有像我繫著的這樣的領帶。於是我走進一家男式襯衫店。我剛一邁進店門，立即成了大家注意的

❽德意志帝國首相兼普魯士總理大臣。巴伐利亞的天主教徒，貴族出身，擁有親王封號。
❾布拉格著名的金融大街，全國最大的幾家銀行都在這條街上。

中心，中心的中心是這條領帶。不過因爲是我能打上這條領帶，所以人們關注的焦點還是我。我要了幾件平紋細布襯衫，並參觀了一通。爲了增加光彩，我又讓他們給我拿些白手帕來，並請那女售貨員從那一打手帕中，挑出一條來給我，按時新花樣折好，擺在胸前小口袋裏。她笑了笑說：「您眞會開玩笑，會打這麼漂亮的領帶的人居然不會……」她拿出一條手帕給我，我費了九牛二虎之力也折不好它。女售貨員拿起手帕，將它放在桌上，像從小鹽瓶裏抓鹽那樣，用三個指頭抓起手帕的正中間，輕輕一抖，便出現了很多漂亮的皺褶。她用另一隻手將這些褶兒拉勻，朝外一翻，放進我胸前的小口袋裏，拽一拽手帕角尖兒。我謝謝她，付了款，總共買了兩包漂亮的襯衫，五條小手帕，都是用金錢捆紮起來的。隨後我又進了一家男服衣料店。我的藍點白領帶，白手帕，像一片捲起的菩提樹葉，不僅吸引住了售貨員們，而且也吸引住了兩位衣冠楚楚的男士。他們一看到我這打扮，不禁搖晃了一下，愣住了，驚呆了好大一會兒才又重新獲得對自己的領帶與手帕所失去的信心……我開始挑選衣料，其實我身邊已無分文。我挑了一塊英國的化纖料子，請售貨員將它搬到商店門口，就著太陽光讓我仔細看看。他們以爲我是一位很懂布料的顧客，便給我搬出了一整捲布料，並翻起一角在我身上比劃，好讓我實實在在地感覺一下，穿上這樣料子的衣服走在大街上，會是個什麼樣子。我謝謝他，顯得有些困窘。可是那夥計說，像我這樣的顧客買東西考慮愼重一些是完全正確的：「明天買也行，任何時候都可以，因爲在布拉格只有我們海因里希・皮斯科這一家公司有這種料子，所以我們不擔心人家會搶生意。」我表示感謝之後便走了出來，走到街對面。總而言之，這一切都使我感到震驚，我甚至將頭微微歪到一邊，稍微皺起眉頭，讓我的額頭上出現些氣度高貴的皺紋，彷彿在深沉地思考什麼。後來發生的一件事情，證明這條領帶讓我從根本上變了模樣。因爲維娜小姐，就是上星期四在所謂內科會診室的小房間被那些商人賞玩，以前在咖啡廳認識我的那位小姐，正朝我走過來時看見了我，我也看見了她。她本想抬起戴著白手套的手，對我揮動一下小手提包，可是突然改變了主意。彷彿她認錯人了，她壓根兒就沒認出來是我，一個曾爲她體力與精神的復甦而獻出自己的人。當時她在被那些老頭們賞玩折騰之後，已經無力起身回家了。我也裝作自己彷彿是另外一個人。她轉過身去走她的路，肯定認爲自己是認錯人了。這一切都是這條白手帕和這條白領帶引起的後果。可是，在布拉什納門⑩那兒，正當我橫過馬路，想再讓自己更自信地走在普希科普街上，正當我爲穿著輕便上裝，並配上這出色的服飾小零件而得意忘形之際，我那位滿頭綿羊捲毛銀髮的領班斯克希萬涅克先生朝我迎面走來。他走著，並不看我，可是我知道，他看見了我。他從我身邊走過，我站住了，就像他跟我打了招呼似的。他也站住了，轉過身來，回到我跟前，直瞪瞪地望著我。我知道，他看到的只是那條領帶，他看見那條領帶

⑩布拉格普希科普大街的一道拱門形通道。

走在普希科普大街上，除了這條走在大街上的領帶之外，他別的什麼也沒看見。這位什麼都知曉的領班先生看我的那眼神，就表示他知道這領帶是從哪來的，知道我沒經允許便擅自借用了它。他這麼看著我的時候，我心裏說，領班先生，您怎麼啥都知道呀？而他笑了笑，大聲回答說：我怎麼啥都知道？我不是曾經侍候過英國國王嗎？說罷，便又繼續沿著普希科普大街走去。儘管那天出著太陽，也彷彿一片陰暗。而我自己卻像一盞滾燙的燈，領班先生把我的燈芯扯掉了。我又好比一個打滿了氣的輪胎，被斯克希萬涅克先生放了氣。我邊走邊聽到我在怎樣地漏氣，我看到我自己在路上已不再發光。我已經看不見了，只覺得那條領帶、那條手帕都跟我一樣沒精打采地往下垂著，彷彿淋了一場大雨。

有幸的是，在所有旅館飯店中，只能由其中的一個來獲得的最大榮譽，由我們巴黎飯店得到了：據確切消息指出，在布拉格宮裏，總統沒有金刀叉，可是趕來布拉格的重要國事訪問團客人又總愛使用金刀叉什麼的。總統辦公室主任和總理親自議定，去找私人企業家或者找施瓦曾伯格公爵或洛布科維茲公爵借用一下。可是事實上這些貴族雖然有金刀叉，卻沒有這麼多；再說，這些匙子把和刀叉把上都有這些家族姓氏的第一個大寫字母標誌。唯一可以借給總統金刀叉的恐怕只有特恩—塔克西斯公爵⓫了，那就得派人到雷根斯堡⓬去取。這個富裕家族的一個成員去年曾在這裏舉行婚禮。這個家族在雷根堡不僅有旅館，有街道，甚至一整個區及自己的銀行。可是都沒借成。到最後總理親自來到我們這兒，他從我們老闆這兒離去時卻是滿臉怒容。這倒是個好兆頭，斯克希萬涅克先生不用知道內幕就看出來了。因爲他曾經侍候過英國國王啊！他從總理的臉上，又從巴黎飯店的布朗德斯老闆的臉上得知，老闆拒絕借給他金刀叉，除非宴會安排在我們飯店舉辦，只有這樣我們才能將金刀金叉、金子做的大匙小匙從我們的保險櫃裏拿出來。於是我大吃一驚地得知，我們飯店裏有可供三百二十五人使用的金刀叉。布拉格宮於是作了決定：在我們飯店，爲來自非洲的尊貴客人和他的隨從舉行盛宴。整個飯店開始大掃除，縮來一群拿著小桶和抹布的清潔女工，不僅打掃了地板，而且連牆壁、天花板和所有吊燈都擦得乾乾淨淨。飯店亮堂堂的，光芒四射。有一天，說是阿比西尼亞的皇帝和他的隨從人員要來我們飯店住。於是買了一卡車的鮮花、玫瑰、文竹和蘭花，可是到最後一刹那，布拉格宮的總理又來把訂房退了，不過他又一次確定宴會將在我們這裏舉行。我們老闆對他的變動並不在意，反正準備把他們來住的一切花費都算進去，連打掃衛生所付出的成本也算在他們賬

⓫特恩與塔克西斯（Thum-Taxi）爲一家族，一五一二年聖羅馬皇帝馬克西米連一世授予該家族貴族特權，以後三五〇年間，該家族的旁系在西班牙、德國、奧地利、意大利、匈牙利等國開辦地方與全國郵務。該家族眉形紋章中的捲角圖案，現仍爲許多歐洲國家的郵政象徵。

⓬位於德國境內。

上。於是我們專心準備供三百人用餐的大宴。我們從斯坦納飯店借來了餐廳服務員和領班。那一天該飯店的老闆什羅貝克先生讓自己的飯店停業一天，因爲餐廳服務員都借給了我們。從布拉格宮還派來了好幾名密探，就是上次和我一道護送布拉格聖子塑像的那些人。他們隨身帶來三套廚師服，兩套餐廳服務員的燕尾服，而且馬上換裝，以便能進廚房監視，免得有人給皇帝下毒。餐廳服務員則一再檢查餐廳各處，找個最適合保衛皇上的地方待著。大廚、總理，以及布朗德斯先生花了整整六個小時，擬了一份供三百位客人用餐的菜單。布朗德斯先生隨後在冰櫃裏儲放了五十條小牛後腿、用來熬湯的六頭牛、用來做炸排的三匹馬、用於做調味汁的一匹騸馬、重量沒超過六十公斤的六十頭小豬、十隻豬崽、三百隻小雞、還有一隻豹子和兩隻鹿。我第一次跟領班斯克希萬涅克先生來到我們的地窖，地窖管理員向前來檢查的領班數了一遍葡萄酒、白蘭地和其它燒酒的瓶數。我嚇了一大跳，這個地窖裏儲藏的酒簡直跟酒類批發公司奧普特一樣多。我第一次看到單是亨格爾牌的酒瓶便排滿了一面牆，至於香檳酒從維烏・克里科特到溫哈德公司的名牌一應俱全，名牌燒酒也排滿了一面牆，各類名牌的蘇格蘭威士忌有好幾百瓶。而且我還看到了摩澤爾河區及萊茵河區產的葡萄酒，還有我們摩拉維亞地區的布澤內茨卡酒以及捷克姆涅尼克地區產的酒。斯克希萬涅克領班從一間酒窖房走到另一間窖房，不斷撫摸著那些酒瓶頸子，像個酒徒那樣對它們充滿愛意。其實他從來沒有喝過一滴酒，我也從來沒見他喝過酒。我在地窖裏也發現，領班斯克希萬涅克先生從來不坐，總是站著。他點燃一根菸，但仍舊站著。他站在地窖裏看了我一眼，從我的臉上讀到我在想什麼，他肯定猜到了我的心思，否則他不會突然對我說：記住！你若想當一名好領班，那你絕不能坐。一坐你的腳就會疼起來，幹活兒就會像下地獄一樣難受……地窖管理員在我們身後關了燈，我們走出了地窖。可就在當天傳來一個消息，說阿比西尼亞皇帝隨身帶了廚師，說他們之所以恰恰要在我們這裏辦宴會，是因爲我們這裏有金刀叉，跟他們的這位皇帝在阿比西尼亞一樣，說他的廚師們將烹製阿比西尼亞特色菜。在舉行盛大宴會的前一天，那些廚師便來了，都是黑人，油光閃亮的，總覺得我們這兒冷。他們一共三人，還帶了一位翻譯，我們的廚師只得給他們當助手，可是我們的大廚那一天卻解下圍裙賭氣走掉了，因爲他覺得受了侮辱。這些阿比西尼亞廚師便開始大忙起來。他們煮了幾百個雞蛋，邊幹活邊說笑，齜著牙齒。後來又搬來二十隻火雞，開始放在我們的烤箱裏烤，往各個大盤子裏分放了一種什麼餡兒，爲此配了三十筐擰花小麵包，又推來滿滿一小車的調料和香芹菜。我們的廚師幫著他們切。我們大家都好奇地看著這些黑人小夥子怎麼弄。他們渴了，我們便給他們皮爾森啤酒。他們很喜歡，還給我們喝他們的烈性酒，是用一種什麼藥草做的，酒精濃度很高，帶點兒胡椒和混合香料味兒。可後來的一幕讓我們嚇了一大跳，因爲他們讓人送來兩頭開了膛的羚羊，這是剛從動物園買到，很快就剝了皮的。用我們飯店最大的鍋來煎這些羚羊，一塊塊黃油鋪在下面，一把把的調料往裏頭扔。我們不得不將所有窗子都打開，因爲熱氣太大。然後他們便將烤得半生不熟的火雞和餡兒塡到羚羊肚子裏，又將煮熟的雞蛋塡滿所有空檔，繼續一塊兒烤。整個飯店都被折騰得翻了個身。我們老闆驚得目瞪口呆，因爲他沒想到會弄成這個樣子。後來廚師們將一頭活駱駝牽到飯店門前，準備將牠宰掉，可是我們不敢碰牠。翻譯求我們老闆答應他們。於是招來了一幫記者，使得我們飯店變成了新聞關注的焦點。他們把駱駝捆起來，駱駝大聲叫著：「別！別！……」彷彿求我們別殺害牠。可是有個廚師還是用一把長刀將牠宰了，弄得滿院子都是血。接著將牠的腳擱在腳枷上，然後切了腿，剝了皮，去了骨頭，和他們運來的羚羊肉一樣。隨即運來了三車柴火，老闆不得不去將消防隊員叫來。他們帶著消防器機警地注視著廚師們如何迅速生了火，一堆熊熊大火，像燒炭一樣。等到明火消失，剩下鮮紅滾燙的木炭時，他們便將掛駱駝的架子一轉，讓駝肉對著炭火，開始烤起整隻駱駝來。等到駝肉快熟的時候，他們便把那兩隻塡滿了火雞餡兒的羚羊塞到駱駝肚子裏，而火雞肚子裏也塞了魚，還用煮雞蛋塡滿了所有空隙。在燒烤過程中，他們一直撒著他們的特殊調料。他們邊做邊喝著啤酒，因爲他們即使待在火堆旁邊也老覺得冷，就像啤酒廠的馬車伕一樣，在冬天靠喝涼啤酒來取暖。當爲三百位客人的餐具已經擺好的時候，汽車開始將他們運來，守衛爲他們打開了車門。院子裏的這些黑人廚師不僅趕著將乳豬和小羊肉烤了出來，而且還熬好了一鍋鍋肉湯。老闆爲此買了好多好多肉。後來，海爾・塞拉西皇帝⑬本人在他的大臣伴同之下駕到，我們所有將軍和阿比西尼亞所有軍界要人都列隊歡迎。皇上一出現，立即博得大家的好感。他只穿了一件白色的制服，沒掛任何勳章，一身輕巧單薄，只在手指上戴了個大戒指⁚，可是他的政府成員或他的部族首腦們都披著色彩鮮豔的披風，有的身上還佩戴著一把劍。他們一一入座，看得出來，一個個舉止非常文雅，但又並不拘束。巴黎飯店所有大廳都擺設了餐桌，一套套金刀金叉金匙子閃閃發亮。總理致詞歡迎了皇上，皇上說話的聲音卻怪怪的。翻譯說，阿比西尼亞皇帝謹邀請諸位賓客參加阿比西尼亞午餐。一位穿著印花布衣服，並裹著一塊十米長粗呢絨的大胖子鼓了幾下掌，我們端上了一道黑人廚師在我們廚房裏準備的冷菜⁚澆了黑調味汁的醬小牛肉。我只舔了一下沾了丁點兒汁的手指頭，不禁咳了一聲，汁的味道非常濃烈。我第一次看到，當服務員溫文爾雅地將碟子塞到客人眼前時，貴賓們輕輕拿起我們那些金刀叉，那三百套金刀叉和匙子在餐廳裏耀眼地閃閃發光……領班打了個手勢，叫人往玻璃杯裏倒白葡萄酒。這一下輪到我露一手了。因爲我一看到他們忘了給皇帝斟葡萄酒，便立即用一塊小餐巾包著酒瓶，連我自己都不知道我怎麼會想到，我走到皇帝跟前時，像小輔祭一樣單腳跪下，向他鞠了一躬。等我站起身來，大家的目光都注視著我。皇帝在我額頭上畫了一個十字以示祝福。我給他斟酒，飯店裏的總領班什羅貝克先生就站在我身後，正是他忘了斟

⑬一九三〇年即位，一九三一年頒布憲法，著手實行龐大的現代計劃，一九七四年宣布廢除帝制，海爾・塞拉西被廢黜並監禁。

酒。我突然為自己剛才的行為而感到害怕。我用眼睛尋找領班斯克希萬涅克先生。我看到，他正在向我點頭，為我細心周到的服務而感到高興哩！我放下酒瓶，看著皇帝吃飯慢條斯理的，將一小塊醬肉蘸上一點兒汁放到嘴裏，彷彿只是嘗嘗味道而已。他點了點頭，慢慢地嚼著，將刀叉交叉放著表示這道菜已經夠了，然後又喝了一小口酒，用餐巾擦了好大一會兒鬍子。然後上湯。這些黑人廚師大概是因為他們一直覺得冷而喝了啤酒的緣故，一個個動作敏捷，我們還沒來得及擺好湯碗，他們便一勺接一勺往大盆裏裝起湯來，連化裝成廚師的密探都為之驚歎不已。我和密探們都忘了與這些黑人廚師合影留念。這時，我們自己的廚師們正圍著院子裏那堆紅木炭在慢慢地烤駱駝肉。這駱駝肚子裏塞滿了餡兒，廚師們正用一把蘸著啤酒的薄荷稈兒在它外部不停地抹擦著。這是那些黑人廚師的主意。當大廚想出這個用薄荷稈兒往駱駝肉上抹啤酒的點子來時，高興得說（據翻譯告訴我們），他們廚師有希望得到瑪利亞・特萊齊勳章。等到上完這道湯時我們所有廚師、女僕、餐廳服務員和領班都感到有些無所事事了，因為那些黑人儘管一個勁兒地喝著啤酒，可是包攬了所有的活兒。我卻顯得格外特殊，翻譯對我說，皇帝親自點名我繼續給他上酒上菜。我每次都跪下一條腿，然後遞上酒菜，然後再退下。我特別留心及時給他斟滿酒杯和撤下碟子。可是皇帝吃得很少，只是弄髒了一下嘴巴，就像品嘗師嘗味一樣，只吃一點點兒菜，只呷一小口酒，便又繼續與我們總理交談。客人們卻越來越不分高低貴賤，狼吞虎嚥地吃著喝著，遠遠近近的餐桌上都一樣，彷彿他們的肚子老是餓的，連擰花麵包也吃，有一位客人甚至將擺在桌子上做裝飾的仙客來也拿來蘸上點兒鹽和胡椒粉吃掉了。密探們身著燕尾服，化裝成餐廳服務員，胳膊上搭著餐巾，站在餐廳角監視著，免得人家偷走我們的金刀叉……午餐漸漸進入高潮，黑人廚師們磨著長馬刀，接著兩名黑人將烤駱駝連肉帶架子扛到肩上，第三個用一把薄荷稈擦掃了一下駱駝肚皮上的胡椒，他們穿過大廳和備餐室，隨即進了宴會廳。皇帝站起身來，用手指著烤駱駝，由翻譯給他翻成我們的語言說，這是非洲和阿拉伯風味菜，是阿比西尼亞皇帝的一份小小的心意。兩名幫廚將兩塊宰豬用的大案板搬到餐廳正中間，拼在一起，並用兩個螞蝗釘將它們釘住，然後將這隻烤駱駝擱在這塊大案板上，接著找來刀子，將烤駱駝剖開成兩半，又將這半塊再分成兩半，肉裏立即散發出一股濃濃的香味。然後再接著切，每塊駱駝肉上都帶了一小塊羚羊肉，每塊羚羊肉裏都包著一塊火雞肉，每塊火雞肉裏又有一塊魚和餡兒以及煮雞蛋……餐廳服務員擺好了碟子，從皇帝開始，挨個兒分發這烤駱駝肉。我又跪下一條腿。皇帝用眼睛向我示意可以來一份。我便將他們的民族特色菜端給了他。這道菜準是非常好吃，因爲所有客人頓時都變得鴉雀無聲，只能聽到我們的金刀叉悅耳的碰撞聲，看去很是賞心悅目。後來，出現了我、我們、乃至領班斯克希萬涅克先生都沒遇到過的情況：先是我們總統府的政府顧問，一位有名的美食家站了起來，大概是因爲烤駱駝美味讓他興奮不已，開始大聲嚷嚷，臉上煥發出最高熱情的容光，可是因爲美食太可口，他又覺得光站起來嚷嚷幾句還不過癮，便開始擠眉弄眼，又像在做體操，彷彿在俯衝飛行，然後捶胸，接著又叉了一塊肉蘸著汁兒吃。這一下更熱鬧了，連那些拿著長馬刀的黑人廚師也站了起來，望望皇上。皇上大概已經習慣這種場面，只顧微笑，這些黑人廚師也微笑著頻頻點頭。那些披著塔夫綢名貴料子的頭頭腦腦們也坐不住了，有一位皇室官員跑出去，在走廊上大嚷了一通，然後跑回來，叉了一塊肉吃下去。這一下高潮來了！因爲他一直跑，一直嚷嚷，一直跑到飯店大門外，在那裏又是喊叫又是跳舞，歡呼著，捶著胸脯。隨後又跑了回來，嘴裏是歌，腳上是舞的感謝這頓豐盛的駱駝餐。他突然對著那三位廚師一躬到地。另一位美食者，一位退休了的將軍卻又只是兩眼望著天花板，發出一聲長而略帶憂傷的聲音，一種幸福到了極點的尖叫聲，而且隨著他繼續往嘴裏送進一塊肉和有節奏的咀嚼，那尖聲委婉地漸漸升高。他在喝了一口李斯陵葡萄酒⓮之後，便站起來哀聲號叫。黑人廚師們心領神會，一個勁兒地歡呼著：對！對！桑巴！對！這大概是此後人們的熱情達到最高潮的原因。總理將手伸給皇帝，攝影記者一擁而上，拍下了一切，閃光燈一個勁兒地閃著，我國和阿比西尼亞這兩個國家的領導人的手便在這閃爍的強光下握在一起。

當海爾·塞拉西邊鞠躬邊告別離去時，所有客人也都跟著鞠躬，兩國的將軍們互換勳章，

⓮德國一種帶酸味的白葡萄酒。

互相佩戴。政府官員們則將星徽別在燕尾服的一側，將皇帝賜給的綬帶掛在胸前。而我，這個最小的小人物，莫名其妙地被人牽著手，領到皇家大臣面前，他爲我的出色服務握著我的手，並將一個雖然價值最低，但個兒卻最大的勳章和藍色綬帶掛到我身上，以表彰我爲阿比西尼亞皇帝效勞的功勳。我因燕尾服上披著這條別有勳章的藍色綬帶，不好意思地垂下了眼睛。大家都很羨慕我。我看到最眼紅的是飯店總領班什羅貝克。這個勳章本該由他得到的，看到他那眼神，我眞恨不得立即將那勳章給他，因爲再過幾年他就要退休了。也許他等著的正是這個哩！因爲有了這個勳章，他完全可以在喀爾克諾謝山麓或捷克天堂開個旅館，開個阿比西尼亞皇帝勳章得主飯店。可是新聞記者們只給我拍照，寫下我的名字。於是我就這樣掛著勳章、佩著藍綬帶收拾餐具，將它們送到廚房裏。我們一直工作到深夜。當洗碗女工們在化裝成廚師和服務員的密探們的監視下，洗完三百套金刀叉時，斯克希萬涅克先生在那位總領班什羅貝克的協助下數了一遍這些刀叉之後，不得不再來第二遍，第三遍。我們老闆又親自數了一遍喝咖啡用的小匙子，數完之後他臉都白了，因爲少了一隻小匙。他們又數了一遍，然後一塊兒商量著什麼。我看到什羅貝克在老闆的耳朵旁小聲說了幾句什麼，兩人的表情都顯得很驚訝。借來的服務員們已經洗涮完畢，如今連他們也都進到備餐室去了，因爲剩下的菜多得不得了。後來連廚師、女僕都走了進來，大家都想嘗嘗這些稀珍美味佳餚。尤其是我們的廚師，他們邊吃邊分析、猜測，看哪種調味汁是用什麼香料做成的，燒肉的步驟究竟有何奧妙，竟然使那位在總統府專門嘗味的政府顧問吃了這肉之後，興奮得如此大喊大叫。可我卻吃得很少。我發現，老闆已經連看都不看我一眼了，我那顆倒楣的勳章也使他感到不高興。我還看到那個總領班什羅貝克跟我的領班斯克希萬涅克在悄悄嘀咕著什麼。我突然想到他們談的什麼，是關於那個小金匙的事。他們大概認爲這個匙子是我偷的。我斟了一杯專給我們喝的白蘭地，自己一杯，又倒了一杯，端著它走到我那位曾經侍候過英國國王的領班那兒，看他是不是在生我的氣。我叫了他一聲，對他說，我陰差陽錯得到了這枚勳章，其實應該由什羅貝克領班或由斯克希萬涅克先生、或者由我們老闆來得這枚勳章。可是誰也沒聽我講話，我甚至還看到，領班斯克希萬涅克先生在盯著我的領結看。他看得那樣地聚精會神，使我聯想起幾天之前，他打量我那條藍點白領帶那完全一樣的眼神。那是我沒經允許從客人丟在我們飯店，掛在衣櫃裏的領帶中挑出來的。我從領班先生的眼裏讀到：既然我能不經允許去拿這條領帶，怎麼能不去拿那個金匙子呢？這個小匙是我最後從阿比西尼亞皇帝的桌子上收進廚房裏去，直接扔在洗碗池裏的。這眼神使我羞辱得恨地上沒有洞可鑽。我端著自己那杯酒，原本想用它來跟領班碰杯的。在這世界上，他對於我來說，比皇帝本人，比總統都要更高更大。他也端起了酒杯，可是猶豫了片刻。我一直希望他能爲我得到這枚倒楣的勳章而碰杯，可是這個無所不知無所不曉的人，如今卻不知道眞相。他卻跟那個與他年齡一般大的什羅貝克領班碰了杯，而且再也沒看我一眼了。我端走自己這杯斟滿的酒，將它一口飲盡。我開始發燒，我又喝了一杯……我拚命地跑了出去，離開了我們的飯店，我原來工作過的這飯店，因爲我已經不想活在這個世界上了。我叫了輛出租車，司機問我要去哪兒，我說讓他將我送到一座森林裏去，我想呼吸一下新鮮空氣，於是我們就開車走了。一切景象都退到了我身後，先是燈光，許多許多燈光，隨後只是偶然有盞路燈，到後來便什麼也沒有了，只有當出租車拐彎或調頭時，才能看見一眼布拉格，後來我們在一座濃密的森林邊停了車……我付了錢，他望著我身上佩戴的勳章及藍色綬帶說，他對我如此煩惱一點兒也不感到奇怪，說他很瞭解這情況。好多餐廳服務員領班都曾讓他將他們送到斯特羅莫芙卡林子裏去散散步。我微微一笑對他說，我不是來散步的……也許我準備在這裏上吊。可是出租汽車司機不相信我的話。「眞的嗎？」他笑著說：「爲什麼？」「我眞的沒什麼原因。」我對著掏出來的手絹說。司機下了車，掀開後車廂，在那裏找了一陣什麼，然後就著路燈的光亮，交給我一根繩子，這是一根馬肚帶。他笑了笑，將打了一個活結的繩套交給我，並笑著告訴我該怎麼個上吊法……他上車之後，還打開車窗探出頭來對我說：祝你上吊成功！然後開了車，還按了幾聲喇叭向我致意。汽車開出森林之前，他又按了一聲喇叭……我沿著林中小道朝前走，隨後在一條小木凳上坐下。當我重新分析了一下我的處境，當我肯定地認爲，領班先生已不會再喜歡我了時，我暗自說：我已經沒法在這個世界上活下去了。我若只是像一個女孩失戀的話，還可用天涯何處無芳草來安慰自己；然而我面對的是一位曾經侍候過英國國王的領班。他卻認爲我會去偷那只找不著了的小匙，儘管別人也可能把它偷走，這我怎麼也想不通……我清楚地感覺到夾在我手指間的那根繩索的存在，而天色暗得我不得不伸手摸索著往前走。我摸到了樹，可這都是一些小樹。我只好從這座小樹林裏走出來。根據林子的輪廓，我發現自己正朝著一些更加矮小的樹走，只是一片小灌木林。後來，我到了另一片林子裏，可又全都是白樺樹，又高又大的白樺樹。我得用梯子才爬得到哪個樹杈上。如今我才知道，上吊可不是一件簡單的事兒。後來我真的找到一片枝幹長得很低的松樹林，可是那些老松樹杈出來的枝子又低得使我只能用四肢在地面上爬行。我四肢著地爬行時，我的勳章碰著我的下巴和臉，還叮噹叮噹響，這更加使我想起我們飯店裏丟失的那把金匙子。我這麼四肢趴在地上待了片刻沒動，又將所有的事情思索了一遍，並在我這痛苦的腦子裏得出如下結論：斯克希萬涅克先生已經不喜歡我了，他從此不會再培養我，我們不會再一塊兒打賭：哪位客人將點什麼菜或不點什麼菜，剛進門的某位客人是哪個民族的等等。我像那位吃了塞滿一肚子餡的烤駱駝肉之後的總統府政府顧問，科諾巴塞克先生一樣哀叫起來……我下定決心，上吊算了。有個什麼東西碰著了我的頭，讓我嚇了一大跳。我跪了一會兒沒敢動彈，隨後我舉起雙手，摸到了一雙鞋，兩隻鞋的鞋尖。我再往上一摸，摸著了兩隻腳踝，然後是穿著襪子的冰冷的小腿。我站起身來，嗅到了一個上吊的人的腰部，嚇得撒腿就跑。我穿過鋒利的樹枝杈，劃破了耳朵，劃破了臉，一直跑到一條小道上。我倒下了，手裏拿著繩子頓時昏了過去……後來，燈光和人聲將我吵醒……當我睜開眼睛，我看到了，不是看到了，而是知道了我是躺在斯克希萬涅克先生懷裏。他正撫摸著我，而我卻一直在喃喃著：「那裡，那裡。」他們正是在那兒找到了那個救了我命的上吊的人，因爲不然的話，我恐怕就吊死在他旁邊了。領班先生撫摸著我的頭髮，擦去我臉上的血跡……我哭了，並大聲喊著：「那個小金匙！」領班先生輕聲對我說：「別害怕，找到了……」我問：「哪兒找到的？」他又輕聲說：「因爲碗池的水堵住了，於是把碗池拆開，那小匙原來塞在彎頭管裏……原諒我！……一切又都會好起來的，就像從前一樣。」我說：「可您是怎麼知道我在哪裡的？」領班說：是那個出租司機後來一想，可能不是鬧著玩的，便回到我們飯店來問，我們的餐廳服務員中有哪個可能想上吊。這時維修工正好送來那把小匙兒。我這位曾經服侍過英國國王的領班立即意識到這一定是我，便徑直找到了我。於是我又像豌豆回到豆莢裏一樣，回到了巴黎飯店。斯克希萬涅克先生甚至將酒窖的鑰匙交給了我，彷彿想要清除那金匙事件對我的所有影響。可是老闆總也不能原諒我得到那枚勳章和那條綬帶。他看我的那種眼神就像我根本不存在似的，儘管我已掙了多到能蓋住整個地板的錢。我每三個月都將蓋滿整個一地板的百元張鈔票送到儲蓄所去存起來，因爲我想我能成爲百萬富翁，我得跟人家比個高下，然後我便到捷克天堂某個地方去租或者買一座小旅館，並討個老婆，討個有錢的新娘，等我將我和我老婆的錢湊合在一起，我就會像其他飯店老闆一樣受人尊敬了。即使大家不會將我作爲一個人來給予好評，至少得把我當爲一個百萬富翁，一位大飯店大旅館的老闆來看待，到時候他們就必須把我放在眼裏。可是後來又發生了一件令我不愉快的事情：我雖第三次成爲徵兵對象，但這第三次也沒當成兵，因爲我個子太小；即使我使勁賄賂軍隊官員，到末了還是不肯收我。飯店裏所有人都笑話我，布朗德斯先生還問過我這件事，於是又笑了我一遍。我個子就是這麼矮，我知道我到死也只能這麼矮，因爲我已經長不高了；即使再高一點兒，也只是因爲我穿了雙層底的鞋，老昂著頭，彷彿我總戴著燕尾服的小衫領。只要我老戴著漿硬了的高領子，就能讓脖子撐長一點兒，這是我唯一的希望。還有一個情況，便是我已開始去上德語課，開始去看德語電影，讀德文報紙，對布拉格街上有穿著白襪子、綠短外套的學生來來往往也不感到驚訝。到後來，飯店裏幾乎只由我一個人去招待日耳曼族客人，所有我們飯店的服務員對待德國客人的態度是，彷彿他們根本不會德語，連領班斯克希萬涅克先生本人跟德國人也只說英語或者法語或者捷克語。有一回，我在電影院不小心踩了一位女士的腳，她開始用德語說話，我用德語向她致歉，並陪這位衣冠整齊的女士走出電影院，以對她跟我講德語表示感謝。我還對她說：捷克人欺侮那些可憐的日耳曼族大學生的做法太可怕了，說我在民族大街親眼看見捷克人脫下日耳曼族大學生的白襪子，還撕破了兩名日耳曼族學生的褐色襯衫。她說我能正確地理解一切。說布拉格是舊帝國的領土，日耳曼族學生在街上行走，和按照自己的習慣著裝的權利是不容剝奪的。說整個世界都對這類事漠不關心，還說他們的領袖不會聽之任之，他把從舒瑪瓦到卡爾巴迪山區所有日耳曼人都解放出來的日子一定會來到。如今我突然注意到，她在說這話的時候，我可以與她面面相對地互相看著，我用不著像看別的女人一樣，仰著頭來看她。我經常爲所有在我周圍轉來轉去的女人都比我高而感到苦惱。在女人中間總是會有那麼一些彪形高個子，跟我站在一起時，我只能看著她們的脖子或者胸脯。而如今我看到她的個子跟我一樣小，一雙綠色的眼睛閃亮閃亮，也跟我一樣滿臉雀斑，可是她臉上的那些褐色雀斑與她的綠色眼睛非常協調。我看出來她很美，可我也注意到，她也正在用我看她的那種眼神看我。我身上雖有那條藍點白底的領帶，可她卻在打量我那黃得跟乾草一樣的頭髮，還有那雙小牛犢的眼睛，藍色的眼睛。她還對我說，帝國裏的日耳曼人非常渴望斯拉夫血統，渴望那些平原和斯拉夫人的脾性。說一千年來，不管時勢好壞都努力想與斯拉夫血統的人結婚。她還告訴我說，很多普魯士貴族的血管裏就有斯拉夫血液。這血液使他們的眼睛比其他貴族的眼睛更珍貴。我也同意了她這一說法。我奇怪她怎麼能聽懂我講話，因爲這不只是簡單回答客人中午吃什麼晚上吃什麼的問題，我得跟一位被我踩了黑便鞋尖的小姐交談。我說的是一點點德語加大部分捷克語，但我一直覺得我是在說德語，沉浸在一種日耳曼精神裏。於是我還從這位小姐這兒得知，她叫麗莎，家在赫普⑮，是那裏的一位體育教員，是當地運動委員會的游泳冠軍。她解開短大衣扣子，露出別在胸前的紀念章，由四個「F」組成一個圓形，猶如四片葉子。她衝著我微笑，老看著我的頭髮，看得我都有點

⑮捷克西部城市，那裏多數爲日耳曼民族的人。

兒不好意思了。可她給我信心，說我擁有世界上最美麗的淺色頭髮，說得我都快暈倒了。我又對她說，我是巴黎飯店的餐廳服務員。我說了這一點，等著最壞的反應。可她將她的手放在我的衣袖上。她一觸摸到我，她的眼睛便豁然一亮，使我也小吃一驚。她說她父親在赫普開了一家名叫阿姆斯特丹城的飯店。我們還商定好一起上電影院去看《四分之三拍上的愛》。她來的時候，頭上戴一頂蒂羅爾⑯帽子，身穿我從小就喜歡的那種綠色短上衣，實際上是綠色衣領的灰色上衣，用刺繡的橡樹枝圖案作裝飾。外面下著雪，正值聖誕節前。後來她到我們巴黎飯店來找過我好幾次，總是來吃頓午飯或者晚飯。她第一次來的時候，領班斯克希萬涅克先生看了她一眼，隨後又看了我一眼。我和領班按老規矩走進備餐室。我笑著說，我們再來賭二十克朗，看這小姐會要什麼飯菜？因爲我看見她穿了這件短上衣進來，今天甚至還穿了白襪子。我掏出二十克朗放在折摺小茶几上，可是領班斯克希萬涅克先生突然用一種陌生的眼神看著我，就像我曾端著酒杯想跟他碰杯的那個晚上，也就是我曾侍候過阿比西尼亞皇帝，丟失了小金匙的那個晚上他的那種眼神。我的指頭還沒離開那二十克朗，他爲了不掃我的興，彷彿什麼事情也沒發生地掏出了二十克朗，慢慢放到茶几上，可後來彷彿他的錢會被我那二十克朗玷污似的，他

⑯現奧地利西部一個州。

立即將他那二十克朗放進兜裏，又瞟了一眼麗莎小姐，手一揮，從此不再跟我說話。下班時他便把酒窖門的鑰匙從我這兒收回去了。他看我的時候就像沒我這個人似的……也彷彿他從來沒侍候過英國國王，而我從來沒侍候過阿比西尼亞皇帝。可我已經覺得無所謂了，因爲我看到並知道捷克人對德國人是怎樣不公道的，我都爲自己是雄鷹協會⑰會員而感到害臊。因爲斯克希萬涅克跟布朗德斯先生一樣是雄鷹協會的堅定會員。大家都熱衷於反對所有德國人，主要是反對那位來找我的麗莎小姐。他們不讓我爲她服務，因爲她坐的那張桌子屬於另外一個服務員的職權範圍。我注意到，他們對她的服務非常粗野。端給她的湯是冷的。服務員端湯時還總把手指頭浸在湯裏……於是發生了一件事情：有一次服務員端上一盤帶餡的小牛肉時，竟然往碟子裏吐了一口痰。我追上去要拿走他這個碟子，那服務員竟將這一碟菜扣在我的臉上，還往我臉上吐了一口痰。當我擦去糊在眼睛上已經涼了的凍狀調味汁時，他又往我臉上啐了一口。讓我知道他有多麼地恨我。可這還只是一個信號而已。隨後大家都從廚房跑到這餐廳門外來，所有服務員都來了，每人往我臉上啐了一口。他們你一口我一口地，啐呀啐呀一直啐到老闆布朗德斯先生來到我跟前爲止。布朗德斯先生作爲雄鷹協會布拉格分會負責人也往我臉上啐了一口，

⑰捷克的一個群眾性體育組織。

並對我說我已被解雇了。我帶著這一臉的唾沫和煎牛肉汁兒，跑到餐廳麗莎的桌子跟前。我用雙手指著自己的臉給她看。就因爲她，雄鷹協會會員和捷克人對我幹了些什麼。她看了這樣子，立即用餐巾擦乾淨我的臉對我說，別指望這類捷克狂人能幹出什麼別的好事來。說爲了我因她而受的委屈，使她更喜歡我了。然後我們走出飯店。當我們穿好衣服，由我伴同她走時，剛到布拉什納門前便迎面跑來一群野蠻粗暴的捷克人，狠狠地給了麗莎一記耳光，打得她的蒂羅爾帽子滾到電車道上去了。當我爲了保護她，用捷克語嚷嚷：「你們幹什麼？你們還算捷克人嗎？眞不像話！」時，他們其中的一個將我推到一邊，另外兩個抓住麗莎，將她推倒，兩個人抓住她的手，一個人掀起她的裙子，粗暴地從她曬黑的腿上脫下她的白襪子。他們還一個勁兒地揍我，我大聲喊叫著：「你們幹什麼？你們這些捷克暴徒！」他們一直到覺得凌辱夠了才放手。像拿著什麼白色的戰利品一樣，拿走了麗莎小姐的那雙白襪子。我們穿過通道，來到一個小廣場。麗莎哭成了個淚人，嗓子也啞了。「你們這些暴徒，竟然凌辱一個來自赫普的普通德國人教師！」我覺得自己很高大，她拉著我的手，我爲自己左找右找也找不到我的雄鷹會員證而生氣，我本想找出來立即將它撕掉的。她突然淚水盈眶地看了我一眼，走到街上又大哭起來，將她的臉貼在我的臉上，緊緊地依偎著我。我明白，我必須保護她，免遭這些狂人的欺侮，哪怕是動她這小個子女孩一根寒毛。她是赫普一家名叫「阿姆斯特丹城」飯店的老闆的女兒，而赫普在去年秋天作爲帝國領土被佔領了，整個蘇台德區⑱重又劃回給了帝國。如今在雄鷹精神籠罩的布拉格，卻在與這些可憐的普通德國人過不去，這是我親眼看見的。這證明了蘇台德被劃走的原因，既然日耳曼人的生命和尊嚴都遭到威脅和踐踏，在布拉格也該遭此下場。我也受到牽連，不僅被巴黎飯店解雇，而且哪兒也不肯雇我當服務員。我每次找工作都是第二天便來通知說，我是有德國人思想的捷克人，甚至說我是找了個德國體育教員做對象的雄鷹協會會員。直到德國軍隊到來之前，我一直找不到工作。他們不僅佔領了布拉格，而且佔領了整個國家。這期間麗莎小姐消失了兩個月。我徒勞地給她甚至她父親寫了信。在布拉格被佔領的第二天，我去老城廣場閒逛，看到帝國的軍隊在鍋裏熬湯，一碗碗地發給居民。我看著看著，發現一位手拿湯勺，身穿條紋衣衫，胸前佩著紅徽章的姑娘，她是誰呀？麗莎！我沒叫她，我盯了她一會兒，看著她如何面帶笑容將一勺勺湯舀到碗裏。我突然清醒過來，立即站到隊列裏。等輪到我領湯時，她將一碗熱湯遞到我手裏。等她一瞧見我，倒是沒有嚇一跳，可卻高興壞了。她穿著這身前線衛生護士裝還滿驕傲的哩，這也算制服？我對她說，我從那次被解雇後還沒找到過工作，

⑱蘇台德區爲北波希米亞和摩拉維亞的一部分，第一次世界大戰結束時，作爲特區併入捷克斯洛伐克，居民以德國人爲主，一九三八年慕尼黑會議參加者意、英、法屈服於希特勒，將蘇台德區割讓給了德國。第二次世界大戰後，蘇台德區才又歸還給捷克斯洛伐克，境內大部分德國人被遣返到德國。

也就是從那次在布拉什納門前，爲捍衛她的尊嚴跟暴徒們鬥爭的時候起，我沒找到過工作。她讓人接替她的工作一會兒，立即挽著我的胳膊笑著樂著。我和她兩人都覺得，就因爲她的白襪子被人剝下，就因爲我在巴黎飯店被人吐了一臉痰，帝國軍隊才會佔領布拉格的。於是我們一道沿著普希科普大街漫步著，全身制服的士兵都向麗莎小姐致意問好，我也每次都向他們鞠躬致意。我突然冒出個想法來，大概麗莎也一樣：我們拐到布拉什納門後面，走過麗莎曾被打倒在地，被暴徒們扯下白襪子的人行道上，然後進了巴黎飯店。我裝做在找座位的樣子，餐廳裏坐滿了德國軍官，我和穿著護士制服的麗莎小姐站在一起，服務員和領班斯克希萬涅克先生的臉都白了。他們默不作聲地接待著德國客人。我坐到窗邊一張桌子旁，用德語叫了一杯咖啡，維也納白咖啡外加一小杯羅姆酒。這是我們過去根據薩謝飯店的一個品種提供給客人的。當老闆布朗德斯先生進來向大家鞠躬，特別客氣地向我鞠躬時，我感覺很暢快。他突然與我交談起來，談到那次不愉快的事件，還給我賠不是。我對他說，我不能接受他的辯解，說我們後會有期。當我給斯克希萬涅克先生付款時，我對他說：「你侍候過英國國王又能幫你什麼忙？」說完，我站起身來，從一張張飯桌間走過。德國軍官們跟麗莎點頭打招呼，我也向他們點點頭，彷彿他們的那些招呼是對我打的。這個晚上麗莎小姐帶我到她那兒，先是跟她到普希科普街上的一個軍營裏，那是一座褐色的屋子，我們爲佔領布拉格而喝了香檳酒，軍官們跟麗莎也跟我碰了杯，每次她都向他們介紹說，我勇敢地保護過她，在一群捷克暴徒面前捍衛了她的日耳曼民族的榮譽。我鞠了鞠躬，感謝他們的問候與舉杯，可是我並不知道，根本也不可能知道，那些問候只屬於麗莎，他們根本就沒把我放在眼裏。我在他們眼裏只不過是麗莎，他們軍隊護士長的一件附屬品。護士長這個稱呼我是在乾杯的時候聽到的。我爲能參加這種場合，能跟這麼些軍官在一起而感到愜意。在這幫年輕人中間，也只有我有這麼藍的眼睛，顏色這麼淺的頭髮。我雖然德語說得不夠好，可我有德國人那樣的感受，跟童話中的野玫瑰姑娘一樣，需要與麗莎小姐會面，踩一下她的黑便鞋……這一切使我感到美滋滋的。後來我們又從歡慶中去到一個我還沒去過的地方。麗莎求我去看看我的家譜，說那裏面一定會有一位什麼日耳曼族的先輩。我只是對她說，我爺爺的墓碑上寫著「約翰・蒂迪爾」⑲幾個字，說他曾經給財主當過馬廄總管。我一直爲這個馬廄總管而感到害臊，可是麗莎一聽到這個名字，便覺得我在她眼裏立即高大了許多，彷彿我比一位捷克伯爵還要了不起。看來，蒂迪爾這個名字推倒了分隔我們倆的所有大小牆壁。她一路上都沉默不語，隨後打開一座舊樓的門，我們一層樓一層樓地往上走，每上一層樓她都要久久地親吻我，撫摸我。當我們跨進她的小房間時，她打開了臺燈。她的眼睛裏、嘴裏、全身都濕漉漉的，她瞇著眼睛，將我推倒在長沙發上，又是久久的親吻、舌的撫摸，像

⑲蒂迪爾是書中主人公爺爺的姓，是德語「孩子」的音譯。就是說他爺爺曾有一個德文名字。

被風兒吹得時開時關的門那樣呻吟著，隨後，自然不可能不發生我所期待的那種事。這不像以往那樣，出自我的渴求，而是出自她的需要。她需要我，允許我的一切舉動，她慢慢地脫去衣裳，也看著我把內衣脫下。我本以爲，既然在軍隊裏，準有一種特別的制服式內衣裙褲。臨時醫院的護士們肯定有統一的內衣。可是她穿的跟那些巴黎飯店裏供闊老板們玩弄的小姐們的一樣，跟天堂豔樓的小姐們穿的一樣。隨後我們的身體便緊緊地貼在一起。麗莎小姐顫抖不止，我第一次地認識到：我戀愛了。這跟以往完全不一樣，彼此都是那樣地心甘情願，那樣地投入，那樣地憐愛對方……後來，我的目光無意中落到近處的一張桌子上，那裏有一束鮮花：春鬱金香，嫩白樺枝葉和幾根松樹枝。像在夢裏一樣，也許最初還不是回憶起什麼，這回憶到後來才出現。後來我眞的回想起一個反覆出現的想法。我摘下小枝葉，將它分成小塊，在她肚子上擺成一個圓圈。美極啦！她偷偷看了我一眼。我彎下身去，親吻她那擺著花圈的部位，我的嘴感受到了扎人的針葉尖。她兩手緊抱著我的頭，激動到了極點，她痛痛快快地叫了一聲，左右翻動著，急促地喘著氣。我以爲她出了什麼事，生命垂危呢，然而既非前者也非後者。她彎身對著我張開十指，嚇唬我說要挖掉我的眼睛，要抓破我的臉和全身，她是如此地感激和滿意。她又張開過一次十指，然後又痙攣地收回去，她在精神過度緊張之際，帶著輕聲的哭泣癱下了，後又從輕聲的哭泣轉到悄悄的微笑。我累了，也安靜了。後來又來過一次高潮，她如此激烈，根本不在意松枝針葉有多麼扎她，也許這就是日耳曼人的習性吧！我對麗莎都幾乎有點兒害怕了。當她的舌頭在我的肚皮上爬行時，像蝸牛一樣將一道唾沫留在我的身上。她吻我的時候，滿嘴的松籽和針葉，可她不覺得這有什麼不潔之處，恰恰相反，她把這視爲頂峰，視爲彌撒的一個組成部分。這是我的身體，這是我的血，這是我的唾液，這是你的和我的汁液，它將我們聯繫了起來，而且永遠永遠連在一起，就像她所說的。連汁液和毛髮的香味都彼此交融了……

夠了嗎？今天就到此結束吧！

四．我沒有找到她的腦袋

我的新職業是在山裏傑欽那個地方的一家旅館裏當餐廳服務員，後來當領班。當我剛到這家旅館時，幾乎嚇了一跳。這不是我原先想像的一家什麼小旅館，幾乎是一所座落在森林和林中溫泉之間的小而又小的城市，或者說一個大村莊。這裏的空氣非常新鮮，簡直可以把它裝進酒杯裏來喝。你只需轉過臉來對著清新的微風，像魚兒搧動著腮一樣慢慢地吞咽著，你便會相當清楚地感受到，混合著臭氧的氧氣如何流過你的呼吸器官，你的肺和內臟如何慢慢地吸著氣。你彷彿在來到這兒之前，還在下面的時候，你的輪胎被扎了個洞，早就已經漏氣，直到來到這裏，你才在這行車更安全也更舒服的環境裏自然而然地補足了氣。麗莎用軍車將我送到這裏，她在這裏自在得就像在家裏一樣。當她帶著我駛過組成主要庭院的林蔭道時，她一直在微笑。院落裏有些德國式的粗獷的雕塑，國王和皇帝的雕像。一切都是用新開鑿的大理石或白色的方解石砌成，像晶體糖一樣閃著光。其他樓房也是用這些材料建造的。這些樓房由一條主要柱廊分開，猶如洋槐葉子。那裏到處還有其它一些柱廊，你在進到每座樓房之前都可以，或者說，都必須經過有著粗獷雕塑的柱廊。所有牆壁上都以表現光輝的德國歷史爲題材的浮雕作裝飾，畫面上的人物都還拿著斧頭和穿著獸皮，有點兒像伊拉塞克❶的《捷克古老傳說》中的情景。不過服裝是日耳曼民族的。麗莎向我解說著一切，我簡直驚訝得反應不過來。我突然想起了寧靜旅館中的大個子雜役來，他經常愛說一些不可置信的事實。這裏的一切也讓人不可置信。麗莎驕傲地向我講述著，說這裏有中歐地區最有利於健康的空氣。在布拉格附近，奧霍里契基和波特莫夏尼也有這麼個地方，說這裏是歐洲第一個優質人種培育站。她還說納粹黨在這裏建立了德國姑娘和純血種黨衛軍軍人的第一個優質血液基地。說這一切都是建立在科學基礎上的。說這裏不僅每天都在以老日耳曼人的突擊式性交完成著國家社會主義❷性交，更主要的是，未來產婦的子宮在這裏孕育出新的歐洲人。孩子們先在這裏待上一年，然後再分散到蒂羅爾、巴伐利亞和切爾尼萊斯❸，或者海邊去，以便在那裏的幼稚園和小學繼續接受新人的教育。當然

❶捷克著名歷史小說作家。
❷即納粹主義。
❸捷克一地區。

他們已不再留在媽媽的身邊，而是在新學校的照看監督下成長。麗莎還將外型像農舍的一座座漂亮的小房子指給我看。在房子的窗口、平臺和木廊上都是花。我看到的那些未來的母親，那些體壯如農家金髮姑娘的母親，彷彿不是這個世紀的人，而是我們的胡姆波列茨❹和哈納❺地區這樣偏僻小鄉村的人。那裏的人還穿著條紋襯裙和從前婦女們穿的低圓領泡泡袖襯衫，或者像鮑日娜❻畫像中的那種衣服，鮑日娜出來洗衣服的時候，奧德希赫騎馬經過，對她一見鍾情。這裏的姑娘，胸脯都很美，一切都很美。她們老愛出來散步，散步時總是穿過這些柱子，彷彿這是她們的一項任務。她們邊走邊看著那些英猛勇士的雕塑，或在那些英俊的國王和皇帝塑像面前久久停留。也許她們正將這些面孔和形象，以及這些名人在過去年月裏的光輝歷史，深深印到腦海裏。後來，我從一個培訓班的窗口得知了這一切。在這培訓班的課堂上，講授著這些傳奇人物的故事，並對這些未來的母親進行考試，看看她們是否記住了這些歷史，能不能背出來，因爲這些婦女必須知道這些。麗莎這麼告訴我說，在這些姑娘腦海裏的這些畫面漸漸滲透到她們的整個身體，最初只是滲透到她們的黏液裏，然後到蝌蚪一樣的東西裏，然後到類似雨

❹❺均爲捷克民風民俗保存得很好的偏僻山村地區。
❻捷克童話中的美麗村姑。

蛙或癩蛤蟆體內，最後便到胎裏。這小人兒一個月一個月地長大，當他完全長成爲人的時候，所有這些知識和圖像便會毫無疑問、天經地義地表現在這新的生命裏。麗莎跟我一道走遍這個地方，甚至還拉著我的手。我還注意到，當她瞟了一下我的淺色頭髮時，步子立即變得更加輕盈。她向她單位的領導介紹我時，稱呼我爲蒂迪爾，就是我爺爺墓碑上的那個姓。我也看出來，麗莎也希望在這兒住上九個月或更長的時間，也想給帝國獻上一個純血種的後代。我一面想像著，他們如何爲了要個未來的孩子，用類似母牛和公牛，母羊和公羊的配種方式來完成任務，一面看著柱子、雕塑連綿不斷的林蔭道。到最後我發現我什麼也看不見，而所見到的只是一塊包圍著我的、充滿著莫大恐懼的烏雲，讓我擔驚害怕。可是我一想到，我曾經是個微不足道的小人物，儘管我和個子高的人一樣玩雙槓和吊環，可雄鷹協會的隊組卻不接受我；想起我在巴黎飯店那次丟失金匙時的遭遇；想起我只因與一位德國體育教員談戀愛而遭眾人啐唾沫，而如今，高貴的國家社會主義營地的指揮官親自跟我握手，我看到他在打量我那乾草般的頭髮，彷彿看到一位美麗的姑娘，喝了最合他口味的美酒一樣和藹地對我微笑，我心裡便感到平衡了。儘管我現在並沒戴上與燕尾服配套的硬領子，我也第一次地覺得：一個人用不著個子高，而是要自己感覺高大。於是我開始平靜地環顧四周，我不僅不再是小僕歐，而且也不再是什麼侍者，註定要渺小到死，任人呼來喚去，挨罵的小服務生。如今我是赫爾·蒂迪爾。對於德國人來說，小服務生已從這個名字裏消失了。他們準是拿這名字與別的什麼完全不同的東西聯繫了起來。

其實他們在德文裏沒法將這名字與任何東西聯繫起來。因此我在這裏開始成爲一個受尊敬的人，原因是我的名字叫蒂迪爾。就像麗莎對我說的，連普魯士和波莫尚尼貴族都會羡慕我有這樣的名字。在他們的名字裏，總有著斯拉夫根的痕跡。我，赫爾·蒂迪爾，餐廳五區服務員，那裏有五張餐桌的午餐晚餐由我負責招待。總共五名懷了孕的德國姑娘。她們只要一按鈴，我便立即給她們送去牛奶，一杯山泉水，蒂羅爾甜圓餅或一碟醬肉，總而言之，是這裏菜單上的一切……

我在寧靜旅館或巴黎飯店積累的好經驗，在這裏全得以開花結果。於是我便成了這些懷孕的德國女人的大眾情人。巴黎飯店酒吧間的小姐也是這樣對待我的，尤其當每個星期四，那些富商帶著她們分別進到包廂裏的時候。不過這些德國女郎都跟麗莎一樣，總愛用愛慕的眼光看著我的頭髮，我的燕尾服。後來，麗莎逼著我在星期天過節的時候，掛上那條藍色綬帶和那枚中間嵌著刻有維利布斯、烏尼迪斯字樣的紅寶石，金光四射的勳章。我到這裏才得知，在阿比西尼亞也有馬利亞·特萊齊亞錢幣基地❼……在我工作的這座小城裏，各個兵種的士兵每晚都

❼特萊齊亞錢幣也叫瑪利亞特萊齊亞錢幣，這是上面帶奧地利女皇瑪利亞·特萊齊像的奧地利錢幣。

到這裏享用美餐，喝萊茵葡萄酒❽和摩澤爾葡萄酒❾，而姑娘們只喝牛奶。好讓男人們在科學的監督下能一夜又一夜地縱情作歡，以滿足性欲，直至最後一刹那。我這個曾經侍候過阿比西尼亞皇帝的餐廳服務員，在這裏就跟曾經侍候過英國國王的斯克希萬涅克領班先生一樣，手下也有一個年輕的服務員。我也像斯克希萬涅克先生訓練我一樣地訓練他，讓他知道這個或那個士兵大概是哪兒人，可能點些什麼菜。我們也拿十馬克打賭，也擱在折疊小茶几上，而我幾乎總是贏他，可說是十拿九穩。這種勝利的感覺影響著你的一生。你即使有時灰心失望，它也會使你不至於打不起精神來，特別是當自己在自己的祖國被人當小人物看待，當永遠的小服務生看待的環境裏。如今我卻受到德國人的尊重和讚揚。每天下午，如果是晴天，我便將牛奶或者冰淇淋，有時根據菜單改爲熱奶或者茶，送到藍色的游泳池去。那些懷了孕的德國女人披散著頭髮、赤身裸體的在游泳。我彷彿被當成其中的一位醫生。我也樂得這樣，因此而可以大大方方地看著她們怎樣一伸一縮，披散著頭髮做著各種漂亮的游泳動作。可是我並不怎麼在意她們的身體，我從呆若木雞的驚歎中清醒過來，深深地喜歡上她們漂在水上的秀美的長髮，彷彿是

❽按萊茵河取名的一種白葡萄酒。

❾根據流經德、法、盧的摩澤爾河取名的一種葡萄酒。

漂浮在她們身後的一道淡淡的煙霧。每當她們手腳猛力一劃，那秀髮便伸得直直的，片刻間彷彿凝結不動，髮梢微微起些波浪，宛如一道帷簾。上面是燦爛的陽光，下面是藍、綠小瓷磚的池底，手腳每劃動一下，便將金燦燦的陽光和彩色瓷磚交相輝映著的波浪劃成碎片。池壁上美麗的靚影，水中遊動著的女人身姿，匯合成一幅優美動人的圖畫。等她們游完泳，便收回雙腳，站起來，露著乳房和肚子，滴嗒著水，活像水中精靈。這時，我便立即將杯子遞給她們。她們慢悠悠地喝著吃著，養精蓄銳以便再次下水。她們像做祈禱似地合上雙手，然後快速撥開水面。她們不是爲自己，而是在爲那些未來的孩子游泳。幾個月下來，我在這裏，在室內游泳池裏看到：不僅母親們在游泳，連那些小不點的嬰兒，三個月大的娃娃，也跟著那些年輕的母親們在游泳，像母熊帶著小熊或者當天剛剛出生的小海豹或水鴨子一樣。只是現在我已經明白：這些在這裏懷上孩子，挺著個大肚子，並在這裏游泳的女人，都把我當作一個道道地地的鄉下放牛小孩看待，即使我穿的是燕尾服，她們也只是把我當作一個小鄉巴佬；甚至彷彿我這個人根本不存在，只是她們的一個什麼衣帽架而已，因爲她們在我面前毫無羞色。我只不過是一個侍童，類似王后身邊的小丑或小侏儒而已，而她們爬出水面時，只注意別讓欄杆外面的什麼人看見。有一次，闖進來一個喝醉了的黨衛軍人，她們嚇得尖叫，用毛巾蓋著肚子，胳膊遮住乳房，慌忙逃到更衣室裏；可是每當我端著裝了一杯杯飲料的托盤走進來時，她們若無其事、赤身裸體地站在那兒聊天，一隻手扶著立柱，另一隻手慢吞吞地擦拭著長滿金黃細茸毛的肚子。她們的動作那麼悠閒自在和仔細，擦了好半天的胯下，然後再擦半邊屁股。我站在她們旁邊，她們接過杯子，喝上一口，彷彿我就是那個推食品的折疊小茶几。我想看她們的哪個部位就可以看哪個部位，一點兒也打擾不了、破壞不了她們的寧靜。她們繼續用毛巾認眞仔細擦拭著胯下，然後伸著手臂，仔細擦拭著乳房的各個部位。彷彿我根本沒站在那裏……有一次突然有飛機從游泳池上空低低飛過，她們便連笑帶叫地躲進了更衣室，過後又繼續保持原來的姿勢擦來擦去。這時，我卻一直端著漸漸冷卻的飲料站在那裏……當我有點兒空閒的時候，便給麗莎寫上一封長信。這時她的地址改到他們佔領了的華沙，後來又改到巴黎。再後來，也許是因爲節節勝利，這裏的規章變得寬鬆了些。在小城郊外建造了一些蠟像館。靶場、有旋轉木馬和鞦韆的遊樂場，跟布拉格的廟會一樣，有很多精采項目。所不同的是，在我們的小木板房上通常畫的是女妖、半獸半人、各式各樣寓意的女人和動物，而這裏的打靶場射擊牌、旋轉木馬和鞦韆上畫的全是戴著古代鋼盔的日耳曼軍人。我從這些圖畫中學習德國人文史地知識。整整一年我從第一張畫走到另一張畫地學。空閒的時候我便向文化專員請教。他很樂意解釋給我聽，稱呼我爲「我親愛的赫爾・蒂迪爾」⑩，他的蒂迪爾叫得那麼親熱，使得我一次又一次地請他透過這些畫面來

⑩此處原爲德語。

給我講解德國歷史，好讓我也能生出一個日耳曼血統的小孩來，就像麗莎與我商定的那樣。她帶著已經戰勝法國的心情來到這裏對我說，她將向我求婚，但是她得向她的父親，赫普鎭上的阿姆斯特丹城飯店的老闆去請求應允。於是又發生了一件不可置信的事實：我在赫普必須接受當地最高法院的法官和黨衛軍醫生對我體檢。在我的書面申請書上，我將自己的親屬關係一直交待到我那位埋在茨維科夫墳地的爺爺約翰・蒂迪爾爲止。在這份申請報告裏，我引證了我爺爺高貴的日耳曼人身份。並表示恭敬地請求能與麗莎・伊麗莎白・巴巴涅克結婚，按照帝國法律，我請求做一次體檢，以查明我作爲其他民族的人，按照紐倫堡法規是否能夠交媾，並能夠使配偶孕育出高貴的日耳曼血統的孩子。就這樣，正當在布拉格、布爾諾以及其他地方所有有權處決的法庭在處死我們的同胞時，我卻赤身裸體站在醫生面前，任憑他用棍子抬起我的生殖器。我還得轉過身去，讓他借助棍子查看肛門，然後又掂掂我睪丸的份量，對記錄員大聲口述著他看到了什麼，判斷出什麼和摸到了什麼。然後讓我手淫，以便給他一些精子做科學檢驗用。因爲他說的是一口帶有地方方言的德國話，我無法聽懂，可我非常清楚地感覺出來，他暴跳如雷地說了些什麼。他說一個他媽的臭捷克佬還想要討個德國老婆，至少他的精子得比赫普鎭最後一個旅館裏，最後一名雜役工的精子要珍貴兩倍才行。他還補充說，這種德國女人朝我啐出來的痰對她來說是一種羞辱，對我來說卻是一種榮耀……我突然在這遙遠的地方看到了報上的新聞，就在德國人槍殺捷克人的同一天，我卻讓人擺弄我的生殖器，好讓自己夠格與一個德國女人結婚。我突然感到莫大的恐懼：那邊在殺人，我卻抓著自己的生殖器站在醫生面前，陰莖始終無法勃起和流出幾滴精液來。後來有扇門開了，裏面站著這位大夫，手裏拿著我的那份文件。他現在才清楚地讀到我的名字，知道我是什麼人，因此他對我說話也變和氣了，說：「赫爾・蒂迪爾，你怎麼啦？」並拍拍我的肩膀，給了我一些照片。燈亮了，我望著這些色情照片。這些照片我過去見過。每次，在我觀看這些照片之前，我便全身發僵。我越看這些色情照片，便越是彷彿看到報上的大標題和消息：這些人和另外四名被判處死刑者被執行槍決。每天都有新的一批無辜的人被……而我卻站在這裏一手握著生殖器，一手將色情照片放到桌子上去，可總也達不到讓我和麗莎，我的德國妻子，懷上小孩的那種要求。到最後不得不走來一位年輕的護士，由她來動了幾下。這時我不能也不必去想任何事情，年輕護士的手是如此地熟練，乃至不到幾分鐘就得到了我的兩滴精液，經過兩個鐘頭的化驗之後被認爲是優質精液，完全可以進入到高貴的陰道使之懷孕。捍衛日耳曼榮譽和血統的機關，對我娶一個高貴的日耳曼血統女子爲妻，已提不出任何反對意見，重重的幾顆印章使我得到了結婚許可證，而此時此刻，捷克的愛國者們在蓋上同樣印章的情況下，被判處了死刑。婚禮是在赫普舉行的，在市政府的紅色大廳裏。到處都是帶有彎鉤十字徽號的紅旗，連公務員的褐色制服上也斜披著一條紅色肩帶。帶子上印著那彎鉤十字徽號。我穿的是燕尾服，胸前仍舊斜披著那條阿比西尼亞皇帝賜予的藍綬帶。新娘子麗莎穿的是獵人裝和飾以橡樹枝的短外套，翻領上有紅底的彎鉤十字徽號。這壓根兒就不像婚禮，而像一項類似國家軍隊裏的活動。講話中儘是什麼血統，榮譽和義務之類的詞，最後，也是由那穿制服、高統靴以及褐色襯衣的市長讓我們這對新人走到一張桌子前面。那兒掛了一面帶有彎鉤十字徽號的旗子，桌子上擺著一座從底下亮著燈光的、皺著眉頭的希特勒半身塑像，照得黑影四射。市長先生將我和新娘的手放到這面旗子上，然後與我們握了握手，表情很莊嚴。現在結婚儀式開始了。市長對我們說，從這一瞬間起我們彼此結合了。我們的任務是僅僅只能想著國家社會主義黨，和養育一個同樣在該黨精神的哺育下成長起來的孩子。隨後，市長幾乎是含著眼淚，隆重地對我們說，讓我們倆不要因爲自己不能在爲建立新歐洲的鬥爭中犧牲感到難過，因爲有他們，士兵們和黨在這一鬥爭中堅持到最後勝利……隨後，留聲機演奏德國納粹黨黨歌，大家都跟著留聲機一起唱，連麗莎也不例外。我突然想起我以前唱的是〈在斯特拉霍夫城堡……〉⓫和〈我的故鄉在哪裡〉⓬，可我還是跟著他們輕聲地唱著。麗莎的胳膊肘輕輕碰了我一下，眼裏閃爍著光亮，於是我繼續同他們一道唱著納粹黨黨歌。而且還唱得相當起勁，到後來，彷彿我已是個德國人。當我注意觀察誰是我婚禮的見證人時，發現那些上

⓫ 捷克愛國歌曲。

⓬ 捷克國歌。

校們，赫普的最高黨政領導人都來了。我知道，我要是在我家裏舉行婚禮，肯定會像什麼事也沒有地那樣無聲無息。可是在赫普，這簡直成了一樁歷史事件。因爲麗莎在這裏是有名望的。後來，婚禮結束，當我伸手去與前來祝賀的客人握手時，不禁開始冒汗，因爲不管是普通德軍還是黨衛軍的軍官都沒有向我伸出手來。對於他們來說，我仍然是那個小侍僕，那個捷克矮子。所有的人都擁向麗莎，只對她表示祝賀，而讓我一個人站在那裏，誰也不來跟我握手，使我很受刺激。那位市長拍了拍我的肩膀，我立即將手伸過去，可是他也不跟我握手，於是我就這樣尷尬地站了一會兒，我因爲握手一事而全身發僵了。市長扶著我的肩膀，將我領到辦公室，讓我簽字和支付舉辦這次活動的出租汽車錢。我又試了一次，多付了一百馬克到桌子上。一個職員對我說，這裏不收小費，說這裏既不是酒樓，也不是餐廳、小酒家、小飯鋪，而是新歐洲建造者機關。還說在這裏起決定作用的是血統和榮譽，絕不像在布拉格，有的只是恐怖手段、賄賂和其他資本主義和布爾什維克主義的行爲。婚宴是在阿姆斯特丹城飯店舉辦的。我又看到，大家雖然也爲我而乾杯，可實際上都在圍著麗莎轉。我雖然已經開始被用於培養純種的艱辛任務，可我始終是個捷克佬，儘管我有一頭漂亮的金黃頭髮，胸前披掛著綬帶，旁邊別著金光閃閃的勳章，也完全無濟於事。可我臉上沒有表現出什麼，彷彿我什麼也沒看見。我面帶微笑，甚至還感覺良好。不是嗎？我居然成了這位有名望的女人的丈夫。所有軍官，倘若他們還沒結婚的話，肯定也會向她求婚或者可能向她求婚，可是如今誰也沒有得到她，只有我把她迷住了。

那些大兵大概也只會穿著高統靴就往女人床上撲，爲的只是保住他們的血統和榮耀，根本不去想床上還有愛情、遊戲和樂趣，像我早知道的那樣，像我在天堂豔樓想到要用菊花、仙客來花枝在一位姑娘的肚子上圍成一個花環那樣。兩年前，我甚至還在這位有覺悟的德國女人，軍隊護士指揮官這一高職位女黨員的肚子上擺了個花環。她如今在這裏接受著他們的祝賀，可他們誰也想像不到我所見到的，那次她赤身裸體仰面躺著，我將綠松枝在她肚皮上圍成一圈時，她也感到同樣地榮幸，甚至比市長將我倆的手放到那面紅旗上面，並爲我倆不能爲新歐洲犧牲而惋惜的那一次感到更加榮幸。當麗莎看到我在微笑，並接受了這個機關迫使我就範的這種遊戲時，不禁端起酒杯望著我，大家都被這一場面驚呆了。我立即站起身來，好讓自己再高一點兒。我倆端著酒杯面對面地站著，這些軍官目不轉睛地盯著我們，以便能看得更清楚。他們一個個目瞪口呆，猜測著，彷彿我們被審訊著。麗莎笑了，就像我倆在床上，我對她用法語獻殷勤時那樣笑了。我們彼此凝視著，彷彿她和我都赤裸著身子，她的眼睛又像那次那樣蒙上了一層薄霧，迷迷茫茫的。當女人們的眼睛這樣似醉如茫的時候，這並非暈眩，而是甩掉了最後的障礙，心甘情願地走向在她面前敞開的另樣的世界，一個愛戀與萬般柔情嬉戲的世界。她當著所有的人，將我久久地、久久地一頓狂吻。我閉著眼睛，兩人手裏仍然端著香檳酒杯。在我們接吻之時，酒杯傾斜，香檳酒徐徐流到桌布上，全場的人都啞然無聲。從這個時候起，所有的人都驚訝不已，他們已經開始帶著一種恭敬的眼神看我，甚至一個勁兒地細細觀察我。透過這種仔細觀察，他們確定，日耳曼血液對斯拉夫血液的享用，遠遠多於斯拉夫血液對日耳曼血液的享用。我在幾個小時之後成了一個外國人，一個大家都帶著輕微的妒忌與仇視卻又尊重的外國人。那些娘兒們甚至這樣看我，琢磨我要是跟她們上床大概能玩出什麼花樣。她們接受了我，肯定覺得我能玩點什麼特別的遊戲而且很粗野。她們甜蜜蜜地歎息著，對我頻送秋波，開始與我攀談，我雖然連德語的性數格⑬都變不好，她們得用慢得叫人難受的德語跟我交談，像在幼稚園一樣地一個字一個字地蹦給我聽，還得對我的回答表示讚賞，將我在德語會話中的缺點當作一種魅力來欣賞。這種迷人之處引得她們發笑，這魅力中透著斯拉夫平原、白樺和大草原的誘惑……但是，不管是黨衛軍還是別的德國軍隊的士兵都對我表示冷漠，幾乎生氣，因爲他們非常清楚地知道，我所傾心的漂亮的淺髮姑娘麗莎，不是爲了榮耀和血統，而是爲了肉欲和美麗的愛情……儘管他們身上佩著出征波蘭、法國的勳章，可他們卻無權像我……

喏，當我們結婚旅行回到我當餐廳服務員的傑欽小鎮時，麗莎想要生個孩子，這可不合我的脾性。我作爲一個典型的斯拉夫人，什麼都喜歡隨意，我做什麼都憑一時的心血來潮，可是

⑬根據德文文法，名詞、形容詞、代名詞都有陽性、陰性、中性、單數和複數，以及表示在句子中的位置和其它詞的關係之分。

當她對我說什麼要我做好準備，我的感覺就跟那次那位帝國醫生按照紐倫堡法規，要求我給他往白紙上擠出點兒精液來一樣。麗莎對我說，讓我做好準備，說這一晚上她可能懷上新生兒，懷上新歐洲的未來建造者，因爲她已播放了一個星期華格納⓮的《洛亨格林和西格佛里德》⓯唱片。她說她已經選好了名字，如果生個男孩，便取名叫西格弗里德・蒂迪爾。她整整一個禮拜都漫步走去看長廊裏的那些雕像。黃昏中，當那些德國國王、皇帝、英雄和半人半神們聳立於藍天之中，她便站在那裏久久地凝視他們。而我卻在想著怎樣在她肚皮上擺上一圈花瓣兒，想著我倆首先要像孩子一樣地嬉戲，尤其當我們成了蒂迪爾家族成員之後。麗莎這天晚上穿了件長袍，眼睛裏沒有情愛，只充滿著義務，對他們的血統和榮譽的義務。她向我伸出手來，用德語嘟噥了句什麼，兩眼望天，彷彿從這天花板和穿過這天花板，日耳曼蒼天上的所有人，所有尼貝龍根人⓰，甚至麗莎所祈求的華格納本人都會看著我們。麗莎祈求他們幫助她按照她的願望懷孕，按照日耳曼的新榮譽，讓她的肚子孕育出新生命。他將按新血統、新觀點、新榮譽

⓮納粹分子們所推崇的作曲家，他的音樂著重表現人的侵犯行爲和情欲。
⓯該歌曲內容爲歌頌洛亨格林和西格佛里德兩位日耳曼民族神話中的英雄。
⓰日耳曼古老傳說中的寶庫衛士。

的新規範來生活。我一聽到這些話，不禁感到男人所擁有的男性的一切都開始離我而去。我只是這麼呆呆地躺著，望著天花板，嚮往著失去的天堂，嚮往著結婚前曾經有過的美好的一切，嚮往著我曾經像一條雜種狗一樣與所有女人相處的情景，而如今我卻被安置在如同一條高貴的公狗和一條高貴的母狗所要完成的任務面前。這種情況我知道，也曾經見過那些養狗人，如何左等右等，等著那個難得的一刹那的受罪勁兒。記得有一次，一個養狗人從共和國的另一端帶著一條母狗來到我們這兒，可是不得已又得返回去，因爲那條高貴的狐㹴狗偏偏看不上這條母狗。後來他們又第二次來到這裏，把母狗擱在牲口棚的小筐簍裏。女主人得戴上手套抓著公狗的生殖器強制牠們交配，還在牠們頭頂上舉著短鞭子逼著牠們交配以懷胎。在這種處境下，血統高貴的母狗自然只好聽天由命，委身於任何一條雜種狗。還有，司令部的一個軍官養了一條聖伯納狗，整個下午都找不到一條從舒瑪瓦山區來的母狗跟牠交配。因爲母狗比這條公狗高大。最後，工程師馬辛把牠們帶到一座花園的小坡上，在那裏挖了這麼一個臺階，花了整整一個小時爲這條聖伯納狗修整婚床，一直忙到傍晚，累得筋疲力盡。等到掊完最後一鏟土，便開始進入正題。讓大個子母狗站在凹下去的一級臺階上，使兩條狗的高度正好相當，這樣才完成了交配。可是這種結合是強制的。不像公狼狗與馬達克斯母狗，或者愛爾蘭的母塞特狗與一條公哈巴狗自然結合那樣興致盎然。我現在就好比……於是不可置信的事實終於發生了：一個月之後，我去讓人給我打針，強身針，在我屁股上扎上一組粗如釘子的針，好讓我的心理狀況得到加強。在我這樣被扎了十次之後，終於，麗莎按規定懷了孕……接著，她也得開始去打這種強身針。因爲大夫們擔心這新生兒會流產。於是我們全部的情愛，這一國家社會主義的交媾中剩下的只是長袍下的一種什麼行爲。麗莎甚至都沒碰過我的生殖器，我只能按照新歐洲人的規定和制度被准許與她接觸，這使我感到很彆扭。反正與這孩子有關的一切都離不開科學和化學，主要是打針。麗莎的屁股被這些粗如釘子的針扎得面目全非了。弄得我一心只想去治療她的傷口而不考慮別的，而我扎針後的傷口總在流膿，爲的是讓我能有一個漂亮的新生兒。這時期我還遇上了一件很不愉快的事情：我已經好幾次注意到，在講授古代日耳曼人光輝歷史的教室裏，如今開始上起俄語課。連這裏的士兵，在完成他們的生育任務，讓那些美麗的姑娘們懷上孩子之後，還要到這裏來學俄語，學一些基本的句子。有一次，長官見我在窗子底下駐足細聽，便問我怎麼看學俄語這件事。我說看情況是要跟俄國人打仗了。他開始喊叫，說我在造謠惑眾。我說這裏只有他和我，談不上惑眾。他嚷嚷說，我們和俄國有聯盟公約，說我這是在散佈謠言。直到現在我才注意到這位長官曾經在婚禮上給麗莎當過證婚人。這也正是那個不但不跟我握手，而且也沒向我表示祝賀的人，可是他在我之前向麗莎求過婚，我卻贏了他，如今是他拿我出氣的時候了。我站在這座培植新歐洲人的小鎮指揮官面前，他一個勁兒地訓斥我，說我在胡說八道，說我得上軍事法庭，說我是捷克沙文主義者。兵營裏響起了警報，這位指揮官一拿起電話，臉唰地一下白了，原來將要發生我預見的戰爭！指揮官在走廊上只問了我一句：「您是怎麼猜到的？」我謙虛地說：我曾侍候過阿比西尼亞皇帝。一天之後，我生了個兒子，麗莎送他去洗禮，取名叫西格弗里德。這是根據拱形長廊裏的雕像，和從華格納樂曲中得來的靈感取的。而我卻接到了辭退的通知。讓我休假後便轉到捷克天堂的小筐旅館去上班。這個旅館位於捷克天堂石壁懸崖的谷底，確實像個小筐。整個旅館都浸沒在早晨的濃霧和中午潔淨透明的空氣裏。這個小旅館是專爲戀人們和小倆口開的。他們在雙雙對對遊覽過山岩峭壁，觀賞過美麗風光之後，便手拉手，或胳膊挽胳膊地回到這裏吃午飯和用晚餐。我們客人的一切舉動都很放鬆很安靜。但這個旅館也用來接待德國士兵、黨衛軍人和他們的軍官。他們在開往東方戰線之前，在這裏與他們的妻子、情人作最後的告別。這裏的情況與那培育新人種的小鎮完全相反。在那裏，士兵們好像育種的公馬或良種公豬去一個晚上或兩天，好讓日耳曼種的女人科學地懷上一個小崽……然而在小筐旅館裏，情況完全不同，更合我的口味。不過這裏沒有歡樂，只有憂鬱和悲傷，還有一種我在軍人身上從來沒見到過的夢幻情調。幾乎我們所有的客人都有點兒像還沒有開始寫詩的詩人。這倒不是說他們眞的是詩人，他們當然跟其他德國人一樣的野蠻、粗暴和傲慢。儘管德國軍隊的一個師在這次高盧⑰之役中已經倒下了三分之一，可他們還一個勁兒地爲打敗了法國而乾杯。擺在這裏這些軍官面前的是另外一條道路，另外一種任務，另外一種戰鬥，因爲上俄國前線完全是另外一件事。這條戰線於十一月份曾以楔形一直揷到莫斯科跟前，可是再也沒有往前了。隊伍節節潰退，一直退到沃羅涅日，繼而退到高加索。而這一遙遠的距離，從前線傳來的消息，特別是從過了前線的那一邊傳來的消息，說是遊擊隊在通往前線的路上給他們找麻煩，結果前線變成了他們的後方。就像麗莎所說的，她從前線回來，跟這些俄國人作戰絲毫不輕鬆。她還給我提來一口小箱子。我一點兒也不知道它的價值有多大，可這只小箱子裝滿了郵票。我以爲她是隨隨便便找到的，可是麗莎說，她在波蘭甚至在法國專門搜查猶太人的房間，在華沙搜查被驅逐的猶太人時便繳獲了這些郵票。她說等到戰後，這些郵票的價值會大得足夠我們在任何地方買上任何一座飯店。可是，我那個跟我待在一起的兒子是個奇怪的小孩，他一丁點兒都不像我，也不像麗莎，甚至也不像古代日耳曼先烈廳這種環境所許諾的那個樣子。在這孩子身上根本看不出華格納音樂的痕跡；恰恰相反，這是一個剛剛三個月就得了驚厥❽的膽怯的小孩。我招待著來自德國各地的客人，後來我竟能絕對準確地估計和猜出：這個德國兵是來自波莫尙，巴伐利亞，還是來自波利尼。我也能準確地分辨出這個士兵是在海邊還是在內陸長大的，是工人還是農民……這已成了我的一大樂趣。我從早到晚甚至到深夜馬不停蹄地招待著客人，一點兒空閒工夫也沒有，因爲我除了估計誰大概會點什麼菜，是

❼古羅馬對高盧人居住地區的稱呼。
❽一種以抽搐、意識不清、雙目上視爲主要症狀的病。

哪兒人等等之外，已經不會別的娛樂。客人中有男有女，女顧客也是帶著秘密任務來到這裏的。但這任務是痛苦、恐懼和一種莊嚴的憂傷。我一生中從來沒見過夫妻和戀人們彼此之間是如此地溫柔體貼，他們的眼睛裏有如此多的憂鬱與柔情，就像我們故鄉的姑娘們在唱〈黑眼睛啊你們爲何哭泣〉或〈群山在哀訴〉⓳時那樣。在小筐旅館四周，無論什麼天氣總有一對對男女在散步，總是一個穿著制服的軍官和一個年輕的女人，他們默默無聲互相緊緊地依偎著。我這個曾經侍候過阿比西尼亞皇帝的人從來沒見過這種情況，也沒猜測出來他們爲什麼這樣。直到現在，我才恍然大悟。可能這一對伉儷從今以後永遠不會再見面了哩！這種可能性將這些人變成了高尚的人，這就是那種新人，而不是那種因勝利而得意洋洋，大喊大叫和驕橫傲慢的人，恰恰相反，是一個溫順和憂鬱的人，而且有著一雙類似受驚的小動物那種美麗的眼睛……我也有著這些戀人們的眼睛，因爲在這裏，連這些在前線視角控制之下的夫妻們都成了眞正的戀人，我也學會了用他們的眼睛來看風景，看桌上的花，看正在玩耍的孩子，看時間。覺得每一小時都是一道聖餐禮，因爲在上前線前的一個白天和夜晚，戀人們都不睡覺，我並不是說他們在床上纏綿，在這裏，有著比床更重要的東西，有眼睛和人與人之間的關係。在我當餐廳服務員的

⓳均爲憂傷的捷克民歌。

整個一生中，都沒有見到過，像我在這裏所看到和體驗到的人與人的關係中如此巨大的力量。我在這裏，不管是當餐廳服務員或者有時當領班，實際上像是坐在一個大劇院或電影院觀看愛情悲劇或電影……我在這裏還看到，人對人最富人情味的關係是默默無言，如此靜寂的一小時，然後是一刻鐘，再後是最後的幾分鐘。這時，帶篷馬車，有時是軍用敞篷馬車或者汽車開來了。兩個默不作聲的人站了起來，久久地互相凝視著，歎息著，最後的一吻。那位坐在帶篷馬車上的軍官站了起來，一會兒便又坐下了。車子朝著小山坡方向漸漸離去。最後的一回頭，頭巾在揮動。隨後，車子像太陽落山一樣慢慢消失在山後，整個無影無蹤了。只有小筐旅館門前還站著一個女人，德國女人，一個泣不成聲的淚人兒。她還一直在招手，指頭一鬆，手帕飄落出去……她轉身回屋，忍不住大聲痛哭地沿著樓梯跑進她的小房間，有如一名渴望在修道院見到男人的孤獨而憂傷的修女，啪的一下撲在被褥上，捂著臉久久地失聲痛哭……第二天，這些紅腫著眼睛的妻子、情人便又搭車離去。然後，又一批妻子、情人從天南地北各個角落，從所有城市與鄉村，坐著同樣的車子，來到這裏，與即將開赴前線的男人作最後的告別。從前線傳來的消息壞得使麗莎對那「閃電戰」越來越憂心忡忡，說她在這裏已經待不住，說要把兒子西格弗里德送到赫普鎮阿姆斯特丹城飯店去，說她也要上前線，說她在那裏也許還安心一些……

於是又發生了一件不可置信的事情：我已經不在小筐旅館了。我是在一年前離開那裏的。我也如此同她告別，我也如此揮過手，當開往前線的車子翻過山坡消失之前，我也如此大聲號哭過。後來便坐火車到了一個新的工作單位。我將那些珍貴的郵票同乾糧一起放在一口很普通的箱子裏，是我從人家丟掉的東西中撿來的一口化纖製品的箱子。我翻了一下集郵書，發現有些郵票價值連城。我立即知道自己再也用不著攢錢——用一百克朗的鈔票擺滿我的房間了。我即使用百元大鈔來糊牆壁當壁紙用，將百元大鈔貼滿整個天花板，貼滿前廳、廁所、甚至廚房，將整個一套房子都貼滿那綠色的百元大鈔，也比不上我有朝一日將這些郵票拿到市場上去賣掉的錢數。根據那集郵價目書上說的，我只賣掉那裏面的某四張郵票就可成為百萬富翁。於是我暗自盤算著，有朝一日，我再回到家鄉去會是什麼樣子。德國人已經吃了敗仗，因為每一個高級軍官不管從什麼地方來，一進旅館門，我就能從他的臉上讀到整個局勢，我的戰地新聞和消息就是從這些臉上讀來的。即使他們戴上單片眼鏡，我也能看得出來；即使他們戴的是黑眼鏡，我也能瞭如指掌；即使他們臉上戴著像黑色面具一樣的面罩，我也能從這位將軍的步伐舉止猜出戰場上的形勢……我正在月臺上漫步，突然想起要照照鏡子。我一瞅自己，突然發現自己像個陌生人，像我平常猜測出來的那些來自各個地區，帶著各種職業烙印，各種疾病和愛好的所有德國人一樣，因為我曾侍候過阿比西尼亞皇帝，因為我歸根到底還受過那位曾經侍候過英國國王的領班——斯克希萬涅克先生的培訓。我端詳著鏡子裏的我，透過這一敏銳目光，我看到的自己百分之百是我從來沒有看到過的自己：如此的一個雄鷹協會分子，正當捷克的愛國人士被紛紛處死之時，他卻讓納粹主義的大夫檢查身體，看看是不是能夠與一個德國體育教員發生性關係。正當德國人在向俄國宣戰，我卻在舉行婚禮，高唱著納粹黨歌。正當人們在受苦受難，我卻在德國飯店旅館過得很好，爲德國軍隊、黨衛軍的官兵當餐廳服務員。等到戰爭一結束，我恐怕任何時候也回不了布拉格啦。我看到，我將不是被絞死在某個地方，而是自己吊死在第一盞路燈杆上，在最好的情況下，也只能再給自己十年或多一點的時間……我就這樣地站著，在晨曦中空蕩蕩的火車站上望著自己，就像望著一位朝我迎面走來，然後又遠去的客人。可是曾經侍候過阿比西尼亞皇帝的我，不得不正視事實，我曾經好奇地觀賞過別人的苦難，如今也以同樣的方法來觀察自己。用這樣的目光來看自己實在不好受，特別是當我曾經有過要當百萬富翁的夢，我曾想向布拉格這些飯店老闆顯示我是他們中間的一員，而且不只是隨隨便便的一員，說不定還在他們之上。如今對我來說，關鍵只在於我怎麼讓自己回家去買下那個最大的旅館，不僅跟什羅貝克先生，而且跟布朗德斯先生，跟那些曾經蔑視我的雄鷹協會的鐵杆較量較量。對他們只能靠力量來說話，靠我那口箱子的實力來說話。只需用上那口箱子裏的四張郵票，麗莎從華沙或倫貝格[20]弄來的戰利品就可買座旅館……就叫它蒂迪爾旅館吧！或者到奧地利或瑞士去買座旅館。我正和鏡子裏的我這樣商量著，在我身後悄悄開來了一列快車，是從前線

[20]今俄羅斯境內的利沃夫。

開來的野戰醫院……火車停下後，我從鏡子裏看到一排拉下的捲簾窗，如今其中的一扇簾子已經捲上，是一隻握著繩子的手將它拉上去的。只見一個穿著睡衣的女人躺在床上打了個大呵欠，連下巴都快打掉了。她揉了揉眼睛，又輕輕擦了一下，睡意十足地瞅瞅外面，想知道火車停在什麼地方。我正往她那兒瞧，她也正往我這兒看。這是麗莎，我老婆啊！我見她跳下床，躥出包廂，下了車朝我飛奔過來。我還沒來得及反應，她便已經摟住了我的脖子，像結婚前那樣熱烈地吻我。曾經侍候過阿比西尼亞皇帝的我發現她變了，像所有從前線回來，在小筐旅館與妻子或情人度過柔情的一周的軍官一樣地變了。麗莎肯定也跟他們一樣看到和經歷過很多不可置信而又成爲了事實的事情……仍然是這位體育教員，由她護送著一批傷員去到我正要去的地方——霍莫托夫，湖邊的一座野戰醫院。我只帶了那口箱子上車。火車開動了，我進了麗莎的包廂。拉下窗簾關上包廂門之後，我便脫下了她的襯衣，她像婚前那樣顫抖著，因爲大概是這場戰爭，又使她變得像位溫順的未婚姑娘。隨即由她幫我脫下了衣服。我們赤身地躺在一起，她任憑我親吻她的腹部，甚至一切，隨著火車的行駛節拍，徐徐顚簸……

擔架、板車以及許多輛大轎車，那種六輪流動醫院都已在霍莫托夫車站上等候。我沒有聽麗莎的，而是站在騰空的月臺盡頭。他們允許我待在那裏，是因爲我是跟我這位向車站指揮官報到的麗莎一塊兒下車的。她隨後向我介紹說，這一車運來的是一批剛剛受傷，但還經得起長途運送的殘疾軍人。他們沒法走路，都是被截斷了一條腿或兩條腿的人。所有這一類傷殘員都裝在這些大汽車或專運列車上。滿月台的殘疾人，我看著他們，一個也不認得；可是我知道，所有這些人都彷彿在傑欽小鎮待過，所有這些人都彷彿在小筐旅館和親人道過別，而這是他們的笑劇、電影的最後畫面。我隨第一輛運輸車來到了我被指定去工作的地方，軍醫院餐廳。小箱子擱在我膝上，我把那口皮製的箱子扔到小花園中一個屋頂上，跟那些破爛的軍用背囊堆在一起。這一天我只是到郊外和營地裏轉了轉。這個營地設在一個小山腳下，一個櫻桃果園裏。果園一直延伸到礬水湖。這湖當時眞還有點兒像加利利海㉑或恒河，因爲護理員們將這些截肢後帶著潰爛傷口的殘疾人送到這湖畔，這個沒有一隻昆蟲、一條小魚的湖裏，牠們都在這水裏死掉了，在這湖水一直從礬石斷面裏冒出來的情況下是不會存活什麼生物的。傷殘員便躺在這礬水湖裏，他們的傷口在這裏慢慢地癒合。他們緩慢地游著，有的斷了一條腿，有的在膝蓋以下截斷了雙腿；有的在臀部以下便截了肢，根本沒有腿，只能像青蛙一樣靠兩隻手在水裏劃一劃。他們的頭露在藍色的湖面上，看去像是在傑欽的游泳池裏一樣，仍然是些英俊小夥子。可是等到他們一游完泳，按照醫生的安排在湖裏泡了相當久之後，便由別人用手將他們拽上來，

㉑見《聖經》新約中的《馬太福音》第十五節中「治好許多病人」一段：「耶穌……來到靠近加利利的海邊……帶著有殘疾的和好些別的病人……他就治好了他們。」

像烏龜一樣爬到岸上，躺在那裏等著。護理員將他們安放到浴衣和暖和的毯子裏，然後又挨個地將這好幾百號人送到沐浴在陽光中的大汽車上，一直運到餐廳前的一塊大空地上，那兒有個女子樂隊在演出，飯就是在那裏吃的。最讓我感動的是脊髓殘疾部的傷病員，他們拖著整個下半截身子，無論在陸地還是水裏都像一條美人魚；然後是那些只有一個短小的軀體而沒有腿的人，他們還特別愛打乒乓球。他們有一種殘疾人專用的折疊車，坐著它，行動快得可以踢足球，只不過不是用腳而是用手罷了，實際上是打手球。他們只要稍微一復原，無論是缺一條腿的，還是缺手的，乃至頭部燙傷的都非常熱愛生活，踢足球，打乒乓，扔手球，一直要玩到天黑。我給他們吹小號，來通知他們吃晚飯。當他們大家坐著這些輪椅或拄著拐杖到我這兒來的時候，一個個容光煥發，因爲在我供應飲食的這個部門是所謂的功能部；而在其他三個部門裏，醫生們還在給那些從前線下來的傷員做手術，還要加上電療和電離子滲入療法。有時我看著這些殘疾人士，不禁產生出一種相反的幻覺：彷彿我老是看見那些失去了的四肢。結果出現了這樣一種現象：那些不在了的四肢我看見了，而那些存在著的四肢卻在我面前消失不見。我嚇了一跳：我究竟看見了什麼呀？然後我總是將指頭放在額頭上，對自己說：你爲什麼看成這個樣子？因爲你曾經侍候過阿比西尼亞皇帝，因爲你受過曾經侍候過英國國王的斯克希萬涅克領班的訓練。我和麗莎每個星期到赫普的阿姆斯特丹城飯店去看望一次小兒子……麗莎現在又游起泳啦。這是她的愛好，總在湖裏撲騰。游泳使她變得又結實又漂亮，活像一尊青銅雕塑，我都迫不及待地想要和她在一起。到時候，麗莎將光著身子在房間裏走來走去。我們將窗簾一拉，而麗莎的的確確變了。她從一個叫弗列或者弗克的帝國運動員那裏買了一本書，那是一本崇尚裸體的書。因爲麗莎的體型很美，於是她開始擁護裸體主義者，雖然她與他們從來沒有過任何接觸。早上給我送咖啡的時候，她只穿了條裙子，有時就這麼光著身子。每當她一看我時，我便心滿意足地點點頭，微微一笑，好讓她在我的眼睛裏看出我喜歡她，她是多麼地美……可是跟我們的兒子在一起時，這個西格弗里德可眞叫人受罪。任何東西一到他手裏便扔掉，直到有一次，當他在阿姆斯特丹城飯店地板上爬來爬去時，抓到一個榔頭，外公開玩笑地給了他一個釘子。這小男孩將釘子豎在地板上，一榔頭就將它打進了地板裏。就這樣，當別的孩子都在玩撥浪鼓和小熊，當別的孩子已經滿地跑，西格弗里德卻還在地板上爬，一個勁地哭喊著，直到得到榔頭釘子，把釘子打進地板爲止。當別的孩子已經開始牙牙學語，我們的小兒子不僅不會走路，連媽媽都不會叫一聲，只會一個勁兒地捶榔頭。榔頭一舉，阿姆斯特丹城旅館便一震，滿地板都是砸進去的釘子。爲此他的右手也大受鍛鍊，老遠就能看見他的粗手臂。每次回去看他時，我都有點受不了，反正這位公子既不認識我也不認識他媽，別的不要只要榔頭釘子，那也只好給他。釘子要憑證供應，或者到黑市去買，後來我還得到處去給他找釘子。他左一捶、右一捶不斷地往地板上捶。每捶一下，我都要抱著腦袋嚇一跳。後來我才想到，我才看出來：我這個兒子是個，或者將會是個弱智兒。當別的跟他一樣大的孩子已經要去上學的時候，西格弗里德恐怕才開始走路，等到別的孩子學習結業走出學校門時，西格弗里德恐怕才勉勉強強學會認字；等到別人已經要結婚了，西格弗里德恐怕才學會認時間，幫家裏拿拿報紙，然後就得在家裏待著。因爲他沒什麼用，只會釘釘子……我就這麼看著自己的兒子。每次來探望都發現地板上又添了一些釘子。我正確地推算著，地板上的釘子還會越來越多。因爲我不把這個男孩當我兒子，而把他當我的顧客來看。這個像中了魔，整天往地板上釘釘子的男孩的問題還不只在玩釘子，而含有別的意義。當他釘釘子時，榔頭捶聲一響，其他的孩子便嚇得立刻躲藏起來，西格弗里德卻因此而感到開心，洋洋得意。別的小孩嚇得尿了褲子，西格弗里德高興得直拍手掌，哈哈大笑，活蹦亂跳的一下子變得那麼美，彷彿他的驚風病和腦子裏的迷糊勁兒都沒有了。就這樣，榔頭捶打釘子的聲音總是伴隨著他歡快的尖叫聲……而曾經侍候過阿比西尼亞皇帝的我也爲這而感到高興，覺得我的兒子雖然傻，但還沒有傻到能夠預示所有德國城市的未來。而我卻心裏明白，這些城市的下場準會跟這旅館各個房間的地板一樣。於是我買了三公斤釘子。西格弗里德上午將釘子釘到廚房裏的地板上，下午，當他到各個房間裏去釘釘子時，我便費勁地將廚房裏的釘子拔出來。我一想起特德㉒元帥的飛毯曾經根據計劃準確地將炸彈砸進地裏，

㉒英國皇家空軍元帥。

心裏就暗自高興，因爲我的兒子能直直地將釘子打進地板，角度完全正確……斯拉夫血液又贏得了勝利。我還爲這個男孩而感到驕傲哩！因爲他雖然還不會說話，但他已經開始會走路，而且還跟那比沃伊㉓一樣，手裏總牢牢抓著一把榔頭……

如今，我腦子裏突然浮現出一些我早已忘記的畫面來。這些畫面突然又清晰又準確地浮現在我面前：我端著一個裝著好幾杯礦泉水的托盤閃電式地飛快行走著，只花了幾秒鐘就到了礬水湖邊。我還回想起了茲登涅克的模樣。茲登涅克就是寧靜旅館的那位領班，他喜好玩耍，只要有空，便把身上的錢都花得一乾二淨，一花就是好幾千塊呀！我腦子裏浮現出的畫面，是他叔叔的肖像。他叔叔是一位軍樂隊的指揮。後來已經退休。這位樂隊指揮在自己的一塊林中空地上劈柴，旁邊還有一所周圍長滿了鮮花和松樹的小房子。他這位叔叔，正因爲曾經是奧匈帝國的一名樂隊指揮，所以即使在劈柴也總穿著那套制服。他曾經寫過兩支加洛普舞曲㉔和幾支華爾茲舞曲，一直被樂隊演奏著。可是已經無人知道誰曾經是這樂隊的指揮，大家都以爲他已經死了。正當我們坐著馬車出去度那一天假時，茲登涅克偶然聽到一曲吹奏的軍樂。他在馬車

㉓斯拉夫神話中的英雄人物。
㉔四分之二拍的圓舞曲。

上站起身來，讓馬車立即停住，然後朝著那音樂的方向走去，原來那裏演奏的正是他叔叔寫的華爾茲舞曲。那裏已經停了好幾輛大汽車，一整個軍樂隊的人一會兒就要坐上車子，離開這裏到別處去參加軍樂比賽。茲登涅克說服了軍樂隊指揮，將隨身帶著的四千克朗都交給了他，說是讓參加的士兵去喝啤酒，懇請他們按照他的安排辦一件事。於是我們倆下了馬車，坐到第一輛大轎車上。行駛一個小時之後，我們便在森林裏下了車。一百二十名穿著制服的器樂演奏家帶著各自閃亮的樂器慢慢地走在林中小路上，然後拐到另一條種滿嫁接灌木叢的小路上，小路上方是高高的松樹枝。茲登涅克打了個手勢讓他們停步，他跨過一節倒了的木柵欄，消失在灌木叢中的空地裏。然後又走回來，向大家說出自己的計劃。他一暗示，所有士兵一個挨一個地鑽進了灌木叢。茲登涅克像前線指揮官一樣，命令大家將座落在灌木叢中、那傳出陣陣劈柴聲的小屋包圍起來，於是整個樂隊都悄悄地圍在那個木墩子和身著軍樂隊指揮穿的奧匈帝國舊制服的老人周圍。茲登涅克一打手勢，大聲下命令，全樂隊的人便從灌木叢中站了起來，拿起閃亮的樂器，奏出茲登涅克的叔叔創作的加洛普舞曲。他們正準備用它去參加比賽。老指揮像那塊劈成了兩半的木頭一樣，愣在那裏一動不動。樂隊又往前走了幾步，可半截身子仍舊隱沒在松樹和橡樹叢中，只有樂隊指揮拿著金燦燦的指揮棒站在沒到膝蓋的叢林中。他揮動著指揮棒，樂隊演奏著加洛普舞曲，樂器在陽光下閃閃發亮。茲登涅克的叔叔，那位老指揮動作緩慢地環視了一下四周，臉上出現了一種絕妙的表情，彷彿已經離開人世升了天。樂隊演奏完這支加洛普舞曲之後，接著奏出了華爾茲協奏曲……老指揮激動得快要支持不住了。他將斧頭放在膝蓋上，放聲大哭起來。拿著金色指揮棒的樂隊指揮走到老人跟前，碰了碰他的肩膀。老人一抬頭，指揮將那指揮棒交給了他。茲登涅克的這位叔叔站了起來。像他後來對我們說的，他以為他已經死了，來到一個天國的樂隊中，他以為，在天國演奏軍樂，上帝是這樂隊的指揮，並將指揮棒交到了他手裏……後來，老人指揮著他自己譜寫的這個曲子。演奏完畢時，茲登涅克從灌木林中走出來，跟叔叔握了握手，祝他身體健康……半個小時之後，樂隊成員們又坐上大轎車。轎車開動時，大家為茲登涅克奏起了歡樂曲，響起了喜慶的銅號聲。茲登涅克站在那裏，心情激動，直向他們鞠躬表示感謝，隨即一輛輛大轎車和樂聲漸漸消失在山毛櫸枝葉和灌木撲打的林中小路上……總而言之，茲登涅克就是這麼一位天使，我們在一起度過的空閒時間，他差不多都是這個樣子。他成天琢磨著怎麼來花掉那幾千克朗。正當我關起門來滿地攤著百元鈔票，光著腳板像踩在瓷磚地板上，在這些紙幣上走來走去，或者像躺在綠草坪上躺在這些紙幣上時，茲登涅克有一次卻在給一個什麼石匠的女兒舉辦婚禮。另一次，我們一起到服裝店去買了些白色海軍衫給孤兒院的每個小朋友穿上。還有一次他跑到廟會給所有旋轉木馬和鞦韆付了租用一整天的錢，讓所有來玩的人都能免費享用。有一個假日裏，我們將布拉格最美麗的鮮花和好多瓶甜酒買了下來，一個挨一個走訪公共廁所，給打掃廁所的老太太們祝賀命名日和生日，儘管那一天既不是她們的生日，也不是她們的命名日。要是哪位老太太真在這一天過生日或命名日，茲登涅克便感到非常幸福……有一次我暗自說，我得到布拉格看看去，特別是要輛出租車到寧靜旅館去打聽一下茲登涅克還在不在那裏，如果不在那裏，大概會在哪裏。我還得到我跟外祖母曾經住過的那地方去一下，看看那裏的那所小房子還在不在。記得那小房間的窗子外邊常常有襯衫內褲飄過，那是住在查理溫泉旅館的客人從廁所窗口扔下來的。外婆將那些髒內衣褲洗淨修補好之後賣給建築工地上的工人與泥瓦匠……就這樣，我便站在布拉格的火車站上，當我找到去達博爾的火車時，我扒開袖子想看看幾點鐘了。我一抬眼睛，發現茲登涅克站在報亭旁邊。我都驚呆了，眞是心想事成，不可置信的事情又成了現實，我挽著袖子站在那兒發呆。我看茲登涅克正在那裏東張西望，彷彿已在那裏等了許久，然後抬起了手，肯定是在等人，因為他也想看錶。可是突然有三個穿皮大衣的人走到我跟前，抓住我的手。我的手還一直放在錶上。我看見了茲登涅克，他瞅我的樣子像在夢幻中。他的臉唰地一下白了，手腳無措站在那裏看著我，看著德國人將我塞進車裏帶走。我奇怪他們不知要把我帶去哪裡，為什麼要帶走我。他們將我帶到了龐克拉采㉕。大門一開，他們便把我當作罪犯扔進單人牢房……我突然因為剛剛發生的這件事而有些異想天開，我甚至幾乎有些高興得發愣了。我眞不希望他們隨隨便便放掉我，

㉕布拉格的一座監獄。

因爲戰爭反正快要結束了，我希望自己被關起來，待在集中營裏。我曾希望自己恰恰是被德國人關起來。德國人，我的幸運之星爲我閃爍著光芒。牢房門一打開，我被帶去提審。當我說了所有的日期，來布拉格的原因之後，審訊者變得更加嚴肅起來。然後問我在等誰，我說沒有等誰。隨即門一開，進來兩個穿便衣的，他們向我撲來，打傷了我的鼻子，打掉了我兩顆牙齒。我倒在地上，他們彎下身來一次又一次地問我在火車站等誰，誰給我送情報。我說我只是到布拉格來旅遊玩玩而已。他們中間的一個彎下身子，一把抓住我的頭髮，揪著我的腦袋往地板上撞，審訊者大聲吼叫，說什麼我看錶說明我跟誰已事先約好見面，說我與布爾什維克的地下活動有聯繫……然後將我帶走，把我同其他犯人關在一起。囚犯們幫我拔掉那些打碎了的牙，擦乾淨血跡和撕破的眉毛，我卻一個勁兒地笑啊笑的，什麼感覺也沒有。鞭抽、捶打，甚至受傷，我都沒感覺。其他人望著我，彷彿我是太陽，是一位英雄。那些黨衛軍把我扔進牢房時，惡狠狠地罵我：「你這布爾什維克豬玀！」他們的罵聲在我耳朵裏猶如悅耳的音樂，猶如親切的稱呼，因爲我知道這將是我再回到布拉格去的入門券。既然我討了個德國女人做老婆，站在赫普的納粹大夫面前讓他檢查我的生殖器是否夠格與日耳曼高貴人種通婚，這個污點只能用解鈴須靠繫鈴人的辦法來抹掉……我因爲看了一下手錶而被打傷的臉，這就是我有朝一日重被信任，作爲一位反納粹的戰士再度進入布拉格的證件。最主要的是，我要讓所有的什羅貝克們，布朗德斯們，總而言之，是所有大飯店大旅館的經理們都看到：我是屬於他們中間的一員。因爲只要我能活著，那我一定要買一座大旅館，比方說如果不能在布拉格，那也一定要在別處買一座。因爲，用那一箱子郵票，就像麗莎所想要的那樣，我可以買兩座旅館，可以在奧地利或者瑞士也買一座。不過在奧地利或者瑞士旅館經理們的眼裏，我什麼也不是，我也犯不著跟他們比個高低。因爲我跟他們沒什麼舊賬要算，我不需要到他們面前去炫耀。可是在布拉格開個旅館，參加飯店旅館經理協會，再爬到全布拉格飯店旅館經理協會秘書長的位子，那他們就得對我刮目相看了。他們即使不喜歡我，但也得尊重我。我對未來別無其他打算……我在龐克拉采監獄總共待了兩個禮拜。從後來幾次提審中看出，他們是抓錯人了。他們的確在等一個看手錶的人，他們已經抓到了一個聯絡員，從他那裏已經得到了他們所需要的資料，後來也弄清楚了要抓的人不是我而是另外的人。我想到了那一天，茲登涅克也想看錶，茲登涅克是我的朋友，他也看到我實際上是代替他而被抓了。我想他一定是個重要人物，即使牢裏有什麼人想栽罪名在我身上，茲登涅克也一定會爲我辯護的。等我受完審回來，還沒等到他們用拳頭推我，我的鼻子又出血了。我又樂了，笑了。我高興鼻子又在幫我的忙，又在出血……他們放了我。審判官對我表示歉意說（當然也只是輕描淡寫），帝國的利益要求，即使錯殺九十九個無辜的人，也不能漏掉一個有罪的人。於是，我在傍晚時分便又站到龐克拉采監獄大門外了。在我後面還有一個人也被放了出來……那個剛放出來的人，身體虛弱得在人行道上坐了下來。電車在紫色的黃昏中行駛，行人東來西往，年輕人手拉手地在漫步，孩子們在暮色中嬉戲，彷彿沒有發生過戰爭，彷彿這世界上只有鮮花、擁抱和愛戀的目光。姑娘們在這溫暖的薄暮中穿著小襯衫和裙子，顯得那樣地嫵媚，連我也興致勃勃地觀賞起這情景來。這純粹是爲男人的眼睛而準備的景色，一切都那樣地性感……「眞美啊！」跟在我後面那個被放出來的人，像突然清醒過來似地感歎了一句。我想幫他站起來。我問他：「坐了多久的牢？」他說：「十年了。」他想站起來，可是沒有力氣，我只得攙起他。他問我是不是忙著趕路，我說不。當他問我爲什麼被關了進來，我說因爲地下活動之故。我們一道朝電車走去。我還得幫著他上電車。電車裏和外面到處都很擁擠，彷彿大家都是剛從一個什麼舞會上回來，或者正要去參加舞會。我第一次注意到，實際上布拉格女郎要比德國女人漂亮，她們也比較會打扮。而那些德國女人穿什麼都像制服，她們那些衣服，墨綠上衣獵裝帽總像什麼軍服似的……我就坐在那個灰白頭髮的小夥子旁邊。他頂多不過三十歲。我對他說，儘管他有一頭灰白頭髮，可年紀就是不大。當我突然問他：「您殺死了誰？」時，他猶豫了片刻，然後久久地凝視著一位姑娘的乳峰，她正站在我們面前，一手抓著扶手。然後他反問了我一句：「您怎麼知道的？」我說我曾經侍候過阿比西尼亞皇帝……我們一直坐到十一路電車的終點站，天已經完全黑了。那個殺人犯要求我跟他一道去他媽媽那裏，要求我護送他，說要不然他會在路邊摔倒的。於是我們一塊兒抽著菸等公共汽車。汽車很快就來了。我們坐了三站，在馬拉磨坊那一站下車。那個殺人犯對我說，我們最好從後面走，經過罌粟村能早些到家。他主要是想給媽媽一個驚喜，要請我諒解他。我說我只送他到村子口，到他家門口，然後我再回到主要公路上去，再在那兒攔輛車走。我做這一切不是出於同情或什麼好心，我只是想要增加一些說明我無罪的證據。等到有一天戰爭一結束，它說不定什麼時候就會結束……於是我們走在月光下，沿著一條滿是塵土的小路，經過一座完全沒有燈光的村子，到了一片藍得跟複寫紙一樣的地方。頭頂上的一線彎月照射出橘黃色的光芒。我們的身影時而在前時而在後，時而落在旁邊的排水溝裏，細長得幾乎看不見。後來我們爬上了一個小山坡，一個只能算是讓人歇腳的小土堆。他說從這裏就該可以看見他出生的地方，他的小村莊了。可是當我們爬到山坡頂上，連一所房子都沒見著。那殺人犯猶豫了，幾乎嚇了一跳。他嘟噥著說：「這不可能啊！難道是我走錯了？大概在那另一座小山坡後面？」可是當我們走了一百米左右，我和那殺人犯都感到有些恐懼了。這時那殺人犯比剛出龐克拉采大門時哆嗦得還厲害。他坐下來擦了擦額頭，眞可謂汗如雨下。「你怎麼了？」我問他。「這裏曾經有座小村莊，怎麼全不見了呢？我都快瘋了！是我瘋了還是怎麼的？」殺人犯嘟噥著。我問：「這個村莊叫什麼名字？」他說：「利吉朵。」㉖我說：「這個村子已經沒了。德國人將它銷毀了，村裏的人也被他們槍殺了，剩下的全被送進了集中營。」那殺人犯又問：「爲什麼？」我說：「因爲他們殺

㉖捷克村莊，第二次世界大戰中被德國法西斯夷爲平地，村民全部被他們殺害或送進了集中營。

死了總督㉗，兇手們跑到這個村子裏來了。」那殺人犯坐在地上，兩隻手垂在縮到一起的膝蓋上，活像兩個腳蹼。然後，他站起身來，像一名醉漢，在這月光下的大地上跌跌撞撞地走著，隨後在一排椿子前面停了步，倒下身子。他抱住了其中的一個椿子。其實這不是椿子，而是一棵樹幹，從上面聳著唯一的一根被砍斷的枝子，彷彿一個被處死者吊在這枝子上。殺人犯說：「這兒，這兒是我家的一棵核桃樹，這兒是我們家的花園，而這裏，」他慢慢地走著，「這兒某個地方……」他突然嚇了一跳，用雙手摸出了被填平了的住房和生產用房的地基，這準是勾起了他強烈的回憶。當他跪在地上摸到他的故居時，他坐在一根樹幹下大聲吼道：「你們這些殺人犯！」他緊握著拳頭站起來，脖子上露出的青筋在淡淡的月光下依稀可見。他大吼了這一聲之後，坐到地上，身子朝後仰著，兩手抱在膝蓋下方，像坐在一把搖椅上那麼搖晃著。他抬頭望著劃破彎月的樹枝慢悠悠地說話，彷彿在自白：「我有一位很英俊的爸爸，他比現在的我還英俊，儘管我也夠帥的，可是跟他一比，我簡直是個不合格的產品。我爸爸喜歡女人，女人們更喜歡我爸。於是我爸爸跟女鄰居搞在一起。我吃我爸的醋。媽媽很痛苦，我跟爸爸一樣，都看見了，您知道嗎？我爸抓住這根樹枝，一搖晃，一鬆手，便跳到了籬笆的那一邊。漂亮的女

㉗二次世界大戰中納粹德國設在捷克—摩拉維亞保護國的總督。

鄰居在那邊等著。有一次，我在等著我爸爸，等他飛過了籬笆，我們便吵了起來。我用斧頭砍死了我爸。我並不想殺死他，可是我愛媽媽，而媽媽在痛苦……如今，剩下的只是這核桃樹幹，而我媽媽，她大概也已經死了。」我說：「她也可能在集中營，很快就能回來。」殺人犯站起來說：「您跟我一塊兒去嗎？我們去打聽打聽。」我說：「有何不可？我會說德語。」於是我們一道到克拉德諾去了。快到半夜的時候，我們便到了克羅切哈拉維。我們向德國哨兵打聽蓋世太保大樓在哪？哨兵告訴我們說從這邊過去便是。後來我們便站在大樓門前。二樓上好像特別熱鬧，有碰杯的聲音和女人的笑聲。哨兵在換崗，已是午夜一點。我問執勤部隊的長官說，我們是不是可以見到蓋世太保的司令官。他對著我大吼一聲：「什麼？」要我們明天早上再來。可這時大門開了，一批穿著軍裝喝得醉醺醺的黨衛軍人從裏面出來，準備離去。他們說著笑著互相告別，彷彿剛剛參加完一個什麼慶典，晚會或慶祝命名日、生日的聚會，也讓我聯想起在巴黎飯店到了關門休息時，客人們心滿意足離去的那情景。在最後一級階梯上站著一個軍官，手裏端著一座插了好幾根蠟燭的燭臺。他喝得醉醺醺的，軍服扣也解開了，頭髮垂在腦袋上，他正舉著蠟燭在跟大家告別。他一看見我們，便到大門口來，向正在對他敬禮的執勤官詢問我們是什麼人。執勤官說，我們想跟他說話……殺人犯請我將他的話翻譯給那個德國軍官聽：說他曾被關在牢裏十年，如今出獄回到家鄉利吉采，可是他既沒找到房子也沒找到媽媽，因此他想知道他媽媽出了什麼事。那長官笑開了。滾燙的蠟油像淚水一樣，從傾斜的蠟燭上滴到地上……那司令官轉身往上走，然後吼了一聲：「站住！」衛兵將門打開，司令官又走下來問道：「爲什麼坐了十年牢？」殺人犯說因爲他殺害了父親。司令官拿著那一直在流淚的蠟燭，照著那個殺人犯的臉，彷彿有點兒清醒，變得精神些。這一夜裏，此時此地在這種情況下，命運將這個殺害了自己的父親，而來打聽母親下落的人送到了他面前，他自己卻是那個或按指令或自作主張的大殺人犯，而我這個曾經侍候過皇帝的人卻常常成了那不可置信的事實的見證人。我看到了：一名帝國的國家級大殺人犯，胸前掛滿了叮噹響的勳章，他正一步步沿著臺階往上走。他後面跟著那個普通的殺人犯，一個殺死自己父親的人。我正想離去，可是執勤官抓著我的肩膀，猛地將我扳過身來，指著樓梯，示意我上去，於是我便坐到一桌殘食剩羹的宴席旁。一張很大的桌子上，就像剛剛舉辦過婚宴或一場大的畢業慶典，滿桌是剩下的蛋糕，喝完和沒喝完的酒瓶。如今桌子中間的一個座位上正坐著這個喝醉了的黨衛軍官。他重又問了一遍情況，我又將十年前在核桃樹幹旁發生的事情給他翻譯了一遍。這個軍官最高興的是龐克拉釆監獄組織的嚴密性，乃至使囚犯們一點兒也不知道利吉釆發生了什麼，這個村子怎麼樣了。這個晚上還有一件不可置信的事情成了事實：我，這個竟然沒被人認出來的，臉上有傷，鼻子被打破了的冒牌翻譯卻發現，這個蓋世太保的司令官曾經參加過我的婚禮，他就是那個既不向我祝賀也不肯跟我握手的軍官。而當時我還曾經想要跟他碰杯。我端著杯子將手伸過去，想同他爲我的幸福乾一杯，可卻沒有得到回應。那次我深感蒙受了莫大的恥辱。我受不了這種恥辱，臉紅得連頭髮根都變了色，就跟那次什羅貝克先生，甚至曾經侍候過英國國王的斯克希萬涅克先生，拒絕與我碰杯時的滋味一樣……現在命運又將那個不屑接受我碰杯善意的人送到了我面前。如今他就坐在我的面前，正爲他能站起身來，去叫醒一個什麼管檔案的軍官而感到自鳴得意，然後給我們抽出一本檔案，一頁頁翻閱著，就在這宴會桌旁。檔案卷宗紙被桌上的菜汁酒水蘸濕了，他終於找到那一頁，那上面記載著的情況是：這殺人犯的媽媽在集中營，至今在她的名字下面尚未注上任何日期，以及表示她死亡的十字架記號。

第二天我回到霍米托夫時，他們通知我已被解雇。因爲他們已經得知我被捕的消息，只需懷疑二字就足夠讓我提起箱子走人。我還發現一封信，說麗莎已到赫普的阿姆斯特丹城飯店，我們的兒子西格弗里德那裏去了，讓我到那裏去找她，還說小箱子她隨身帶走了。於是我搭車徑直朝赫普駛去，可我不得不暫時等一等，因爲赫普和阿什已經發出空襲警報。於是我和士兵們一塊兒躺在壕溝裏，我聽到了轟鳴聲，類似一種什麼機器的有規律有節奏的聲響。我彷彿看到，看到我的兒子，每天每天地，當然也包括今天，因爲我給他買了足足五公斤八英寸的釘子，在有節奏、有規律地用榔頭把一顆顆釘子狠狠地捶進地板，彷彿在栽種小蘿蔔和密密麻麻的波菜。後來，警報解除，我便搭上一輛軍車前往。當我們靠近赫普時，只見從城裏走來一群歌唱著的人，那些德國老人唱著一種什麼歌，快樂的歌，大概是因爲他們看到什麼受了刺激，瘋了或糊塗了唱出來的，也許遇到不幸反而唱快樂的歌是他們的一種習慣。隨即便是朝我們滾滾而來的濛濛灰塵和金色的煙霧。我們還看到壕溝裏躺著死屍，街上的房子正在焚燒，擔架隊正在搶救被埋在廢墟裏的倖存者，護士們跪在那裏爲傷者包紮手腳和腦袋，四處都是呻吟和號哭。我想到自己就曾經坐著車子經過這裏去參加婚禮。那時大家把一切都與戰勝了法國和波蘭的形勢聯繫起來。如今我看到了這些被烈火吞噬的紅色彎鉤十字旗。烈火燒得這些大小旗子劈啪直響，彷彿這烈火吞噬它們時，特別地津津有味。熊熊烈火燒得紅旗布片往上飛揚，等到燒焦了時便又變得黑呼呼的像隻海馬尾巴……就這樣，我站在正在燃燒著的阿姆斯特丹城飯店的一堵殘壁前面。趁著一股輕風吹散了米色的煙霧和灰塵的那一剎那，我看到最後一層樓上，我的兒子正坐在那兒一捶一捶狠狠地往地板上捶釘子。我老遠就能看出他的粗壯的右手，甚至可以說他只有那粗壯的手腕，網球運動員的下臂，運動著的二頭肌，一錘就將釘子打進地板。對他來說，彷彿根本沒掉過炸彈，彷彿在這世界上什麼事情也沒發生過……第二天，當人們紛紛從掩蔽所、防空洞出來，走回家去，麗莎，我的妻子，聽人們說，好像一直待在那個院子裏。當我問到那口小破箱子時，他們說麗莎一直將它帶在身邊。於是我拿著一把十字鎬，在院子裏找了一整天。第二天我將那五公斤釘子給了兒子，他歡天喜地將它們一個一個地往地板上釘，而我卻在尋找我的妻子，他的媽媽。直到第三天，正當西格弗里德在大哭大鬧，說他已經沒有釘子，說誰也不給他送來，只好用榔頭在已經釘到地板上的釘子上再捶一下的時候，我才碰到了麗莎的鞋。我慢慢地從廢墟裏、瓦礫裏、將我的麗莎挖出來。當我挖到她的一半軀體時，我看到了捲成一團的她當時如何用身子去保住那口箱子的姿勢。我將箱子穩妥地藏好，然後挖出了她的整個軀體，可是已經沒有腦袋。烈火狂飆將她的頭刮走了。爲這顆頭我又徒勞地找了兩天，而我們的兒子卻仍在繼續捶著榔頭，將釘子頭更深地捶進地板，如同捶進我的腦袋。到第四天，我提起箱子悻悻離開廢墟堆。在我身後響著微弱的榔頭捶釘子的聲音。後來，我幾乎整個一生都聽得見這聲音。就在這天晚上，有一個收留精神受刺激的孩子的團體來收容我的兒子西格弗里德。同時我們將麗莎埋在公墓裏，雖然也彷彿有個腦袋，其實這不過是用一塊布纏著的殘軀而已，免得人們以爲是天曉得別的什麼東西……

聽夠了嗎？今天就到此結束吧！

五．我是怎樣成爲百萬富翁的

請注意，我現在要跟諸位講些什麼！

那口裝著珍貴郵票的小箱子爲我帶來了幸福。但並不是馬上，而是後來的事。事情的來龍去脈，說來話長。戰爭結束後，我舉報了那個蓋世太保司令官的地址，就是那個殺害了許多人，然後跑到蒂羅爾隱藏起來的德國軍官。我是在赫普我岳父那兒打聽到他的住處的。茲登涅克得到美國一機構的允許❶，帶了兩名士兵開車到蒂羅爾抓到了他。抓他的時候，他正化裝成當地人，穿著蒂羅爾的襯衣和褲子在割草，而且還修了個絡腮鬍子。然而，就算是我親手抓到的這個德國軍官，布拉格雄鷹協會的人同樣會將我送進監獄。不是因爲我討了個德國老婆，而是因

❶因爲二次大戰剛結束時，捷克有空地區是在屬於同盟國的美國軍隊佔領和管制下。

爲我在成千上萬的捷克愛國者被處死之際，卻站在捍衛日耳曼血統和榮譽的納粹機關面前，心甘情願地任他們檢查我的生殖器是否有能力與高貴的日耳曼血統的女人發生性關係。因此根據我得到的法令通知，我被判了半年徒刑。可是半年之後，我便賣掉了那些郵票，賣掉郵票所得的錢多得可以蓋滿我住宅裏十間房子的地板，我用足夠蓋滿四間房子地板的紙鈔在布拉格郊區買了一座四十個房間的旅館，可是第一夜，我就覺得在最高一層的閣樓房間裏，有人每分鐘都將一枚釘子狠狠地打進地板裏。後來，每一天，不僅在這第一個房間，而且在第二個房間、第三個房間、在第十個房間，最後乃至在第四十個房間裏，都同時發出這捶打的聲音。彷彿我的兒子，四肢著地爬進了每一個房間，彷彿我有四十個兒子，每個兒子都用重錘往地板上敲釘子，一個房間挨一個房間地，一直釘到四十號房間。到第四十天，當捶打聲震得我的耳朵都快要聾了時，我便問別人是不是也聽到了榔頭捶釘子的聲音。除了我，誰也沒聽見。我於是將這旅館賣了，換成另一個旅館，我故意挑了一個只有三十個房間的旅館。可是跟第一個旅館一樣，我每天都能聽到這榔頭敲釘子的聲音。於是我斷定，全因爲這些賣郵票得來的錢是不義之財，是用暴力從某個人那裏奪來的，也許那個人還當場被殺害了哩！也許這些郵票都是屬於一個神奇的猶太人，因爲這些一捶一捶打進地板的釘子實際上是砸進我腦袋的釘子，每一捶我都能感覺得到，彷彿那釘子在往我頭蓋骨裏面鑽。第二顆釘子又砸進去一半，然後是全部。到後來，我的喉嚨無法吞咽，因爲那釘子尖端已經扎進我的喉嚨裏。可我沒因此而發瘋，我的明確目標是擁有一座旅館，與所有旅館飯店的經理比個高低。我不願意也不可以退讓，因爲我只爲這一想法而活著。也許有一天我能發展到飯店經理布朗德斯先生所達到的這一步。這倒不是說，我也跟他一樣要有三百套金刀叉，我只要一百套金刀叉，可是我這裏來往的將全是外國名人。於是，我開始建造、裝修一座跟別的旅館完全不一樣的旅館。我在布拉格附近買了一塊空地，開始往裏面填充、裝修一切這裏曾經有過的，像寧靜旅館有的那樣。旅館的基本部分原是一個有著泥土地面和兩個煙囪的大鑄造廠，我讓那四個小鐵砧按原來的樣子擺在那裏，讓所有的榔頭和鉗子都掛在黑呼呼的牆上。我還添置了一些皮沙發和桌子。一切按照建築師的主意辦。他簡直是個瘋子，琢磨出什麼就在我這裏付諸實踐，也跟我一樣狂熱。在鑄造廠翻修完畢之日，我便在這裏睡覺。在這裏我將當著客人的面，透過這些煙囪，用這些打鐵爐和鐵叉來烤羊肉串和俠盜燒烤❷。在這裏的頭一夜，我依然聽到了捶打聲，可是聲音輕極了，那些釘子像鑽進黃油塊裏那麼快地被砸進了泥土地裏，反射到我的腦子裏的聲音就已微乎其微了，因此我起勁地繼續裝修客房，一間間小得跟船艙裏的小包廂一樣。這是由一座類似集中營的長形房子改成的。過去這裏曾經是工人的更衣室和集體宿舍，我將它們改成了一個個小房間，總共三十間。我嘗試著

❷一般在野外燒烤出來的肉食。因爲俠盜都在野外深山老林裏燒烤肉食，故此得名。

讓他們給我裝上粗瓷地板，像在意大利和西班牙，或者所有天氣炎熱的地方那樣。頭一天我又試著傾聽看有什麼聲響。只聽得有釘子在我腦袋上劃一下，閃著火星。原來是瓷磚太硬，釘子進不去，徒勞地試了一下之後便只好作罷，再也沒有捶打聲。我的這病好了，我又開始跟過去一樣能安安穩穩地睡覺了。修建工作進展得很快，兩個月之後旅館便開幕了。我給它取名叫斷裂旅館，因爲我身上像有什麼東西已經截斷，離我而去。這的確是一座一流的旅館，這裏只接受事先預訂床位的顧客。旅館座落在森林裏，所有房間圍著這斷面，空地中間底部形成的一個水塘，繞成一個半圓形。聳出四十米高的懸崖爲花崗石砌成的。我讓登山運動員們在上面裝飾了些假山植物，種了些能在類似條件下生長的裝飾灌木，且懸崖上面有條鋼纜橫跨水塘上方，它的另一端拴在對面山坡上。鬆鬆的鋼纜朝下傾斜。每天晚上我都準備了精彩節目。我顧了一名雜技演員，他用一個滑輪，也就是一個鋼輪，在下面揷進一根短棍。待他窺伺到一個合適的時機，便先返回，然後沿著鋼纜一直往下滑，從高高的懸崖滑到水塘上空。身上的螢光服一閃一閃，然後稍一停頓，來了個後滾翻，挺直身子，雙手左右平伸，跳進了水塘，就穿著這套緊身螢光服自由自在地游到擺著桌椅的對岸。一切都是銀白色的，我讓什麼都漆上白色。如今這白色是我的特有的顏色，只有巴朗托夫❸是這個顏色，十分獨特。我可以與任何一座旅館較量。我還得說，我們的一名見習服務員靠這個鋼輪出盡了風頭。有一天他爬到山坡上，在那裏抓住了鋼滑輪，踩著它直往下滑，滑到正中間，客人們都爲他緊張得尖聲叫嚷起來，站起身來，或回到路德維希式的❹小沙發椅上。小服務員站直了身子，然後在空中翻了個筋斗，穿著他的那身燕尾服直直衝進了水塘，彷彿被水塘吞掉。我在這一瞬間看到，這個節目必須天天演，在晚上，表演者必須穿上螢光服。我絕對不會賠本，即使賠了也值，因爲這一招不僅在布拉格沒有人有，就是在整個捷克、在全中歐都沒有，後來我還覺得在全世界任何別的地方都沒有。因爲有一次人們告訴我說，一位名叫史坦貝克的作家曾在我們這兒住過，他的樣子像船長或海盜，他非常喜歡這裏：那個由鍛鐵廠改成的餐廳，那熊熊爐火，那些當著客人的面奉獻手藝的廚師們。等到他們把肉烤好，客人們已經看得餓極了，便像孩子一樣地吃得津津有味。而這位作家最喜歡的是用來搗碎花崗石的所有機器，那些滿是灰塵的磨子和袒露著的腳手架。你可以看見裏面的一切，彷彿置身於一個磨坊展覽會或在一個全部敞開、讓你看得見發動機的汽車展覽會上。史坦貝克簡直被擺在旅館前那塊小平地上的那些機器迷住了。從旅館這兒可以看到野外的一切，那些機器像幾十座雕塑一樣立在那裏。這麼一些加工石頭的車床如今扔在那裏無人過問，彷彿是被一些瘋瘋癲癲的雕塑家們突然發現的。那位名叫史坦貝克的作家也在這兒要了個位子，帶

❸布拉格一個電影製片廠的攝影棚和伏爾塔瓦河邊的一座漂亮的飯店。
❹法國國王路德維希十四時期的藝術風格。

著幾把白色的半透明的沙發椅，白桌子。他每天下午、晚上都在這裏喝一瓶法國白蘭地，坐在這些機器中間，瞭望著下面那個磨坊，觀賞大波波維采這單調的風光。可是在這位作家的眼裏，這風景卻一下顯得如此秀麗，這些機器是如此地富有造型特色。他對我說，他從來沒見過這樣的景色，也從來沒住過這樣的旅館，說像這樣的旅館在美國也只有像加利．庫柏或斯潘塞．特蕾西這樣的名演員才可能擁有，在作家中也只有海明威才可能買得起。還問我想要賣多少錢。我說兩百萬克朗。他後來在桌子上算了一下，便把我叫到跟前去，掏出他的支票簿說他要買下，給我開一張五萬美金的支票。我試探了幾次，他總往上加價，六萬、七萬、八萬美金……我看到了，知道了，這個旅館即使出一百萬美金也不能賣，因爲斷裂旅館是我的力量和辛苦的頂峰。我如今已是所有旅館經理中的第一把交椅。因爲像布朗德斯先生、什羅貝克先生他們的那種旅館，在世界上有成千上萬，可是像我的這種旅館誰也沒有。於是又發生了一件事：布拉格最大的飯店經理們，包括布朗迪斯先生和什羅貝克先生，在我們這兒訂了一頓晚餐。餐廳領班和服務員們最細心最認眞地給他們準備了餐桌。僅僅爲了他們，我打開了藏在懸崖底部杜鵑花下面的十盞聚光燈，把整個懸崖照得通亮，讓懸崖上鋒利的棱角，奇特的影子、鮮花叢草都顯得格外生動別致。我暗自想道，要是這些經理們有意與我和解，接受我爲他們中的一員，讓我參加他們的協會，那我也像他們一樣忘記過去，將舊賬一筆勾銷。可是他們不僅裝作根本沒看見我的樣子，而且還背對著我爲他們安排的這一切美妙景色而坐。我沉住了氣，也感覺到了我的勝利，因爲我看到，他們之所以背對著我旅館的獨秀之處，是因爲他們看到了，認識到了我如今已居於他們之上。來我們這兒住的不僅有史坦貝克，而且還有莫里斯·切瓦里爾。他的許多女歌迷都來找他，住在我們旅館附近，莫里斯一大清早還沒脫下睡衣就得接待她們。這些女歌迷朝他撲來，脫了他的睡衣，將它撕成碎片，一人拿了一片去作紀念。要是可能，她們眞恨不得將莫里斯本人也撕成碎片，然後按照各人的喜好帶上他的一小塊肉回家去。不過差不多所有這些女歌迷首先都想分到這位著名歌唱家的心，然後才是他的生殖器。這位歌唱家吸引了多少新聞記者到他的身邊啊！於是不僅在國內各家報刊雜誌上，而且在外國的雜誌上都登了我的斷裂旅館的照片，我從《法蘭克福彙報》、《蘇黎世周刊》、《時代週刊》，甚至先驅論壇上都能看到關於我們旅館的報導，少不了有這些瘋癲女人圍在莫里斯周圍的照片。背景是那些擺在坪中的富有雕塑效果的機器，四周擺著白桌子，以及在靠背與扶手上飾以葡萄藤捲鬚的白椅子，椅子上這些裝飾花紋都是由工藝鐵匠師用鐵片製作的……說到底，這些飯店經理並不是爲了與我和解而來到我這裏的，他們心裏不痛快，只是因爲他們所看到的比他們原來想像的還要更美妙、更有誘惑力；尤其使他們不高興的是，他們得知我沒花多少錢就買到這個地方。他們還眼紅我保留了這裏原來的樣子，只是把旅館內部裝修了一番。懂的人便承認它，也承認我，彷彿我是一位藝術家。這是使我成爲一個沒有白來這世界一趟的人的頂峰創作。我自己也開始把我這個旅館當作藝術品來看。這是因爲別人看到了這一點，我才把它當作我的作品來看待，是他們開闊了我的視野。我雖然明白得較晚，但總算明白了，這些機器實際上就是一件件雕塑，很美的雕塑，人家拿什麼來跟我換我都不會答應的。我甚至突然發現，我的斷裂旅館有點兒像旅行家霍盧普❺、納布爾斯特克❻的收藏品。每一座機器，每一塊石頭，和這裏所有的一切將標上歷史文物標籤的一天準會到來。儘管如此，我還是感受到了這些旅館經理對我的侮辱。儘管我已超過他們，可我仍然不屬於他們的行列，在這個行業裏我們不是平等的。我常常在夜深人靜之時，偷偷惋惜舊奧國❼不復存在。要是有個什麼軍事演習，即使不是皇帝光臨我們旅館，而是一位什麼大公住到我們這裏，我將會親自去侍候他，爲他準備餐宿，他便可能將我提升到貴族階層，也不用多高，當個男爵就可以了。我就這麼繼續夢想著……當出現大旱，地裏的莊稼全都乾死，土地乾得裂了縫，孩子們將他們的作業本扔進了裂縫時，我卻在做冬日之夢：等到一下雪，嚴寒來臨之際，水塘將結上冰，冰上將擺兩張小桌子，桌上放兩架留聲機，一紅一綠各裝一個大

❺著名的捷克醫生和旅行家，三次去到中非，將很多珍貴收藏品帶回國。

❻捷克實業家與文藝科學事業資助者，建立布拉格納布爾斯克博物館，將自己的財產捐了出來，其中包括許多他收藏的中國藝術品。

❼指一次大戰前的奧匈帝國。

大的花形喇叭。我要再買些舊唱片，只放那些舊的華爾茲舞曲，和有特色的間奏曲。在鑄造廠裏將燒著熊熊烈火，在水塘岸邊的鋼管裏將燒著大塊劈柴。客人們將在塘裏溜冰，我將去買一些或者定做一些舊式冰鞋來，男士們將爲夫人們扣緊溜冰鞋，將她們的腳擱在他們的膝蓋上來扣鞋扣，遞給她們熱飲……我正在夢想著，而此時各大報紙各個政黨都在爲誰該爲這次旱災來掏腰包的問題爭吵不休，我卻在夢想著如何在我的斷裂旅館舉行冬季聯歡會。連議會議員們和政府官員們也在爭吵著，誰該爲這次乾旱出錢出力，後來他們達成了一致協議：由百萬富翁們來承擔這義務。我舉雙手贊同這個決議，因爲我也算是一個百萬富翁。我想，這麼一來，我的名字也就能作爲百萬富翁登上報紙，與什羅貝克和布朗迪斯以及其他富翁列在一起了。這次乾旱給我帶來了福星，這種不幸的災難卻是我的一種幸福，它將使我到達我夢寐以求的地位，大公會將我提升到貴族階層。而我這個一直長不高的小個子，如今也要成爲偉大的百萬富翁了……可是過了好幾個月，誰也沒有給我寄來任何消息，誰也沒想要我交付這個百萬富翁的稅款。我已經買了兩架留聲機，而且還置辦了一架漂亮極了的自動風琴，我不僅買了那架自動風琴，而且還買了一座旋轉木馬，還有能夠搖動的大鹿、大馬，和馴鹿椅。我開始叫人安裝這旋轉木馬。又將鹿、馬搖椅安在池塘旁路邊石上的彈簧上。每位客人都可以帶著夫人坐在這張類似長沙發的靠椅上，像法國椅子那樣，面對面地安置著，而且每把長椅上可以坐兩個人，可以互相聊天。我總是將兩隻鹿、兩匹馬挨在一起，兩人並排而坐，彷彿一次溫馨的出遊，的確別有風味。客人們帶著他們的夫人，總在這裏坐得滿滿的。自動風琴爲他們演奏著音樂，客人們搖呀搖地坐在這些鋪著漂亮罩布的木製動物椅上消遣。這些木製動物的眼睛和一切都很漂亮，因爲這些德國旋轉木馬原本是一個靶場和遊樂場的闊老闆的。有一天，茲登涅克突然來看我，他如今已是縣裏或州裏的一位大人物，變化相當大，已經不是以前那個樣子了。他搖坐著木馬椅，環視四周。當我在他身邊的那把木馬椅上坐下，他輕聲地跟我交談，然後拿出那張證明我是百萬富翁的單子。我還沒來得及阻攔，他便慢條斯理地將那張確定我爲百萬富翁，可以支付百萬富翁稅款的單子撕掉了。他站起身來，將那張對我來說至關重要的、認定我爲百萬富翁的通知單碎片扔進火堆裏，帶著憂傷的目光對我微微一笑，喝完那杯礦泉水——他原本是喝燒酒的，然後帶著憂傷的笑容從我這兒離去。外面有輛大黑汽車在等著他，拉他到工作的單位去。可能是去一個他所在的什麼政治單位，一個爲他所信仰、能吸引住他的政治單位。這個地方既然能夠替代他往日那種有錢就花掉的輕狂舉動，那一定是很使他感到愜意的地方。以前，他一有錢就得想法來點什麼善舉，把它花個精光，彷彿這錢會燒著他，於是便將這些原本屬於人民的錢歸還於人民。後來的形勢急轉直下。我按照原來的夢想，準備了一個棒極了的晚會：斷裂旅館的一個下午，有留聲機播放的音樂，有溜冰，有鑄造廠和圍繞著水塘四周的火，可是光臨的客人一個個愁眉苦臉，或者強裝快樂，彷彿從前那些去到小筐旅館的德國人一樣，他們在歡樂的時候可就已經知道，他們在小筐旅館是與他們的妻子和情人最後一次相聚，然後就要從這裏奔赴前線了。我的客人們也這樣與我告別。他們同我握手，從轎車上同我握手，彷彿是最後一次從我們這裏離去，再也不會回來了。他們來的時候，也跟那次的那些德國人一模一樣，情緒憂鬱而沮喪，因爲有了二月事件❽，一切都與以往截然不同，我所有的客人都知道，這意味著他們的末日，所以使勁揮霍，然而出自內心的歡樂已不復存在。他們的傷感情緒也感染了我，我已不再每天晚上關起門，放下窗簾像玩撲克一樣在地板上鋪擺著我每日進款中的百元一張的鈔票。那些錢我每天都拿到銀行裏存了起來，到這些日子我正好已經存夠了一百萬克朗……春天來了，我的客人，像德國軍官回到小筐旅館一樣，又回到了我們旅館，但只是一部分人，我的有些常客恰恰再也沒來過。我聽說他們有的破產了，有的被關起來了，有的逃越了邊境……來了另外一批客人。我的銷售額更大了，可我總在想，那些每個禮拜都到我這裏來的客人都出了什麼事呢？如今他們中間只有兩位還來我們這兒。他們告訴我說，他們那些沒來的都是百萬富翁，明天他們得準備好一切，帶上結實的鞋、厚毯子、襪子、乾糧，被送到一個收留營去，因爲他們

❽二次世界大戰結束後，捷克斯洛伐克組成了以提供領袖哥特瓦爾德爲總理的聯合政府，一九四八年政府內十二名非黨內閣部長提出辭職，從此政府內閣成員全爲共產黨員和其支持者。徹底實行社會主義制度。

是百萬富翁。我高興極了，因爲我也是百萬富翁，我把我在儲蓄所的存款單拿給他們看，他們兩人中一個是體育用品廠的廠長，另一個是假牙廠廠長，都是這次他們告訴我的。我給他們看了儲蓄所存款單之後，便立即去做動身的準備：拿上背囊、結實的皮鞋、襪子和儲備的罐頭食品，我也準備著人家來接走我，因爲那位假牙廠廠長對我說，布拉格的飯店旅館經理都得到了這麼一張傳票。

到第二天早上他們便哭著走了，因爲他們沒有勇氣偷越過邊境，他們已經不願做任何冒險。他們只是對我說過，英國和聯合國組織不會聽任不管的，一切將會歸還回來，他們重又能回到自己的別墅和家庭去……我等了一天，兩天，然後一個禮拜，才得到從布拉格來的消息，說所有百萬富翁都去了收留營，那是座落在懸崖下聖·楊鎮裏的一所大修道院，培養未來牧師的一所神學院。如今這些學生已經搬了出去。於是我決定要去爲我的百萬富翁身份做爭取。就在縣裏來人的那一天，他們委婉地通知我說，人民委員會雖然沒收了我的斷裂旅館，一切財產權轉到人民手裏，但眼下我還是旅館的一名管理員。我一肚子怨氣。我知道這大概是怎麼一回事，準又跟茲登涅克有關。我立即前往縣裏，找到茲登涅克辦公室。他什麼也沒說，只是苦笑著，又從抽屜裏拿出一份什麼公文當著我的面撕掉了。並對我說，他是擔著個人責任來撕掉我這份材料的，要我別再惦著這旅館啦，說這算是他對我曾經因爲在火車站看錶而代替他進牢房的回報。我卻對他說，我可沒有指望他這樣，還說我本以爲他是我的朋友，可他卻與我作對。因爲我是一個一生什麼別的也不想要，一心只希望有個旅館，成爲百萬富翁的人啊！我離開了他那裏，到晚上我便站在那所燈火輝煌、原本是牧師培訓學校的大門口了。門口站著一名把槍的民兵，我向他報告說，我是一位百萬富翁，斷裂旅館的經理，想要同這裏的指揮官談一件重要的事情。這個民兵拿起電話，過了一會兒就讓我進了大門，然後到了辦公室。裏面也是坐著一個民兵，可是沒帶槍。在他面前擺著一份名單，一些文件和一瓶啤酒，他一直舉著瓶子在喝酒。等他喝完了這一瓶，又從桌子底下的啤酒箱裏掏出了一瓶，他打開蓋子，像得了口渴病似地大口大口地喝著。我問他是不是還缺少百萬富翁，我說我沒得到通知，其實我也是一位百萬富翁。他看了看文件，鉛筆沿著人名走了一趟，然後對我說我不是百萬富翁，讓我放心回家去。可是我說這一定是弄錯了，我是百萬富翁。然而他卻抓著我的肩膀，將我帶到大門口那兒，推了我一下，並大聲嚷嚷說：「我的名單裏沒有你的名字！那你就不是百萬富翁！」我掏出儲蓄所存款單來，指給他看，我的存款單上有一百萬零一百個克朗和十個哈萊士，並得意地對他說：「瞧，這是什麼？」他瞅了一眼這存款單。我央求他說：「您總不至於再把我攆走吧？」他於是發了善心，將我帶進這所神學院，宣佈我爲被拘留者，並寫上了我的生辰年月日和各種有關情況。這所原來的神學院的確有些像監牢，像兵營，也像一所專住貧困大學生的宿舍，只是在走廊上的每個拐彎處，兩個窗子之間的地方都掛著耶穌受難像，間雜著聖人故事圖，而且在每一張掛圖上幾乎都表現著一種苦刑，一種令人毛骨悚然的恐怖。畫家們把這些圖像畫得很逼眞，在這些圖像的襯托下，讓這四百名百萬富翁四人一間或六人一間地分別擠在這些牧師小房裏，簡直是再滑稽不過了。其實我也有心理準備，以爲這裏跟我在戰後坐的那半年牢一樣少不了恐怖手段和敵意；可恰恰相反，這所聖・楊神學院可說是一部滑稽荒誕作品。在這修道院的餐室裏，有這樣一個「法庭」，進來一批帶槍的民兵，肩上斜挎著一條紅布，他們的皮帶老往下掉，他們的制服也不合身，彷彿是故意讓大個子穿套小衣服，小個子穿套大制服，他們乾脆不扣扣子敞著穿。審判是這麼進行的：百萬富翁每一百萬判一年。我被判了兩年，因爲我的資金資產共估爲兩百萬克朗。那位體育用品廠廠長判了四年，說他有四百萬產業，什羅貝克經理判得最多，十年，因爲他有一千萬克朗。但是最大的困難是不知這些刑期和個人履歷該用什麼樣的表格來填寫；再一個大難題是晚上清點我們的人數這檔子事，因爲每晚都有人缺席，原因是我們常常跑到隔壁村子裏去買罐裝啤酒；還有一個原因是看守我們的人經常喝得醉醺醺的數不清數。即使他從下午就開始點數，可也點不清。於是他們想出了一個十人一組的點數法。每數到十，守衛中間就有一個人拍一下手掌，另一名守衛便丟下一塊小石子，免得數到最後不夠數，如不夠數，便將這塊小石子也數進去湊成十個。儘管我們全都到了，但是每一天數出來的數字不是多了便是少了。但多次都注上與被拘留的百萬富翁人數相吻合的數字，大家也就鬆了一口氣。有一次，四個民兵端著幾箱大罐啤酒來。爲了不點錯人數，新的老的又重數一遍，且按照百萬富翁的財產多少來分發，多一百萬克朗多發一份……雖說這是一個拘留所，可是沒有柵欄，大門口坐著民兵，百萬富翁們通常進花園和從那兒回來都必須再繞到前面，經過這扇大門，每次都由民兵來開門然後關門上鎖，可是修道院四周既沒有圍牆也沒有籬笆，雖然民兵們也想通過花園抄近路，後來大概覺得不大合適，便又繞到大門那兒。他們是帶著鑰匙穿過花園繞到大門口的，打開門，進到大門裏鎖上門，然後再到宿舍。最大的麻煩是伙食問題，但是也用不著多費心思，因爲隊長和民兵都樂意跟百萬富翁們一塊兒吃飯。這些百萬富翁將民兵營裏送來的飯菜拿來餵豬，這些豬是那個假牙廠廠長買的。最初是十隻，後來增到二十隻小豬，大家都盼著過宰豬節哩！因爲有些被拘留者都曾經是大屠夫，他們答應做頓特別的美味給大家享用，惹得那些百萬富翁都舔唇咂舌的，紛紛出謀獻策，籌劃著如何用豬肉來做風味菜。後來，這裏的伙食便不像是在一個普通神學院做出來的飯菜，而像一個富裕的修道院裏煮出來的飯菜，像得了十字架獎章的神學界人士吃的美味佳餚了。要是哪位百萬富翁的錢花光了，民兵隊長便派這個百萬富翁回家去取錢。最初還派一個化裝成普通老百姓的民兵跟著他去取，到後來被派去的人只需發個誓說，絕不擅自逃跑，便可自己到布拉格的儲蓄所去取錢，從他的一百萬或幾百萬的存款中取些錢出來，因爲隊長給了他們一個「該款用於公益事業」的證明。於是，在這個集體宿舍裏，便有了經民兵隊長批准的菜單，並讓其提出有益的意見，因爲百萬富翁們已把民兵們看做自己的客人。在修道院餐室裏，百萬富翁們和民兵們坐在一起用餐。有一回，百萬富翁特納拉被允許到布拉格去叫個樂隊來，一個四重奏，維也納式的小樂隊[9]。當出租汽車將這小樂隊運到這裏時，已是半夜，大門都關了。只得把守衛叫醒，可是守衛睡得迷迷糊糊的打不開大門。那百萬富翁只得從大門旁邊，經過花園走到大門裏面，拿到鑰匙又轉到門外，然後打開大門。可是那鑰匙有毛病，打開之後又沒法將大門鎖起來，他只好又轉到大門裏面，從裏面鎖上大門，再把鑰匙交還給守衛……我當時就想，可惜茲登涅克不是百萬富翁，他要在這裏可就如魚得水了。那他不只會把自己的錢，而且把那些富有幻想的百萬富翁的錢經他們同意也拿來花個痛快的。一個月之後，所有服刑的百萬富翁都曬黑了，因爲我們總在山坡上曬太陽；而那些民兵卻一個個臉色蒼白，因爲一來他們總在大門裏面，二來老得寫報告。他們成天坐在這些小房間裏，連名單都列不清楚，因爲像諾瓦克、諾維這樣的名字就有三個；而且他們老得全副武裝，那槍支和子彈帶老往下滑，叫人很不舒服，同時他們還得老用橡皮擦掉和重寫那些報告單。到後來每個旅館經理各一份，像列菜單似的。在這個天主教辦的學校裏還留下一個牲口棚，裏面養了十頭母牛，從牠們身上擠出的奶還不夠早上摻咖啡。這裏發的是白咖啡，按照什羅貝克從維也納薩切爾咖啡店學來的方法，往裏面加點羅姆酒。於是油漆顏料廠廠長又買了五頭母牛，牛奶才算夠了。有些人不愛喝白咖啡，早上只喝一杯羅姆酒或者直接拿著罐子喝酒，是那種大肚罐；

❾這種樂隊通常由兩把提琴，配上一個手風琴，一把吉他組成。

他們有時還在夜裏吃東西，以消磨夜裏的時光。每月一次的家屬探望可眞棒！民兵隊長買了幾根晾衣服的白繩子，好圈成一道想像中的圍牆，繩子不夠了，便接著用鞋跟畫了一道線，用這繩子與白線將學校與外界隔離開來。百萬富翁們的老婆與孩子們帶著一袋袋食品、匈牙利臘腸和外國公司的罐頭來到這裏。儘管我們裝成可憐兮兮受苦受難的樣子，可仍舊不像，因爲我們一個個紅光滿面的，氣色很好。如果有人弄不淸實情，還以爲那些來探望的人是囚禁者，牢房在外面哩！因爲看得出來，家屬們不能像這些百萬富翁那樣適應這裏的拘留生活。送來的東西吃不完，我們便與民兵們分著吃。他們什麼都愛吃，於是便去勸說隊長同意每個月的探望由一次改爲兩次，也就是半個月探望一次。後來發生了這樣的情況：如果湊到一塊兒的錢不到三萬五萬，隊長便允許我們中一些有專業知識的人，到我們所在的這座修道院的圖書館去挑選一些珍貴的書，用汽車運到布拉格的舊書店去賣掉。我們常在這座修道院旁邊的小山坡上曬太陽，睡午覺，後來我們又想起可以將原來在這裏的神學院學生的床上用品、睡衣及服裝拿出去賣掉。可是這個算盤幾乎已經是多餘的了，因爲那些名副其實的百萬富翁早已知道了這一點，他們早就把那些漂亮的床單，以及用山區紡織廠織出的布做成的睡衣找了出來，連同十二打漂亮的毛巾什麼的用箱子裝走了。這些東西倉庫裏多的是，因爲從這裏畢業出去的未來的牧師都得有一整套裝備，沒有一個人去監督和檢查這件事，恰恰相反，都被民兵和百萬富翁們利用了，還說賣掉這些東西是爲了不至於在這百萬富翁收留營裏發生什麼傳染病，比方說霍亂或者痢疾，傷寒什麼的……後來又出現了一種新情況：連百萬富翁也開始有了休假日。民兵們很相信我們，知道我們不會逃跑。要說逃跑，只發生過兩次，逃跑者還帶回來一位也是百萬富翁的熟朋友，他想擺脫家庭，到我們這兒來休息一下。民兵們脫下制服換上便裝，而我們卻換上了民兵的制服，由我們自己來看守自己。每當我們這些被拘留的百萬富翁得到在星期天，或從星期六到星期日值班的任務，我們都歡喜若狂。因爲這往往是一場連卓別林也想不出來的滑稽劇。整個下午我們都在演出一場「廢除百萬富翁收留營」的戲。化裝成民兵的百萬富翁特納拉擔任門衛隊長，他鄭重宣佈拘留營被廢除，百萬富翁們可以回家了；可是百萬富翁們卻偏要往裏鑽。化裝成民兵的百萬富翁便勸他們出去，說外面如何如何地自由，在外面用不著受民兵的氣和過苦日子，而可以享受百萬富翁的自由自在的生活，可是由民兵化裝成的百萬富翁們根本不願聽這些話，於是，化裝成民兵隊長的百萬富翁特納拉便強行廢除收留營。我們這些化裝成民兵的人將那些化裝成百萬富翁的人從拘留室裏拖出來。那些有過八百萬、一千萬財產，在這裏得待上八年十年的百萬富翁到處尋找開大門的鑰匙，可是找到之後又無法從裏面打開大門，於是便繞到前面大門外把門打開。大門打開之後，他們又從原路繞回到大門裏面。我們大聲笑著，看著假民兵們怎樣押著假百萬富翁們走出大門，收留營的大門在他們身後徐徐關上。假百萬富翁們一直走到小山坡上，當他們環顧四周，便又改變主意走了回來，一個勁兒地捶打大門，這些假百萬富翁們跪著請求化裝成民兵的人提供他們避難所……我也跟著在笑，其實我心裏笑不出來，因爲我雖然跟百萬富翁們待在一起，但我實際上根本打不進他們的圈子。儘管我甚至和什羅貝克經理睡在一間房子裏，他對我卻像對一個陌生人一樣，我甚至沒法將一把掉到地上的勺子撿起來交給他。我拿著勺子，在他面前舉著，站在我們食堂裏，就像幾年前我端著酒杯，誰也不肯跟我碰杯一樣。飯店經理去找了另一個勺子來喝湯，用餐巾布將我擺在他的刀叉旁邊的那個勺子厭惡地一推，以致勺子掉到了地上。大家都看著這經理先生用腳將那勺子踢得離自己老遠，一直彈到置放牧師袍的修道院餐桌底下……我雖然也在笑，可是我眞的沒什麼可開心的，因爲只要我一談起我的百萬家產，談起我的斷裂旅館，所有百萬富翁便不做聲了。他們的眼睛瞅著別處，不承認我的那兩百萬元家產。我明白了，他們雖然容忍我和他們生活在一起，但又覺得我不配作爲他們當中的一分子，因爲他們那些百萬富翁早已有了他們的數百萬的財產，在這場戰爭之前就有了，而我卻是一個發戰爭財的傢伙。他們不僅不願意，而且也不可以接受我作爲他們當中的一分子，因爲我跟他們根本不在同一個等級上。像我曾經夢想過的那樣，若是大公把我提升到貴族階層，封我爲男爵什麼的，我同樣成不了男爵。因爲其他貴族不會接納，就像百萬富翁們不能友善地接納我爲他們當中的一分子一樣。恰恰相反，一年前當我還游離在外面，我還能抱著幻想，認爲他們總有一天會接納我；我甚至堅信，作爲斷裂旅館的經理，我和他們的地位相當，他們會向我伸出手來，與我友好地交談，可是這一切只是表面看來如此罷了。正好比，每個富翁都竭力想取得某個旅館或酒樓服務員領班的好感，甚至求他多倒一杯酒，以便能與這領班碰個杯，可是，假如這個富翁在大街上碰見自己的服務員領班，那他是不會停下步來與他交談一下，寒暄幾句什麼的，但跟別的旅館的餐廳服務員領班或老闆搞好關係，這倒非常重要，因爲這影響到他端來的飯菜酒水的好壞，服務的周到與否。彼此碰杯的一句祝酒詞，幾句好聽的話，就能贏得他對你的隱私的緘默……而且我也知道，他們的百萬家財是怎樣來的。他們像布朗德斯先生讓員工吃馬鈴薯麵疙瘩那樣節省每一個小錢，又像他們在拘留營裏將那些上好的毛巾、床單塞到箱子裏，帶出拘留所的大門，拿回家去一樣。並非他們需要這些東西，而是他們百萬富翁的本性不允許他們放棄擺在他們面前的任何一點獲利的可能性，或者讓他們得以訓練一下自己，如何來憑空得到這些給未來牧師們預備的漂亮東西。派給我的活兒是照看這裏的鴿子，這裏留下了兩百對信鴿。隊長讓我給這些鴿子打掃鴿舍，給牠們準備飲水和穀秕……每天午飯後，我都推著輛小車到廚房裏去取剩飯剩菜。我差點忘了說一件事：民兵隊長肉吃得太多，於是想換換口味吃馬鈴薯餅，後來又想吃李子煎餅，這是撒奶酪碎末和澆酸奶油的。開縫紉廠的百萬富翁巴爾達正好有家屬來探望，便向民兵隊長推薦說他老婆來自農村，可以到這裏來當廚師專做這些麵食。於是我們這裏便出現了第一名婦女。說是因爲我們都吃肉過多，於是又有三名妻子來到拘留所。三位百萬富翁夫人加上麵食大廚巴爾達太太。從釋放了那些證明自己有奧地利和法國國籍的百萬富翁的時候起，便空出了十個小房間。於是百萬富翁們又想到可以將這些房間租給他們的老婆住。她們可以每個禮拜來探望一次，因爲如果有人結了婚，卻不讓他與自己的合法妻子同房，這是不人道的啊！於是每次都換十名漂亮女人來這幾間小屋裏住。後來我甚至發現，來的並不是他們的老婆，而是從前的酒吧女郎。我自己就認識我從前的兩位飯店顧客。已經好幾年了，可她們仍然那麼漂亮，就是每逢星期四，上巴黎飯店去供那些資本家老頭們擺弄作「體檢會診」的那些美女……可我還是喜歡我的那些鴿子。這二百對鴿子可眞守時哪，一到下午兩點便都停在修道院的屋脊上。從這裏可以一直望到廚房，我每次都推著車子從這廚房裏走出來，車上放著兩袋穀秕和裝滿馬鈴薯以及剩菜的鍋子，而我這個曾經侍候過阿比西尼亞皇帝的人，正在餵養這些誰也不肯餵養的鴿子，這活兒不適合百萬富翁們白嫩的手。我必須在敲過兩點鐘之後立即出門。要是不敲鐘，遇上晴天，那就視陽光照射著修道院的牆壁而定。我一出門，四百隻鴿子便一齊飛下屋脊，直朝著我飛來。黑壓壓的一片影子，加上羽毛和翅膀的搧動聲，彷彿從口袋裏撒出麵粉或鹽的聲音。這些鴿子紛紛擠著蹲在我的小車上；小車上若擠不下，便蹲在我的肩膀上，飛在我頭頂上，牠們的翅膀在我耳邊搧得呼哧直響，幾乎把我擋得什麼都看不見了，彷彿我被裹在一條巨大的拖地長裙裏。我被這條由搧動的翅膀和八百隻黑果實般美麗的眼睛形成的拖地長裙遮得嚴嚴密密，我得用兩隻手抓住轅杆。百萬富翁們看見我埋在鴿子堆裏那副樣子，都開心得哈哈大笑。我得一直這樣將車子拖到院子裏，鴿子們便開始大啄起來，一直啄到兩隻口袋空空如也，幾個平底鍋像被洗過了一樣乾淨爲止。有一回我出門晚了點，因爲隊長在津津有味地喝著撒了硬奶酪渣的意大利湯，我必須等著他騰出那口鍋給我。我剛一聽到大鐘敲過兩下，還沒等我反應過來，大群鴿子就已從敞著的窗口飛進了廚房。一隻不差，足足四百隻，把廚房裏的人都包圍了起來，撞掉了拘留營大隊長手裏的勺子。我只得趕快跑出來，鴿子們在土臺上將我團團圍住，用牠們溫柔的鳥嘴輕輕地啄我。我用雙手捂著臉和頭逃跑著，鴿子們追在我後面，停在我身上。我坐下來，看著自己如何處在鴿子包圍之中，牠們在我身上親熱地蹭來蹭去。我對牠們來說就像是給牠們生機的上帝。我回頭看了看自己的影子，如今我看到自己如何被上帝的使者們——鴿群包圍著，彷彿是位聖人，彷彿是上天的意中人。此時百萬富翁們卻在取笑我。我聽見了這笑聲，喊叫聲和議論，可我仍舊沉湎於鴿子使者們的撫愛之中。如今我相信，不可置信的事情又成了事實，我即使擁有一千萬克朗、三個旅館，也換不來鴿群對我的這般親熱，這是蒼天直接派來的。蒼天大概對我格外疼愛，就像我在神龕畫和裝飾著耶穌受難場景的圖中所看到的。只可惜我曾經視而不見，聽而不聞，一心只想著成爲百萬富翁。即使我已擁有兩百萬元的家財，是雙倍的百萬富翁，可我卻永遠都不能如願以償得到人們的眞心承認。我第一次看到，這些鴿子是我的朋友，預言著那仍舊在等待我的一種信息：如今出現了像索爾一家人碰上的那種事情：當他從馬背上摔下來時，上帝在他的面前出現了……我撥開了八百隻鴿子翅膀的拍打，像從柳樹枝間跑出來一樣地，我從正在晃動著的羽毛間跑出來，拉著裝有兩袋穀秕和剩菜鍋的小車。鴿子們又蹲在我身上，我就在這些拍打著翅膀的大群鴿子的護送下，拉著車子朝院子走去。在半路上我還遇上一個夢中奇蹟：茲登涅克出現在我面前，不是以一個政治幹部的身份，而是作爲當年在寧靜旅館的那位餐廳領班。記得有一次假日，我們一道出去散步，在一座白樺小林子裏看到一名小個子男人吹著哨子在樹林裏飛快地跑動。他一邊吹哨，用手指著什麼，推開樹林，並對它們嚷嚷說：「您又在幹什麼呀，希哈❿先生？您要是再犯一次規，就得罰你下場了！」說著，繼續在樹林中跑來跑去。茲登涅克看得很開心，我始終不明白那人在搞什麼名堂。到了晚上，茲登涅克對我說這是一位足球裁判，名叫西巴。那時誰也不願爲斯巴達對斯拉維亞這場球賽當裁判。當一天到晚都在招募人去當裁判，而誰也不肯去時，西巴先生便說他去吹哨子……他在小林子裏白樺樹間演習裁判，跑來跑去，假設這些白樺樹打球犯了規，他指責它們，還威脅布爾克⓫、布拉英⓬，說要罰他們下場。他對希哈先生嚷得最多，說只要他再犯一次規，就要罰他下場……這天下午，茲登涅克從輕度精神病患者醫院找了一些該去小村莊透透氣的病人，將他們裝在一輛大轎車上。因爲正趕上當地過守護神節⓭，因此這些穿著橫條衣服，戴著硬禮帽的輕度精神病患者可

❿均爲過去的捷克足球隊員。

⓫⓬均爲過去的捷克足球隊員。

⓭各地教堂有自己的守護神節，當地群眾爲慶祝這一節日通常舉行宴慶遊樂活動，有點像廟會。

以坐旋轉木馬，打鞦韆玩。茲登涅克在飯鋪裏給他們買了帶開關龍頭的大桶啤酒，還借來一些半公升裝容器，將他們拉到小白樺樹林裏，擰開啤酒桶讓他們喝。西巴先生在白樺林中奔跑著，吹著哨子，瘋子們看著他，後來居然明白了，並給比賽雙方加油。他們大聲嚷著，喊著斯巴達和斯拉維亞球隊所有名球員的名字，到後來，他們甚至看見布拉英踢到普拉尼切克的腦袋，他們大聲嚷嚷著，一直堅持到把布拉英罰出球場才罷休……到後來，當裁判西巴三次推開希哈，三次向他提出警告，便不得不罰他離開在耶茲貝爾的這場激烈的球賽，瘋子們齊聲喊叫。當我們喝完這桶啤酒時，不僅他們，連我也把這些白樺樹看成了正在跑動的紅色運動衣，而且都和小個子西巴先生跑得一樣快。他吹了一聲哨子，瘋子們將他扛在肩上走出球場，離開了這場裁判技藝高超的足球賽。一個月之後，茲登涅克將一篇關於罰布拉英和希哈出場的裁判西巴先生的報導文章給我看，說由於他充滿活力的哨子，挽救了一場球賽……

慢慢地，不可置信的事情成了事實：範圍開始縮小，我開始回到我的童年和少年時代，我又是那個小僕歐，我怎麼遠離了他，又怎麼回到原處。又有好幾次我直直面對著自己，並不是我想要這樣，但是一件件事情逼著我去認識自己的一生。比方說，我曾經和姥姥在磨坊小屋那個敞著的窗口旁，等著從我們上方的查理溫泉旅館廁所窗口裏飄下髒內衣褲來，那是那些生意人，每逢星期四或星期五換下來不要了的。它們在黃昏黑色背景的襯托下張開兩隻袖子，像釘在十字架上的白襯衫、白褲衩，然後徑直朝著磨坊大輪子往下掉。姥姥用鉤子將它鉤進來，洗淨修補好賣給建築工地的工人。在這個百萬富翁拘留所裏我們得到消息說，這將是我們待在這裏的最後一個星期了。然後將分配工作給我們，那些年紀最大的將回家歇著。於是我們開始準備最後一次告別宴會，我們得想法去儘量多找些錢。我被批准和假牙廠廠長一塊兒到他的鄉間小舍去，他在那裏藏有錢……這也是我一次不可置信的經歷。我們到夜裏才抵達他的小舍。我們架上梯子，打開天花板上的門，借著手電筒的光亮看到好幾口箱子，可是那廠長已記不清他那十萬塊錢放在哪口箱子裏了。於是我便開始打開那幾口一模一樣的箱子，當我打開最後一口大箱子，用手電筒一照時，不禁嚇了一大跳。儘管我可以估計到，在假牙廠廠長這兒會看到類似的東西，可還是看得我毛骨悚然。在這口箱子裏全是假牙和牙床，粉紅色的硬腭配上白牙齒，好幾百顆假牙哩！我站在梯子上驚恐地看著，這些咬得緊緊的假牙活像食肉植物。有的牙床半張著，有的全張著，彷彿在打呵欠，整個牙床都露到嘴巴外面來了。我嚇得仰面摔了一跤，先是覺得自己摔散了骨頭，隨後覺得，在我手上臉上都有這些牙齒冰冷的吻。我這一跤摔得夠狠的，還有一盞帶玻璃罩的燈掉在我身上。我倒在地板上，那些牙齒一直在往我身上掉。我的胸上全堆滿了一口口假牙。我嚇得想叫都叫不出聲來了。我總算翻了個身，後來我快得像隻動物，像隻蜘蛛一樣從這些牙齒中爬了出來……那十萬塊錢就擱在這口箱子底部。假牙廠廠長又細心地將這些牙齒收集起來，掃到簸子裏，再放進箱子裏，然後用根繩子將箱子捆起來，仍舊將它放回原處。我們重又將頂樓鎖上，不聲不響地回到火車站。我們那次最後的晚餐幾乎跟在巴黎飯店舉辦的婚宴差不多。我到我在布拉格的那間小房裏取出那套新燕尾服，主要是取出了從阿比西尼亞皇帝那兒得來的勳章和斜披在胸前的綬帶。我們還買了些花和幾束文竹枝來裝飾一塊黑板。一整個下午，飯店經理什羅貝克先生和布朗德斯先生都在佈置牧師餐廳的飯桌。布朗德斯先生為他再也得不到那些金刀叉而感到遺憾。我們還邀請了所有民兵和我們拘留營的隊長。這是一位善良的老爸爸。昨天晚上他在村莊附近遇上我們，當他問我們去哪兒時，布朗德斯先生說：「隊長，跟我們一塊兒走吧！我們跳跳舞去。」可他沒去，只搖了搖頭，像扛著一根釣魚竿似地扛著槍走了。他很討厭帶槍什麼的，他不習慣到甚至得幻想著回去當他的礦工，只等這個拘留營一撤銷他就走。晚宴上我又成了一名餐廳服務員，重又穿上了燕尾服，不過跟我以前穿的那種不一樣，有點兒像一般套裝，大概我又換了地方。我不僅在身側別了那顆紅星，還在胸前挎上了藍色的綬帶，不過我沒使勁伸長脖子，也沒抬著頭去使自己高上那麼幾釐米。我已經不在乎這些，我甚至不想去跟那些旅館飯店經理比高低了，總而言之我有點意興闌珊了。我已從另一個角度來看這場宴會，我興致索然地上著菜，即使什羅貝克和布朗德斯兩位飯店經理穿著燕尾服跟我在一塊兒也無濟於事。當我想起我的斷裂旅館，我也不因為得到通知說，它已不再是我的而感到遺憾。這其實是一頓悲傷的晚餐，大家都像《最後的晚餐》那張名畫上的人物一樣憂傷和嚴肅，也像我在許多畫作中看到的那樣。在我們這修道院的餐室裏就有一張一面牆那麼大的圖。我們的頭一道菜上的是蘑菇肉丁，喝的是摩拉維亞的白葡萄酒。開始只有我，慢慢地，後來，其他人也都抬起眼睛看著那張《最後的晚餐》圖，覺得我們越來越像那些聖徒。我們在燒烤的時候就已開始變得憂鬱寡歡起來。我們這次告別宴會有點兒像在迦拿的婚筵。⑭百萬富翁們喝得越多，彷彿變得越冷靜，喝咖啡和白蘭地時都沉默不語。那些民兵們單獨開了一桌，在神學教員和教師們那一桌附近，連他們也開始憂傷起來，因爲他們知道，到半夜我們彼此就再也見不著了。他們覺得這段時光眞的很美好，有的甚至希望我們這樣相處到永遠……突然，在原來有三十個修道士，如今只剩下一個瘸腿雜役僧的修道院裏撞響了半夜鐘聲。這個瘸腿是留下來照顧天主教百萬富翁的，一共只有幾個人，他們已將自己的箱子和背囊收拾好，可是這個瘸腿雜役僧剛用酒杯祝福過信徒們之後，突然放下酒杯，他一抬手，管風琴聲響起，他便開始高唱「聖瓦茨拉夫啊，捷克國土的大公」，他的歌聲和管風琴聲響徹了整個修道院餐室。我們大家都望著《最後的晚餐》那張畫上的主，不分天主教徒與非天主教徒，大家都被我們的憂傷情緒所感染。我們一個挨一個地站了起來，全都站起身來……我們跑著穿過院子和敞開的大門，跑進一座燈光暗黃的小教堂裏，不是從容跪下，而是咚地一聲跪倒在地，不是自己跪倒了，而是碰到了一個比我們百萬富翁們更強有力的東西。在我們心中也有一種比金錢更有力的

⑭見《聖經新約》「約翰福音」的在「迦拿的婚筵」，耶穌將水變成了葡萄酒。

東西，一種漸漸升高，等了好幾千年的東西……別讓我們和未來滅絕吧！……我們唱著、跪著，有的還磕頭。我跪著，看到那一張張臉，這完全是不同的人了，我都認不出他們。在任何一張臉上都看不出百萬富翁的特徵，而所有這些臉都在一種更高更美，甚至人所擁有的最美的東西的光芒照耀之下……這個瘸腿的人彷彿也不瘸了。其實他還是瘸的，彷彿拖著一雙沉重的翅膀。他穿著那件白長袍，活像一位在鉛翅的重壓下瘸著走路的天使……當我們正跪著磕頭，那個修道院的雜役僧舉起酒杯祝福我們，之後，他端著金杯從跪著的人群中走過，經過院子。他的袍子在黑暗中發著光，彷彿斷裂旅館的那個雜技演員的螢光運動衫在閃著光。想當初那雜技演員曾經踩著鋼輪從懸崖溜到水塘中被水吞沒，就像這位雜役僧在爲我們祝福之後吞掉聖餅一樣……後來，鐘聲響了十二下。我們開始道別，走過敞開的大門時，民兵們和他們的大隊長與我們一一握手，久久地抖動著，這都是些從克拉德諾礦井來的礦工。很快我們便消失在黑夜中，直朝火車站奔去。因爲拘留營已解散，我們被通知各自回家去，根本不分誰該待十年或只要待兩年，誰有一千萬，誰只有兩百萬……一路上我只想著那兩百對鴿子，到下午兩點鐘時，牠們又會等著我，可是我卻不會再回去了。我就這樣滿腦子裝著鴿子回了家，可不是回布拉格，而是去了斷裂旅館。我踏上小路，在林子後面我本該看得見亮了燈的旅館，可那裏卻是一片黑暗……當我見到那些「雕塑」和磨石坊時，我一點也不感到吃驚，斷裂旅館已停業，用新木板拼成的大門上掛了一把大鎖。我繞著柵欄，翻過開滿石南花的小土坡進到斷裂旅館的中心。到處都是亂七八糟的，椅子上滿是油污，翻倒在地……我一扭鑄造房的門把手，門就開了。連一點兒餐廳的影子都見不著，大概所有的東西都被搬到別的什麼地方去了。只是鍛鐵爐裏的餘火還在冒煙。廚房用具一掃而光，只有幾隻咖啡杯……我邊走邊幸災樂禍地想著：這座美麗的斷裂旅館，史坦貝克曾想以五萬、六萬、八萬美元的支票買下它，可我沒有同意。我做對了，如今既然我當不了旅館老闆，那就讓這個旅館也跟我一道靠邊站吧！如今有人大概把它變成了一個游泳場，因爲那裏沒有廚房用的抹布而只有毛巾，從房子的這個角拉到那個角的繩子上搭了好多游泳衣。唯一一件原來沒有而我現在發現的東西是：呈水平位置吊在天花板上的一具不知從哪個服裝店弄來的赤裸的女假人模型……我走過走廊，地毯已經沒有了，每扇玻璃門的水晶玻璃吊燈也沒有了。我打開房門，打開燈，裏面空空如也。我愣住了，我原以爲我離開的時候是什麼樣，現在還將是什麼樣哩！這倒好，實際上整個斷裂旅館同我一道消失了。任何人也無力將它恢復成我當時建造的那樣。所有見過這裏的人，只要願意，都可以回憶起這裏曾經有過的情景，根據自己的夢想來安排自己的斷裂旅館；根據自己的幻想來設想在我的旅館裏與他最美麗的姑娘相會；或者我過去的每一位房客還可以幻想著，像雜技演員那樣踩著鋼輪從七十米高的地方滑到中間水塘的上方，停頓一下，然後鑽進水裏；或者還允許做這樣的設想：從上面一溜下來，吊在水塘上空，像拍打著翅膀的鳥兒一樣環顧四方，學小雲雀，在微風中吊在半空，然後再倒回去，像電影倒帶似的，退到懸崖邊上。就這樣，我心滿意足地離開了這裏。當我回到布拉格時，有個消息等著我：有兩條路由我挑：或者去服刑，到龐克拉采監獄去；或者根據我的考慮和興趣到森林裏去勞動，但有一個條件，必須去邊境。下午我便立即去到辦事處，接受了他們提供給我的第一份工作，而且感到很幸運。當我發現我的鞋跟掉了，磨破的鞋子裏那塊皮子底下藏著的最後兩張郵票還在時，我甚至覺得很幸福，因爲這就是我最後剩下的一筆大錢啊！這是我老婆麗莎留給我的，她這些郵票是從利沃夫趁燒毀猶太區，毀滅猶太人的時候弄來的。我走在布拉格街上時，連領帶也沒打，我不想再增加什麼身高，也不再關心我曾經想要買下的在瓦茨拉夫廣場和金融街上的旅館飯店。我甚至幸災樂禍地對自己眼下的處境感到高興，因爲我今後的道路只是我自己的道路，我用不著再去對人點頭哈腰，向人請早安、日安、午安、晚安。我也用不著去注意雇員的工作幹得怎麼樣。當我自己被雇傭時，我得當心別讓老闆看見我坐著、抽根菸或者偷吃了一小塊熟肉。我只盼望著，明天去到老遠老遠的地方，遠離人群。雖然那裏也會有人，但是那裏也會有我一直相信的東西，像所有總在電燈光下面工作的人一樣，我相信有朝一日能夠投入大自然的懷抱。有朝一日，等我退了休，便要去看看森林是個什麼樣子，看看那整天、整個一生都照著我的臉，讓我不得不用帽子蓋著臉，或躲到蔭影底下去的太陽是什麼樣子。我當餐廳服務員時，喜歡所有的門房、房屋看守、燒暖氣的。他們一天至少一次跑到樓房前面去兜一圈，站在布拉格街道旁看看藍天，看看烏雲，看看不是由鐘錶而是由大自然測量出來的時辰。那些常常成爲事實的不可置信之事沒有把我拋棄，我相信這些不可置信之事，相信意外的驚喜，這就是我的星星，它引導著我走過我一生的道路，也許只是因爲想向它自己證明，什麼地方總有什麼驚喜的事情在等著它。而我，越來越相信這顆星星，之所以越來越相信它，是因爲它將我舉到百萬富翁的位置；而如今，當我重又從天上跌到地上，我發現我的這顆星星比別的時候更加明亮。直到現在，我才能看到它的正中心，它的心臟。我的眼睛不得不因我所經歷的一切而衰弱，弱到使我能更多地體驗和承受生活。大概是我要想更多地見識和認識就必須煎熬得身心俱疲。事實就是如此！因爲當我來到這裏，在森林中步行了十公里，到了離克拉斯利采很遠的地方；當我已經開始感到絕望的時候，前面出現了一座破舊的獵舍⓯。我見到它，簡直高興得要發瘋了，它讓我好激動好激動啊！這是德國人留下的，就像一個生長在城市裏，長期生活在城市裡的人所想像的那種林中小屋。我在一簇野葡萄藤下的條椅上坐下，靠著木椅背，還眞聽到小木房裏有滴嗒滴嗒的鐘擺聲。這種鐘是我從來沒見過的。我聽到了它的木質機械和輪子的運轉聲、鏈條的嘩啦聲及鐘擺晃動的聲音。我透過兩個小山坡之間的空隙瞭望這地區的景色，已經不見種過莊稼的田地。我步行時猜測過這裏曾經種過馬鈴薯、燕麥和大麥，可是這裏如今已經雜草叢生，荒蕪了。村莊也是這樣，就像我步行時路過的一個名叫西

⓯通常爲守林人或獵人休息的地方。

天莊的村子，就在一個十字路口旁邊。到處都是倒塌的建築和籬笆，偶然伸出幾根大樹幹和長滿熟透了的醋果的枝子。我鼓起勇氣想走進這些破舊房屋裏去看看，可終究沒有進去。我心驚膽戰地站在那裏，沒法跨進那裏面什麼都被打得稀巴爛的房間門坎，那裏面的傢具桌椅全都翻倒在地，彷彿有人曾在這裏砸過一通，將椅子按得雙肩著地……有人用斧頭砍了橫樑，另一隻斧頭砍了鎖著的木箱……在另一個村子裏有一群母牛在吃草。正值中午時分，大概牛群都在朝家走。我跟在牠們後面，走上了一條老菩提樹林蔭道。菩提林中露出一座巴洛克宮堡的塔尖……樹木閃開到兩邊，一座漂亮的宮堡，上面有用釘子往生洋灰泥裏劃出的一塊塊方石形，我想大概是文藝復興風格的。牛群撞開大門進了宮堡，我跟在這些母牛後面，暗自想道，牠們大概是迷了路還是怎麼的。可是，沒想到牠們的牛棚就在這裏，在一間寬闊的騎士廳中。有一條寬大的臺階通到這個大廳。牛群便待在二樓這座大廳的水晶玻璃吊燈和反映牧人生活的美麗的天頂畫下面。可這些畫上的景致彷彿是在希臘。那些男男女女的穿著打扮與這裏的景致一點兒也不吻合，倒像是在歐洲南部或更遠一點的什麼地方的某塊福地，因爲畫面上基督和人的衣著都像是歐洲南部人所穿的。大廳的各個窗子之間都嵌著鏡子，這些母牛頗有興致地久久望著牠們自己。我踮著腳尖走出牛棚，下了臺階，同時也發現，這大概是又一樁成爲事實的不可置信的事情。我對自己也感到很得意。我看到，如果不是我，換了別人，恐怕什麼也看不見，可我還就是喜歡看到點什麼，甚至我還爲能看到使我毛骨悚然的這種荒蕪而感到高興。這就像每個人都害怕罪行，避免發生不幸，可是一旦什麼地方出了什麼事，每一個人，只要做得到，又都要去看一看，仔細盯一盯砍在頭上的斧頭，壓在電車底下的老太太，只不過我如今是以正常的步子走著，而不像其他人那樣跑著離開出事的地方而已。我很高興能是這個樣子。我甚至還發現，這種不幸、苦難和醜惡之事對我來說並不算多，本來對我、對這個世界，還可湧來更多的不幸與醜惡的……我坐在那林間小木舍的前面，隨後走來了兩個人。我看出他們是住在這裏的。我將和他們在這裏一塊兒住上一年甚至更長的時間。我跟他們介紹我是何許人也，是怎麼來到這裏的。那個灰白鬍子的男人用一隻眼睛瞟著我，喃喃地說，他是一位法國文學的教授。還介紹我認識旁邊那個長得還不錯的姑娘。我一眼就看出她準是從勞教所放出來的，或者是站在金融街普拉什納門附近招引男人的那種女孩，並且常去我們那種高級飯店。從她的動作裏，我可以想像出她脫光衣服時會是個什麼樣子，她胳肢窩底下的毛又會是啥樣的。這個金黃頭髮的姑娘甚至勾起了我已經喪失多年的欲望。我渴望著即使不能眞正地，但也至少用我的目光慢慢地脫去她的衣服。連我自己都對自己的這種欲望感到吃驚，我把它當作是一個好兆頭。她告訴我說，她是因爲晚上喜歡出去跳舞而被罰到這裏來的。她名叫瑪采拉，是馬什內利巧克力糖廠出了師的技工。她穿著一條男褲，上面沾滿了樹脂和針葉，頭髮裏甚至全身都沾滿了針葉。而那位教授，也跟她一樣，穿著一雙膠筒靴，從裏面露出了包腳布，也是全身沾滿了松樹脂和針葉。他們兩人身上都散發著一股松脂和木材的氣味。我跟在他們後面。走進了林中小屋，裏面比被德國人糟蹋過的房子還亂七八糟哩，這些德國人總是用斧頭來尋找財寶或者撬開大門，好去翻箱倒櫃。小屋的桌子上攤滿了煙頭和火柴棒，地上也是這樣，彷彿有人只是用肘子一掃，把桌上的垃圾掃到了地上。教授對我說，我將睡在樓上，並馬上將我領到那裏。他開門的方法也特別，只用穿著橡皮靴的腳往門上一踢。我於是進到了一個很美的房間。全是木製的，有兩個小窗戶，窗子四周還爬著野葡萄藤枝幹和捲鬚。我又打開一扇門，便來到了一條外廊上，也是木頭做的。我可以繞著小屋走一圈，四面八方都能看見，還可不時地碰著那些野葡萄藤。我在一口被撬開的木箱上坐下來，雙手放在膝蓋上，高興得眞想痛痛快快地大喊一聲和做點什麼。我打開了箱子，爲了表示我對看到的一切，和等待著我的這一切的喜悅心情，我披上了藍色綬帶，別上了那顆金星，走下樓去。教授的腳蹺在桌上正抽著煙。那女孩在梳頭，聽教授給她講述什麼。他稱呼她小姐，幾乎每說一句話都要重複一下小姐這個詞，喊得都有些發抖，我以爲他在跟她約定什麼……於是我走了進去，因爲一切，一切有價值的東西在我看來都無所謂。我裝腔作勢地走來走去，還舉起雙手，彷彿在做時裝表演，從各個角度展示了一番。然後我坐下來問道，下午要不要跟他們一塊兒去幹活？教授笑了，他的眼睛很漂亮，對我說：「你這個壞小子，神經病！有罪的傢伙！」彷彿根本沒注意到我身上佩戴的綬帶勳章，說我們一個小時之後就得去幹活。說罷，接著跟那小姐對話。我並不奇怪他對她說法文：桌子、椅子、房子⑯……她跟著說，可總是把重音說反了。他便極其和藹地對她說：「你這個笨丫頭！我要把腰帶解下來，不是用這根皮帶，而是用皮帶上的扣環抽你一下嘴巴！」然後又溫柔地重複那些法文字，非常耐心，彷彿他的眼睛和聲音都在撫摸她。這個來自澳利約卡城馬什內利巧克力廠的丫頭大概把這幾個字讀得很糟糕。我覺得那個瑪采拉有點兒故意不好好讀。她不想學，但認得這些字，她只是故意這麼讀，好讓教授溫和地罵她一聲：「你這個壞丫頭！笨蛋，有罪的傢伙！」我順手關上門時，教授在我身後說了聲：「謝謝！」我將頭伸到門扇中間說：「我曾侍候過阿比西尼亞的皇帝。」並用手撫摸了一下藍色綬帶。他不得不把一雙備用膠筒靴借給我，因爲這地方很潮濕，早上的露水多得像串珠窗簾一樣，每一片草葉上都是滿滿的一串露珠。你隨便碰一下哪一片葉子，便能掉下一大串水珠，像扯斷了的珍珠項鏈一樣。我第一天的工作便已顯得很了不起。我們來到一棵半截被埋在碎枝下的漂亮雲杉前，繼續將一些枝杈砍下。枝杈堆越堆越高，直到伐木工人帶著鋸子來到。教授對我說，這不是一般的雲杉，而是一棵有共振功能的雲杉。爲了證明這一點，他從皮包裏掏出一個調音器，這調音器的聲音很好聽，能發出一種充滿密集音色環的清亮聲音來。然後，他讓我將耳朵貼在樹幹上，細聽這十分美妙的聲音……於是我們站在那兒，抱著那棵雲杉。那姑娘則坐在樹墩上抽菸，她並沒有裝出漠不關心的樣子，可是看得出來，這一

⑯桌子、椅子、房子，幾個詞原爲法語。

切都使她感到厭倦和生氣。她轉過臉去，眼睛望著天空，彷彿在那裏抱怨。在這世界上她究竟厭惡誰呢？我蹲了下來，半跪著抱住樹幹，只聽得裏面的聲音響得比無線電報桿裏的還要厲害。後來等到伐木工們蹲下來要開始鋸的時候，我便爬到那一堆堆得有半棵雲杉樹幹高的樹杈上聆聽鋸子如何鋸樹，雲杉的怨訴聲如何越來越高，而又多麼地和諧，這和諧之聲又如何被鋸聲所打亂。我聽到樹幹在爲它的軀體遭受鋸殺而哭訴……後來，教授朝我吼了一聲，讓我下來。我連忙溜下，霎那間，雲杉彎下了身，搖晃了一下，就這麼傾斜著稍停了一下，然後便哀號著迅速倒下，彷彿敞開雙臂在擺放整齊的枝杈的攙扶下倒在地上。這些枝杈延緩了樹幹往下倒的速度，防止它被摔碎，乃至失去這雲杉美妙的音樂，因爲像這樣的雲杉爲數不多，如今便要求我們將它認眞地做一番修剪，鋸成長段，然後再將它小心地放在軟被子上運進廠裏，廠裏將長段雲杉鋸成大木板、小木板，用來做提琴和大提琴等弦樂器……但主要需認眞挑選那些始終保持著那音樂性的小薄板……我在這裏已經一個月，然後兩個月，我們專爲雲杉木材準備運送時用的鋪墊物，好讓這些有音樂共振性能的木材不被震壞，就像媽媽將孩子放進被褥裏去那樣細心。每天晚上我都聽著教授怎樣罵我們，不僅用那些最粗魯的語言罵那姑娘，而且也罵我，說我們都是白癡、傻瓜、斑鬣狗、尖聲喊叫的臭鼬，爲的是讓我們好好學法語單詞。我在廚房裏的山村瓷磚灶上做晚飯，點燃煤油燈的時候，只聽得那幾個漂亮的法文字總是被那姑娘讀錯。她從巧克力糖廠被送到這裏來勞動是因爲她愛玩，愛跟不同的男孩睡覺，這是她自己對我們說的。

她的自白跟我從街上那些野姑娘嘴裏聽到的沒什麼兩樣，所不同的是，這個姑娘是心甘情願這麼做，而且不要報酬，僅僅出自愛，出自於因爲有人在片刻間，或者在一整夜裏喜歡過她而獲得的片刻歡樂。這對她來說就完全夠了，她就已感到幸福。而在這裏她必須勞動，晚上還讓她學法語單詞。並不是她想學法語，只因爲無聊，不知怎樣打發這漫長的夜晚。要是讓她孤單一人，不能跟什麼人在一起，那簡直是要她的命……到了第二個月，教授開始給我們講二十世紀的法國文學。如今這變化可大啦，換句話說，我和她都很高興。瑪采拉開始表現出興趣，教授整晚給她介紹超現實主義者，講德斯諾斯⑰、雅里⑱、里貝蒙特—德薩格內斯⑲，講巴黎的美女俊男……有一天，他拿來一本原作，名叫《大眾玫瑰》……每天晚上都給我們朗讀和翻譯一首詩。做工的時候我們便細細分析這首詩，一幅畫面接著一幅畫面，一切都是那樣地模糊不清。

⑰法國詩人，由於他有進入似睡非睡狀態敍述自己的夢想、寫作和繪畫的本領，便成爲超現實主義運動中最有才幹的成員之一。二次大戰後，與艾里雅、阿拉貢一樣成爲謳歌人類希望的詩人。代表作有《自由或愛情》、《肉體與財產》、《方托瑪的悲歌》、《清醒狀態》等。

⑱法國劇作家。代表作有《烏布王》，被視爲荒誕派戲劇的第一部作品。

⑲里貝蒙特—德薩格內斯，法國畫家和作家，他將超現實主義運用於戲劇中。

然而我們就這麼一句一句地分析著，到最後總能把它的內容搞清楚。我用心地聽著，如今連我也開始讀起書來，還讀一些我從來不喜歡的難懂的詩。我如今讀著它，也讀得較明白，還要常常解釋幾句，連教授都不禁問道：「你這閹牛，你這白癡，你怎麼會知道的？」我像一隻被人在脖子下面搔癢的貓，受寵若驚。教授這樣罵你，就是贊許你呀！大概他開始喜歡我了，因爲他如今已像罵瑪朵拉一樣地罵我。如今他跟她在做工時只用法語交談……有一回我帶著這些可做樂器的木材去到工廠，交完木材之後，便拿到了報酬。我買些吃的，還買了一瓶白蘭地和一束石竹花。可是剛到工廠拐彎處便遇上了傾盆大雨，於是我只得在一棵樹下躲雨，然後又跑到一個破舊廁所裏去避雨，因爲雨實在太大了。雨點滴滴打在蓋著這座廁所屋頂上的小木板上。可這並不是廁所，該是個什麼軍事哨所。我還注意到，這所小房子兩側的洞眼也是用這些小木板來遮蓋著的，免得灌風……我坐在這間小屋裏，四下打量了一番，敲了敲這些蓋著屋頂和兩側的小木板。等到雨停之後，我又回到這家樂器廠。他們兩次把我攆了出來，可到最後，我還是想法子見著了廠長。他把我帶到工廠後面一個堆著亂七八糟的倉庫裏，又在那裏見到了十塊這種珍貴的小板子。已經有好幾十年的時間了，有人在許多年前就用它們來遮擋這小房子的過堂風。「您怎麼會發現這是些有音樂共振性能的木材？」廠長驚訝地問道。「我曾經侍候過阿比西尼亞的皇帝呀！」我回答說。廠長哈哈大笑了，並在我背上啪地拍了一下，他笑得都咳嗽起來了，然後說：「這件事您可做對了！」我也在微笑，因爲，或許我的變化很大，所以誰也沒認出我眞的侍候過阿比西尼亞皇帝。

可我的想法完全不一樣。我已經學會自己找樂子了，每當只有我自己一個人時，就能做到這一點，有很多人在場反使我感到不自在。我覺得，後來我不得不只跟自己對話。覺得這將是我最親切最合心意的夥伴，是我的另一個我，我的探索者，是我越來越樂意傾心交談的心底裏的培育者。也許是因爲我從教授那裏所聽到的一切對我產生的影響。他的話語總是跟咒罵連在一起，任何一個馬車伕也不會像這位法國文學和美學教授這樣罵馬和罵人。與此同時，他卻向我們講解了一切他自己也感興趣的東西。每天晚上都給我們講授。在我開門回自己房間去之前，在他入睡，我們大家都入睡之前，直到最後一刹那他都在講解，什麼是美學，什麼是倫理學。他還談哲學和哲學家。關於哲學家他是這樣解釋的：耶穌基督也不例外，這是強盜、流氓無賴和殺人犯中的一幫匪徒。說要是沒有他們，人類會更好過些。可又說人類都是些壞小子、傻瓜白癡、犯罪者。也許是那位教授使我堅信有必要一個人獨處，晚上看見的是星星，中午只能看見深井……於是我決心離開這兒。有一天我一起床，便同大家握手，感謝他們爲我所做的一切，然後回布拉格去了。我在這裏幾乎多待了半年時間。教授先生和他那位姑娘彼此之間如今只用法語交談，而且總有可談的。這教授連睡著的時候，都在跟她說話，不管走到哪裡，他都在準備著怎樣儘量多地去咒罵那越來越美的姑娘，以便讓下次爲她講授的內容帶給她更多更多的驚喜。就像我所看到的，他已在這荒野裏生死不渝地愛上了她，因爲我曾經侍候過阿比西尼亞皇帝啊！我已看出來，那姑娘將使他不幸。因爲有朝一日，待到她知曉了一切，學會了她本不願意學的一切，那些突然使她淨化，讓她變得美麗的一切，她將離他而去……她也會在完全另一種意義上重複教授給她讀過的亞里士多德的一段什麼語錄。他們曾指責亞里士多德是從柏拉圖那裏剽竊來的……亞里士多德說過，當小馬駒吸乾了母馬的奶，便會反過來踢牠一腳。也確是這樣。當我辦完我最後一行職業的最後手續時（我想這將是最後一行職業，大概也眞會是最後一次了，因爲我瞭解自己，因爲我曾侍候過阿比西尼亞皇帝呀！），有一次我沿著火車站走著，瑪釆拉迎面朝我走來。她沉思著，頭髮編成小辮子，小辮上紮了條紫色髮帶。她若有所思地走著。我看著她，可她卻神不守舍地打我身邊過去，其他行人也跟我一樣回頭望著她。她腋下夾著一本書，這個曾經在馬什內利巧克力廠做過工的野丫頭……我只需瞧一下這低著的腦袋，就知道她那本書的名字叫《超現實主義史》。她漫步走著，我不禁笑了笑，也興致勃勃地跨著步，我曾經見過這個執拗的、沒有教養的姑娘像她習慣了的那樣跟教授談話，這位善良的教授卻讓她擁有一個有教養的女士所有的一切……她如今打我旁邊走過，猶如圖書館裏那些尙未開化的大學生。我很準確地知道這姑娘將來不會幸福，她的一生將是憂傷美麗的，跟她一起生活對一個男人來說，將既是一種折磨而又充滿著……這個瑪釆拉，這個來自馬什內利巧克力廠的姑娘，她在我腦海裏常常是我遇到她腋下夾著那本書的樣子。我總想著那本書，想著從它的書頁裏大概灌輸了些什麼到這個沉思而執拗的腦袋裏，我彷彿總看見這個長著一雙美麗眼睛的腦袋，這雙眼睛在一年之前還並不漂亮，可這一切都是那教授的功勞。那教授將這姑娘變成了一位帶書的美女。我看著她的手指如何虔誠地懷著敬意翻閱書頁，像拿取聖餅一樣地用她乾淨的手指一頁一頁地翻閱著它。我曾看到，她在拿起這本書之前，總要先去洗一洗手，而她拿書的那方式透著一種彬彬有禮和謙恭的莊嚴肅穆感，像那次她在沉思中行走的樣子，又猶如那富有音樂共振性能的雲杉。她整個的魅力就是一部從裏到外，由一雙眼睛傳音給另一雙眼睛的調音器。這另一雙眼睛能夠看到這個突然變化了的她，彷彿通過瓶頸將她的美好特性流到瓶子的另一端。我回憶起這位巧克力姑娘一幅幅活動著的半身像。要是有可能，實際上我眞願意用牡丹花瓣和花朵將整個的她裝飾起來，在她頭上插上雲杉枝和槲寄生藤[20]。我這個對女人向來只看下半身和注意腿和腰的人，對這位姑娘我卻將目光和渴求移向上方，移到她美麗的脖頸上，她翻著書本的美麗的手上，她放射著美麗光芒的眼睛上。這美麗的光芒是因爲她的變化而產生的，而這變化坦然地洋溢在她整個的少女的臉頰上，在每一道輕微的波紋上，在她眼睛的擠動上，在她絲絲的微笑上，在她用可愛的食指，從左到右撥弄著鼻子的明顯動作上。她的臉更加富有人情味，這都得歸功於那些法語單詞、法語句子乃至法語對話，歸功於她對英俊的青年男士，那些

[20] 聖誕節作爲象徵幸福的一種植物。

發現了人類奇蹟的詩人們，複雜而優美的詩的深刻領會。所有這一切對我來說，都是變成了現實的不可置信的事情。我用我臆造出來的聖母瑪利亞的花，在這位來自馬什內利工廠的巧克力姑娘的頭像四周，圍了一個框兒將她裝飾起來……在火車上，我一路都在想著這位姑娘，微笑著和她站在一起。我在所有車站上，在所有正在行駛著的火車，或停在旁邊鐵軌上火車車箱上貼了她的海報，我甚至自己抓著自己的手，彷彿我在拉著她的手。我環視了一下四周旅客們的臉，他們誰也不可能知道我在斗膽想些什麼，誰也沒從我的臉上看出來我心裏的活動。當我在最後一站下了車，然後搭公共汽車經過一個酷像我曾經伐過共振雲杉的地區，我曾爲它們像鋪鵝絨被似地墊上高高的一堆枝杈，這時我更多地回想起，且細細思量這位來自馬什內利工廠的姑娘的樣子，我看到她的熟人在怎樣地衝她喊叫；他們怎樣千方百計地以從前對待她的態度來對待她；他們在怎樣地引誘她，像從前那樣只用肚子、大腿和她的褲頭鬆緊帶爲界的整個下身與他們對話。誰也不明白，她如今更看重她這鬆緊帶以上的身體啊！……我在狍莊一下了車便去問路。我告訴人家說，我要到離這兒很遠很遠的地方，幾乎在深山老林裏，誰也不願去的一段公路上當一年養路工。下午，我便領到了一匹小馬駒和一輛四輪車。他們還建議我買一隻山羊，並送了我一隻狼狗。於是我便坐著馬拉的車出發了。車上放著我的行李，車後面用繩子拴著羊和狼狗。狼狗和我成了朋友，我買香腸給牠吃。我們的路慢慢地朝上延伸，一路上的雲杉越來越大，松樹越來越高，小幼林和草木叢交替著長在倒塌的板條籬笆間，籬笆樁子在逐漸腐爛，變成腐殖質，上面長出了覆盆子和黑莓叢。我讓小馬拉著，一步一步往前走，這是一匹礦井裏常用的那種小馬。我想，這匹小馬肯定曾經在地底下待過，因爲牠有一雙美麗的眼睛，就像我常見到的鍋爐工和那些白天也在電燈或煤油燈下面工作的人那樣。他們從礦井或鍋爐房跑出來，爲的是朝上看看天空有多美，因爲對於這些眼睛來說，每塊天空都是美麗的。當我們走進更加荒涼的地區時，一些已經離開這裏的德國工人的林中小屋從我眼中一掠而過。每經過這麼一所小房子，我都要停下車來，站在蕁麻和野生覆盆子長得高到我胸口的門檻上，看看裏面雜草叢生的廚房和臥室。幾乎每間屋子都有電燈泡。我沿著電線一直走到小溪旁，那裏還有用一個微型滑輪發動的迷你發電站，是在這裏的伐木工人親手做的。他們曾經生活在這裏，又不得不離開這裏……他們被迫離開這裏，跟那些富翁、那些搞政治的人一樣被驅逐。我對那些富翁和政客們非常瞭解，他們傲慢驕橫，粗暴、自誇和殘忍。對這些人這樣做我能理解，可是我不明白，爲什麼這些有一雙勞動的手的工人也得搬離，如今沒有任何人來接替他們做這裏的工作。可憐這些人，他們除了在山坡上的一小塊田地和林中的辛勞之外，眞是一無所有。這些工人也沒時間驕橫傲慢，他們一定很恭順，因爲我所觀察到的，如今正朝它走去的這種生活教會了他們這一點。我突然有個主意：打開箱子，從裏面掏出裝著那顆金星勳章的盒子和藍色綬帶，將綬帶斜挎在我的胸前，金星別在側翼，閃閃發光。我隨著小馬一步一點頭的節拍朝前走著。小馬一會兒一回頭，看一眼我的那條藍綬帶，山羊咩咩叫一聲，狼狗跟在後面快樂地汪汪著，牠都快要碰著我的綬帶了。我們又停了下來，我解開拴著山羊的繩，走去看看另一所遇到的小房子。這是一個小飯店，是林子裏那種有間大正廳的飯店，出奇的是它還很乾燥，且窗子很小。一切大概都擺放得跟原來一樣，包括擱板架上的半公升裝啤酒、原木板上帶龍頭的啤酒桶……我從屋裏走出來的時候，感到有雙眼睛在瞅我，原來是留在這裏的一隻貓。我叫牠過來，牠喵嗚叫著，我回到車子那兒去拿了塊香腸來給牠。我半蹲著逗牠玩，牠想讓我摸摸牠，可是長期的孤獨和對人類味道的不習慣又使牠躲閃離去。我將香腸放在地上，牠狼吞虎嚥地吃著。我再將手伸過去，牠卻又跳開了，毛全豎了起來，而且惡狠狠地發出嘶嘶聲……我走出這所房子，只見山羊在溪邊飲水，我提著水壺打了些水給小馬喝，等牠們喝夠了水，我們又繼續上路。到了拐彎處，我回頭望了望，想從反方向看這地方風景如何，就像我往常回首欣賞美麗的姑娘那樣。我看到小飯鋪那隻貓跟在我們後面走，我覺得這是個好兆頭。我一揚鞭，一吆喝，心中充滿了歡樂，情不自禁地唱起歌來，不過唱得不大聲，因爲我這一生都幾乎沒唱過歌。我整個一生，這幾十年我都沒想到過要唱歌……如今我卻在唱，自己想出來的字句，配上這支曲子……狼狗開始尖叫，牠蹲在那裏，叫了好長時間。我給牠一小塊香腸，牠在我腿上蹭了蹭。可是我還繼續歌唱著，我的這種歌唱，並非是歌，實際上只是一種尖聲叫嚷，只不過我以爲是歌而已，跟那狗叫聲沒什麼兩樣。然而我借助這歌唱，把我裝滿在盒子或抽屜裏的過期票證、無用的信件和明信片全倒了出來，我歌唱的嘴巴在吹走撕破了的，粘在一塊兒的海報碎片，球賽的、音樂會的、展覽會和管樂演奏的各類海報混雜在一起，內容變得荒唐之極。這些東西就像煙霧滯留在抽菸者的肺裏一樣讓人難受。我這麼歌唱著，猶如從堵塞的咽喉裏往外吐、往外咳，猶如飯鋪老闆在用開水蒸餾洗燙啤酒罐。我就這樣越過曠野，誰也不能再聽見我的聲音。不管我往哪裡瞧，到處只是一片茫茫曠野。從山坡上我看到的只是森林。人和人的勞動所留下的痕跡漸漸被森林一步步吞吃掉。原來的田地只剩下了碎石塊，野草和灌木叢長進了房屋，接骨木枝幹掀開了水泥地板，並在上面鋪滿了樹葉和小樹枝。它的力氣比千斤頂、水壓起重器或壓榨機還要大。我沿著一堆堆碎石和石板路基走到一座大房子那兒。我繞過這座房子，看到我在這裏，在這條路上幹活大概還不錯。雖說是讓我來鋪石板路基和養路的，可眼下不見任何人開車打這兒經過，大概以後也不會有人打這兒經過，因爲只有當出了什麼事，或者在夏天需要運送木材的時候才需要養護它。後來我聽到有人在哀訴，還有小提琴演奏的音樂，哭泣般的歌唱。我朝著這凄涼的聲音走去，甚至沒注意到我那匹解了轡繩，取了軛的小馬和山羊與狼狗都跟在我後面。我終於找到待在一起的三個人。這是將由我來替換的茨岡人。我所看見的眞有些像神奇的巧遇，成了現在的不可置信的事情……那位茨岡老婦像所有的遊牧民族一樣蹲在小火堆旁，用根棍子在一口雙耳架在兩塊石頭上的鍋裏攪和著。她一隻手在攪和，另一隻手的肘部撐在膝蓋上，手掌托著前額，黑髮辮條下垂在她的手背上……茨岡老漢則伸直兩腿坐在路上，用一個錘子在狠狠地敲打鋪在路上的石板路基。他旁邊站著一名穿著繫著鈴鐺的緊腰黑長褲的小夥子。

他彎著腰，正用小提琴在演奏一段激情的沉思曲，一首典型的茨岡曲子。它使老人情緒激動得唱起了聲音很尖、音拖得很長的憂傷歌曲，把燙得快焦了的一把柴拽下來扔進了火堆，接著捶他的路基。他的兒子或者是侄兒仍在演奏音樂，老婦人在煮著什麼食物。我看到眼前的這情景，知道等待著我的是什麼。我將獨自一個人在這裏，沒有任何人給我燒飯，也不會有人給我拉小提琴，陪伴著我的只有小馬、山羊、狼狗，和始終對我們敬而遠之，與我們保持一定距離的貓……我咳嗽了一聲。老婦人回過頭來，像看太陽一樣地瞇著眼睛瞅著我……老漢停下了手上的工作，那年輕人放下了提琴，向我鞠躬致意。我對他們說，我將在這兒開始勞動……兩位老人都站起身來，對我鞠躬，同我握手，並對我說他們什麼都準備好了。直到如今，我才看到灌木叢裏停著他們的車子，一輛後面有兩個高輪子的輕便茨岡車。他們還對我說，我是他們在這個月裏見到的第一個人。我問他們說：「真是這樣？」可我不相信。年輕人從車上取出提琴盒，像將嬰兒放到搖籃裏去一樣，小心翼翼地將小提琴放進盒裏，擱在一塊上面繡了藝術字體詞曲的絲絨布上。他又看了看這把提琴，摸了一下絲絨墊布，然後才關上了琴盒，跳上那輛搬家用的車子，抓起韁繩。老養路工也坐到車上，旁邊坐著他的老伴，從這條破損而又已修好的公路出發了。車子走到他們的房子前停了下來，他們從裏面拖出毯子、被褥、幾個罐子和幾口小鍋。我使勁勸他們在這裏住一夜再走，可是他們已經迫不及待地要走，就像他們所說的，以便至少還能看到人。我問：「這裏的冬天怎麼樣？」「哎呀呀呀！」那位茨岡老人說：「很糟！我們把山羊吃了，然後又將狗和貓殺掉吃了。」他舉起一隻手，伸出三個指頭以示發誓說：「三個月沒見到過一個人。大雪……將我埋住了。」老婆婆哭著重複了一句說：「大雪將我們埋住了。」然後就哭開了。年輕人掏出小提琴，又演奏了一支憂傷的歌曲。茨岡老人扯了一下韁繩，連那匹小馬也使勁往前一拽。年輕的茨岡人站著拉琴，一臉憂愁，演奏著茨岡浪漫曲。茨岡老奶奶和老爺爺輕聲地哭泣著，臉上佈滿了苦難的皺紋，對我頻頻點頭。他們用雙手示意對我的憐憫，但也表示了對我的遺憾，用他們的雙手將我從生活中拋開。這一雙雙手彷彿將我埋葬起來……他們來到小山坡時，老漢在車上站起身來，又拽掉了一把頭髮，大概是他陷入絕望和對我同情的表現吧！……我走進荒涼的客棧中一個大房間裏，想看看我將住在哪兒。我在客棧裏轉了一圈，又繞著牲口圈、柴火棚、乾草房走了一趟。我甚至沒有注意到，我四處打轉的時候，小馬、山羊、狼狗甚至那隻貓都跟在我的後面。當我走到水泵那兒去想洗一洗的時候，小馬、山羊、狼狗和貓也都寸步不離地跟著我。我回頭朝牠們一看，牠們也都在望著我。我看出來了，牠們是擔心我會將牠們扔在這裏哩！我對牠們微微一笑，輪流地摸摸牠們的頭，貓兒本來也想讓我摸的，可是，過分的膽怯又讓牠閃開了我。

我負責養護的這段路，用我親自捶碎的小石子塡充的這條路，很像我的一生，在我身後的野草長瘋了。只有我正在幹活的這一小塊地方，還能看得見我的雙手留下的痕跡。暴風和大雨沖走了泥土，連同沙子和碎石子，將我在這路上辛辛苦苦幹的活全抹掉了，可我並沒有生氣，沒有咒罵，甚至沒有埋怨命運，而是耐著性子拼命地幹活。整個夏天我又靠輪子和鏟子將沙子和碎石運走，不是爲了修路，而是爲了能坐著馬拉車活動活動。有一次大雨之後，整個山岬被沖壞，我差不多整整工作了一個禮拜，才做到我在一個禮拜之前做活的那塊地方，而且從早到晚專心致意地工作著。我從一大早就開始，一定要修復到公路的另一端的目標才減輕了我的疲勞。等到一星期之後，我又推著車子走在公路上時，我感到驕傲，我看著自己工作的成果，彷彿我什麼也沒做，一點兒進展也沒有，只是恢復到公路原來的狀態。誰也不會相信我做了什麼，誰也不會誇獎我一句，誰也不會承認我這六十個小時的勞動，只有我的狼狗、山羊、小馬和貓知道，可是牠們又拿不出什麼證據來。被人們的眼睛看到和得到他們讚賞的日子已經離我而去。於是我幾乎一個月的時間的工作只是保住公路在我接手養護維修時的狀態。反正我越來越覺得養護這條公路與養護我的生活關係密切。這生命的軌跡往回呈現在我面前，彷彿與我無關，是發生在別人身上的事情。彷彿我至今的一生是一部長篇小說，一部別人寫的書，只不過惟獨我擁有打開這本書的鑰匙。儘管我的道路從頭到尾都長滿了雜草，但也只有我自己是我這一生的見證人。而我像用十字鎬和鐵鍬養護馬路一樣，用回憶養護著我往回通到往昔的生活之路，以便我能透過懷念回到我願意回憶的地方。當我幹完一天的養路工作之後，我捶了捶鐮刀，到山坡上割了些草，曬了曬草飼料和再生草。要是天氣好，我便在下午將乾草運到草房裏，準備過冬。聽人家說，這裏的冬天幾乎有六個月之久……我每個禮拜套上馬去買一次東西，回來的時候便趕著大車慢悠悠地走在那被我修好，但幾乎誰也沒走過的路上。我一回頭，便看到車輪壓過的痕跡和小馬在雨後踩上的馬蹄印。過了兩座荒涼的村子之後，我上了大路，看到卡車在它臉上壓出的皺紋。在小酒店附近，我看見了自行車、摩托車、伐木工人以及回來路過這裏或出去上班、放哨的士兵們的交通工具軋上的車輪印。每當我買完罐頭、香腸和一大塊麵包之後，我便在小酒店裏歇歇腳，酒店老闆有時來我這兒坐一坐，問我喜不喜歡在這偏僻的山裏待著。我總是熱情洋溢地給他講述一些在這裏發生過，而任何人都從來沒見過的事情。我講述這些事情時的神情，彷彿我只是一個乘車路過這裏，在這裏住了兩三天的人，彷彿我是一位旅遊者，一個酷愛大自然的人，一個一到鄉下便羅曼蒂克地胡吹一氣，說森林如何美，山峰聳入雲霄，恨不得一輩子住在鄉下的城裏人。我在這酒店裏也顚三倒四地說，這美也有它另外的一面，它要求一個人要善於去熱愛一切令人不舒服的、荒涼的東西，去熱愛那些沒完沒了下雨的日子，天黑得很快的日子。當你坐在爐灶旁，以爲已是晚上十點鐘，可實際上才是下午六點半鐘；它還要求你去愛那種自己開始跟自己對話的感受，去對小馬、狼狗、貓兒以及山羊講話，但更主要的是，自己跟自己說話。開始只是輕聲地，只是一種獨白，對往昔一個個畫面的回憶，可到後來，就像我那樣，開始對自己講話、出主意、提問題，自己給自己回答，訊問自己，想聽到自己那最隱私的東西。像檢察官一樣對自己提出起訴，然後進行辯護，就這樣交替地透過與自己的對話來覓到生活的意義。不是談論早已發生過的事情，而是朝前看，看我走上了一條什麼樣的路，將要走一條什麼樣的路，是否還有時間透過這種思考去達到一種寧靜，它能確保你不受那種渴求逃離孤獨，和擺脫那些需要你的勇氣和力量來面對的，最本質的問題的煩擾。而我，這個每星期六都要在小酒店坐到晚上的養路人，在這裏坐得越久，給大夥兒花費得就越多，也就更加惦記著站在酒店門外的小馬駒，想著洋溢在我這個新家的孤寂。我看到，所有的人都怎樣地在遮掩我希望知道和看到的事情，大家只是這樣瞎聊聊，跟我一樣；我也看到，大家儘量拖延不去問那些直到有一天非問不可的問題。要是能在臨死之前有時候問及這些，那就算有幸了。實際上，我在這酒店裏就已經悟到：生活的實質就是詢問死亡。等到我的那個時刻到來時，我將會怎麼面對；我還悟到，這死，不，這一對自己的詢問，實際上是在無限與永恆的視角之下的交談。這死亡問題的解決，是在美麗之中和在關於美的思考的開始，因爲品嘗自己那以過早離開人世而告終的一生之路的荒唐性，這種對自己毀滅的享受與體驗，使人既飽含著苦澀，又充滿著美。就這樣，我已成了這酒店裏的取笑對象，我在這裏向每一個客人發問：他想埋在哪裡？大家先是嚇一大跳，然後便笑我提的這問題，笑得眼淚直流。他們反過來問我想埋在哪裡。那要看我有沒有這分福氣，人們能不能及時找到我。順便說明一下，因爲在我前面有一個養路工，他死了之後，人們到春天才找到他。這時他已經被鼬鼪、老鼠和狐狸啃得所剩無幾。人們只埋葬掉他的一小把骨頭，大概像放到骨頭湯裏去的一把蘆筍或龍鬚菜吧？我津津有味地描述著我的墳墓。我要是死在這裏，只剩下一塊沒啃完的骨頭和腦袋殼，我也願意埋在一座小山頂上的墳墓裏，我想要正好埋在這座墳墓的脊背上，讓我的棺材被這脊縫分成兩半斷裂開，讓我的殘骸被雨水沖向兩個方向：一半沖進小溪，流到捷克的土地上；另一方向的那一半通過國境線上的鐵蒺藜，經小溪流進多瑙河。我即使在死了以後，也願意當個世界公民，希望從布拉格流到易北河，再從易北河流入北海；而我的另一半殘骸則流經多瑙河進入黑海，這兩個海再彙進大西洋……酒店裏的顧客們聽得鴉雀無聲，都愣愣地看著我，而我總是昂首挺胸的。這都是一些使全村都愛聽的話題。我一來，他們就問我這個問題。我幾乎每次都是這樣回答的。有一次他們問我：「要是您沒死在這裏，而死在布拉格呢？死在布爾諾，或者死在佩爾赫希莫夫那會怎麼樣呢？要是您被狼吃掉了呢？」而我總是按照那位法國文學教授所教的作出回答，說人無論從精神上肉體上都是不滅的，只會變成另一種物質。有一次，我和瑪釆拉一起分析過一首詩，詩人名叫桑德堡。這首詩談到，人是由什麼變來的，說人體裏有磷，用這些磷可做成十盒火柴；人體中有鐵，用這鐵能打出一顆足可以吊住一個人的大鐵釘；人體中有水，用這水足可煮十公斤肚絲湯……我對老鄉們說了這些，他們害怕了，甚至也害怕我，面對等待著他們的這些怪事，他們全都嚇得擠眉弄眼做怪相。所以他們寧可讓我給他們講講，如果他們死在這裏將會怎麼樣。有一回夜裏，我們來到山頂上這塊墳地，我將這塊空地指給他們看，說他們如果埋在這裏，那麼他們軀體的一半將被雨水沖入北海，另一半將流入黑海，最重要的是，要與山脊線相垂直埋著，就像與屋頂脊背相垂直一樣……後來，我帶著採購的東西回家了。一路上我都在琢磨，在跟自己交談，我把我這一天所說的話，和做過的事情重新嘮叨了一遍。我問自己，是否說得對，做得正確。我只承認，我按照法國文學教授教給我的那些東西所說的話是對的，而不是像一個孩子或者醉鬼所說的那些東西。「把聊天當作一種形而上學的需要，如果你覺得有意思，那就對了嘛！你這個白癡，壞小子，笨蛋，犯罪的傢伙！」他就這樣對我們說，並且罵我們，就想讓我們到達他所期待的地方，讓詩歌，美好事件中的東西成爲我們的消遣。而美是總有其效果和趨向的超然存在，也就是無限與永恆之中所能及的範圍。在我的住處，在這個曾經同時是舞場的小酒店裏，當我已經不能有別的活法時，我便渴望有個人能跟我在一起，希望有個什麼人能來。於是在入冬之前，我便在村子裏買了一塊舊的大鏡子。有好幾塊是人家白給的，他們正想處理掉這些東西。他們說，當他們朝鏡子裏瞧時，看見裏面有德國人的像。我用毯子和報紙墊在鏡子下面，將它們帶回了家。我往牆上釘了一整天的掛扣，將鏡子用螺絲擰了上去，掛滿了一面牆，然後我便不只是一個人了。我回到家裏，就感到高興些，等我自己對著鏡子走去，在鏡子裏自己對自己鞠躬，致晚安，直到我去睡覺之前，我都不會只是獨自一個人。我們是兩個人，兩個人動作一樣，但我可以更加實在地詢問自己。即使我要從這兒走開，轉過身去背對著鏡子，鏡子裏的那一個「我」也會轉過身來，然而只是這個實在的我離開了這房間。這種情景我始終想像不了：爲什麼當我離開的時候，我就看不見自己，爲什麼只有當我再轉過身來，我才又看到自己的臉，而不是我的背。我大概還得有一面鏡子。於是我開始明顯感受到看不見但又存在的東西。不可置信的事情又成了事實。不管我哪一個星期六領了錢買完東西回家，都在小山坡上的墳墓下方停下來，走到小溪那邊。這條小溪的水是從山坡上的好幾口井和幾條更小的小溪裏流進來的。在這塊地方連懸崖也不斷地滴水。我每次都在這溪裏洗一洗臉，溪水又涼又清。我看到從上面的墳地裏，一直往這溪裏流著那些被埋葬者的體液殘渣，肯定已經流到了我這裏，被這美麗的大地所蒸餾，擠榨成碎沫。這塊土地可以從屍體中提煉出鐵，製成足夠大的釘子讓我在上面吊死。許多年之後，有人又將用我洗過臉的清水，我的體液來洗他的臉。有人將使用由我的軀體上的磷做成的火柴……而我絕不會予以抵抗。我痛快地喝著這從墳地下流出來的泉水。我開始像飲酒行家那樣品嘗著這水，像巴德斯托貝和伯格斯特爾·瑞斯林這些葡萄酒行家一樣，當一天駛過幾百家天天都釀酒的葡萄園的火車打他們身旁開過，他們能分辨出火車頭沾上的香味，我也早就嘗到埋在那山坡上面的死人的味道。大概像我之所以得到那幾塊鏡子，是因爲裏面還保留了幾年前就已經走掉的德國人的印模感覺。他們雖然已經走了，但他們的氣味還殘留在鏡子裏。我每天都要將這塊鏡子端詳好久，在鏡子裏漫步，就像在滲著亡人體液的水裏一樣。我漫步著，在鏡子裏的畫像上亂劃著，也只有像我這樣總是遇上不可置信的事情的人才能勉強看得見這幅畫像。連我也胡亂畫出了一幅穿著德國民族服裝的姑娘畫像。在她後面是傢具和德國家庭成員……鄉親們送給我鏡子，我便讓他們能往墳地上等著他們的鏡子裏看一眼，以此作爲回報。他們在萬靈節前夕用槍打死了我的狼狗。我教會牠（實際上是牠自己學會的）用嘴叼著我的提包跟我出去買東西。可是我看到牠完全是自己跑到了村子裏。於是我試著將我所需要的東西寫在一張紙條上。牠叼著字條、提包走了。兩個鐘頭之後，牠跑了回來，將裝著買好東西的提包放在我面前……於是我不再趕著小馬去採購了，而是幾乎每隔一天便派狼狗叼著提包去買東西。有一次，當人們又一次徒勞地盼望我的到來，看到的卻仍舊是我的那隻狼狗來替我買東西時，便用槍打死了牠，好讓我不得不再上酒店去。我哭了，爲我的狼狗傷心地哭了一個禮拜，隨後我只好又套上小馬。下了第一場大雪，我啓程去領工資，和爲過冬而足足地採購一通。我原諒了村民們的一切過失，因爲他們是出於對我的想念才這樣做的。他們已經不拿我開玩笑了，即使開，也是別的趣味更高一些的玩笑。總之，他們在酒店裏沒了我便沒法過，沒什麼可期盼的了。就像他們對我說的，他們甚至不希望我死，想讓我每個禮拜去跟他們聚一次，因爲上教堂路太遠，而我比教堂牧師更善於交談。我那條狼狗的肺被他們打穿，可牠還是叼著裝了東西的提包回到了家。我還摸了摸牠，並給牠拿來一塊糖作爲獎賞，可是牠沒有拿這塊糖，卻將頭枕在我的膝蓋上，慢慢地死去了。站在我身後的小馬低下頭嗅了嗅狗，山羊和那隻常跟狗睡在一塊兒的貓也來了。可牠還是從來不讓我摸牠一下，即使讓我摸，也是站得離我遠遠的。牠大概最喜歡我，我對牠講話時，牠便仰躺著，扭曲著身體、翻滾著、看著我，將爪子伸給我，彷彿我在撫摸牠的脖子和皮毛；可是當我眞的向牠伸出手去，每一次牠都嚇得以牠特有的一股野勁兒跳到我搆不著的地方。這隻貓如今走過來，像牠平常習慣了的那樣，蜷縮在狼狗身旁。我向牠伸開手掌，牠卻望著狼狗漸漸瞑滅的眼睛。我撫摸著牠，牠便又看看我，牠把我的撫摸看成是一件很可怕的事。不過在牠的朋友死去之時牠也顧不得了，乾脆閉起眼睛，將小腦袋埋進狗的皮毛下面，免得看見牠又害怕而又渴望的事情。

在後來的一天下午，當我邊沉思著、邊走到井邊去打水，一步步往上走時，我先是感覺到，後來是發現了森林邊緣，茲登涅克手扶樹木站在那裏。這位曾幾何時的著名餐廳服務員，這位我在寧靜旅館的同事，他如今正直愣愣地看著我……而我這個曾經侍候過阿比西尼亞皇帝的人知道，他僅僅是來看看我。他跟我不是不願意而是不需要談話，他只是來看看我，看我怎樣融入了這種孤獨的生活，因爲茲登涅克如今是位政治生活中的顯赫人物，有很多人圍著他轉，但我同時也知道，他恐怕也是孤獨一人，跟我一樣……我從井裏抽著水，小動物們看著我幹活兒。我進而感到，茲登涅克在觀察我的每一個動作。我還繼續抽我的水，彷彿沒被人看見，然而我也知道得很清楚：茲登涅克也明白我知道他在這片森林裏。隨後我慢慢彎下身來，抓起水桶手把。我留了點時間給茲登涅克，因爲我聽得見幾百米以外的每一個動作，每一個聲音。我等著茲登涅克，看他是否想跟我說點什麼。可是他什麼也不需要跟我說，只需要知道我們還在這世界上。他想念我，就像我經常回憶起他一樣，這對我對他就足夠了。我提起兩隻水桶，下山回屋去了。小馬跟在我後面，山羊和貓跟在小馬後面。我小心翼翼地走著，桶裏的水不時濺到我的膠皮鞋上。我知道，等到我將水桶放到土臺上，回過頭去看茲登涅克時，他已不在那裏，已經滿意地離去，回到他那輛停在森林外的公家小轎車上，再回到他的工作中去。他的工作比我的逃向孤獨要更艱難。我又想起了法國文學教授對瑪采拉說過的話：只有懂得成爲隱姓埋名者的人，只有能夠擺脫虛假自我的人才算得上眞正的世界公民。我放下水桶，回過頭去，茲登涅克果眞已離開了森林。我同意，這樣挺好的。儘管我們各在一方，只用這唯一的方式交流，彼此默默地道出自己心裏的話，表述了我們的世界觀。這一天開始下雪了，雪花像一張郵票那麼大，靜悄悄地下著，到傍晚便變成了暴風雪。淸泉和總是一樣冰冷的水繼續流到地窖裏那用劈開的石塊做成的槽子中，牲口棚就在廚房旁邊。根據老鄉們的建議，我用存放在牲口棚裏的馬糞來生爐火，跟暖氣一樣暖和。三天來，我都在觀看那飄飛的雪花，它們像小蝴蝶、像小母雞一樣沙沙作響，像天上掉下的花兒。我的路被雪蓋得越來越厚，三天之後厚得與周圍的一切連成了一片，誰也猜不出來路在哪裡。不過到了第三天，我便取出了舊雪橇，還找到了些我每個小時都要抖響一下的鈴鐺。我自己都忍不住笑了，因爲這些鈴鐺和它們的叮噹聲使我想像著我如何套上馬行駛在我的路上，車輪如何在雪上跑，這個雪枕頭，雪絨被，這床又厚又白的雪地毯，這塊覆蓋著整個大地的充氣雪床單如何將我們分成上下兩半……我修理著雪橇，甚至沒注意到雪已厚得堆到窗邊，後來又埋住了半截窗戶。就在我一瞅窗戶的那一刹那，我不禁嚇了一大跳，簡直暴雪成災了。我的小木舍和拴著鏈子的小動物們彷彿待在一片白茫茫的天空中，小木舍完全與世隔絕了，就跟那些被遺棄的鏡子，藉著照片的一張薄膜，卻將一些圖像保存了下來。大雪儘管覆蓋住往日的時光，但回憶卻永存著，任何時候都能摸到皮下的脈搏怎樣在跳動，得知生命曾經從這裏流過，現時仍在流著，將來還將流下去……這時我不禁有些害怕，要是我死了，那麼所有這些成爲事實的不可置信的事情都將隨之泯滅。就像美學與法國文學教授所說的，只有善於更好地表達自己的意思的人才是更好的人。我感到一種將我經歷的一切寫出來的願望，好讓其他人能夠——不是閱讀它，而是如我所說——將這些像用我生活的長線串起來的珊瑚、念珠一樣的所有畫面，尤其是像我不可置信地抓住了的現在這個生活場面，描繪出來。我驚喜地望著這徐徐落下的大雪，它都將小木舍埋到腰間了……每天晚上，當我坐在鏡子跟前時，貓兒就坐在我的後面，小腦袋直往我的圖像上擠，彷彿那裏面便是我。我看了看自己的手，外面的鵝毛大雪跟洪水一樣呼嘯著，我仍舊看著自己的手，甚至舉了起來，像是自己向自己投降的樣子，我又往鏡子裏瞅了瞅，瞧瞧鏡子裏的手，活動著的手指。我看到了面前的冬天、大雪。我看到了，我得扒開、鏟掉這些雪，把路找出來，以後我每一天都得尋找那條通向村子裏去的路，也許他們也在尋找通到我這裏來的路……白天我將尋找通向村子裏去的路，晚上我將寫作，尋找往回走的路，然後再沿著這條路走，扒開覆蓋了我的過去的大雪。於是我嘗試著用字母、用寫作，來自己詢問自己。

聖誕節那天又下雪了，我幾乎每個月都費勁地尋找和恢復的路又被埋起來。雪堆成了一道牆，一座高到我胸脯的小山坡，我已經到了離那家小酒店和商店一半路程的地方，我最後一次是在萬聖節那一天到過那裏的。傍晚，燈光微弱，我裝飾了一棵聖誕樹，烤了點心。我點燃吊在聖誕樹上的燈，將山羊和小馬從牲口棚裏牽出來。貓兒坐在爐灶旁的錫面桌子上。我又掏出我的餐廳服務員穿的那套燕尾服，將它穿在身上，可是總也穿不好，手指太僵硬，扣不好扣子。我的手因爲勞動而變得僵直，笨拙得繫不好那白領結。我又從箱子裏取出那雙在寧靜旅館當餐廳服務員時買的鞋，並擦得油光閃亮。當我披上藍綬帶，別上那顆比聖誕樹上的飾物還要亮的星形勳章時，小馬和山羊都盯著我看，還嚇了一跳，讓我不得不哄哄牠們。然後我便準備了晚餐：罐頭紅燒肉和馬鈴薯，我給了山羊一份好吃的，喝水的時候給牠切了些蘋果。每個星期天都跟我一起吃午飯的小馬也一樣。牠站在橡木做成的長桌子旁邊，從食盤裏挑著蘋果吃。這匹小馬老有一種擺脫不掉的念頭，認爲我會將牠扔在這裏走掉。不管我走到哪裡牠都跟著，習慣跟小馬在一起的山羊便總跟在馬的後面。靠山羊奶過活的貓便跟在山羊後面。於是我們一起上班下班。秋天我去割草時，牠們也都跟著我，甚至我去上廁所時，這些動物也跟在我後面，看守著我，免得我跑掉。在我見到那位巧克力廠的姑娘的一個星期後，我曾經特別渴望再見到她，看她是不是仍在腋下夾著那本書去那巧克力工廠。我有些想念她，於是收拾了一下該隨身帶著的最必要的東西，趁天還沒亮便動身去村子裏等公共汽車。可是等到公共汽車開來，我已經上了第一層踏板時，便看見小馬從我養護的那條路上跑來，狗跟在馬後面，山羊踉踉蹌蹌走在狗後面。牠們直朝我奔來，牠們如此可憐巴巴地看著我，默默無聲地求我別將牠們留在這裏。當牠們圍著我站在那兒的時候，那隻野貓出現了，牠跳到人們通常放牛奶壺的椅子上。我只好讓汽車開走，領著這些動物回家了。從此牠們的眼睛總盯著我，不過也盡力讓我快樂：貓兒像一隻小貓咪一樣地蹦跳著，山羊想跟我頂角玩，還開玩笑似地跟著我用兩隻腳蹦跳，只有小馬啥也不會，只是常常用牠柔軟的嘴吮著我的手望著我，眼睛裏閃爍著恐懼。晚飯後，像平常的每一天那樣：小馬蜷縮在爐灶旁，甜美地歎息著，山羊躺在小馬旁邊，我則在繼續描繪著我的畫面。一開始，我覺得這些畫面模糊不清，甚至有的畫面是不必要的，可是有一天突然寫順了，我一頁一頁地寫下來，畫面在我面前越來越快地閃過，弄得我都有些來不及。這些急匆匆出現的畫面讓我沒法入睡，我甚至聽不見外面是刮大風，還是月亮照得窗板劈啪作響，我只顧一天天地打掃路上的積雪，在掃雪的過程中，想著我晚上的這條路，直到我拿起筆。我所寫的都是我一天前就已經想好了的，晚上我實際上只是將我在公路上幹活時已經想好的謄寫一遍。晚上，動物們也在等著我，因爲動物愛安靜，牠們總是甜滋滋地呼吸著；我也這樣呼吸著，繼續往下寫。我將一段木頭塞進爐灶裏，火苗悄然躥起，煙囱裏抽吐著呼嘯的風，冷風從門縫底下擠進屋裏……到聖誕節半夜時分，窗子下面亮起了燈光。我放下鋼筆，不可置信的事情成了事實！我出門一看，村裏的老鄉，幾個經常坐在小酒館裏的貧病交加的不幸公民，坐著帶犁的雪橇從老遠的家中來到這裏。他們因爲想念我曾經把替我去買東西的狗打死了，如今又坐著帶犁的雪橇來到我這裏。我請他們進到裏面，我這現今的住處。他們看著我，我注意到他們爲什麼吃驚。

「你這是從哪兒弄來的？是誰給你的？你幹嗎穿成這個樣子呀？」我說：「請坐下，諸位！你們如今是我的客人。我曾經是個餐廳服務員。」他們被我嚇了一跳，彷彿為我來到這裏而感到惋惜。「這條綬帶和這顆勳章是怎麼回事？」我說：「這是我在許多年前得到的，因為我是那個曾經侍候過阿比西尼亞皇帝的人。」「那你現在在侍候誰呢？」他們還在吃驚。「這兒？你們不是看見了嗎，我的客人們？」我指了指小馬和車子，可是牠們已經站起來，撞著門，想走出去。我給牠們打開了門，牠們便挨個兒走了出去，經過走廊回到牠們的牲口圈裏。可是我這套燕尾服、閃閃發光的勳章，和那條藍色綬帶把所有老鄉驚得愣了好一會兒，然後他們對我表示祝賀，並祝我節日快樂，還邀請我去參加他們的聖什捷邦日的午餐㉑，隨後他們便離去了。我從鏡子裏看到他們的背影。當燈光和他們的手提燈籠也漸漸遠離窗戶時，農民老鄉們的談笑聲也漸漸遠去，雪犁聲也越來越遠，我獨自站在鏡子跟前，端詳著自己。我越端詳自己，驚嚇得越厲害，我嚇得彷彿是在和別人、一個瘋了的人待在一起。我對著自己呼吸著，甚至吻了一下這涼冰冰的鏡子，然後我抬起手肘，在朦朦燈光下擦擦我的燕尾服。後來我像舉著玻璃杯祝酒一樣舉著

㉑捷克的聖誕節過三天。十二月二十四日—二十六日，第三天，即十二月二十六日紀念天主教的聖人什捷邦，通常要請親朋好友來吃午餐，所以叫聖什捷邦的午餐。

亮燈又站到鏡子跟前，我身後的門又悄悄打開，我愣住了……小馬走了進來，後面跟著山羊，貓兒跳到爐灶旁的錫面桌上。我高興老鄉們費那麼大的力，踏著雪來看我，讓我驚喜之極。我在他們眼裏準有什麼可貴之處，因爲我的確是曾經侍候過英國國王的領班斯克希萬涅克先生的徒弟，我還有過侍候阿比西尼亞皇帝的榮譽，他以授給我這塊勳章的方式永遠地獎賞了我。而這枚勳章又給了我力量，來爲讀者寫出這個故事，關於成了事實的不可置信的事情。

你們聽夠了嗎？這一回我可眞的結束了呀！

一九七一年夏

國家圖書館出版品預行編目資料

我曾侍候過英國國王／赫拉巴爾 (Bohumil Hrabal) 著；劉星燦 勞白譯.-- 初版--
臺北市：大塊文化，2003 [民 92]
面：　　公分.--(To : 23)
譯自：Obsluhoval jsem anglického krále
ISBN　986-7600-18-5 (平裝)

882.457　　　　92018358

LOCUS

LOCUS

LOCUS

LOCUS